葦の浮船

新装版

角川文庫
22710

目次

1

今年の綜合歴史学会の当番校は金沢の大学であった。三月十七日から二日間だったが、北陸の春はまだ浅い。雪は融けていたが、風は寒かった。

大学の講堂に二百八十名集るので、講堂に坐っていると人いきれであたたかいが、外に出ると底冷えがする。

「こういう学会もますますつまらなくなってくるね」

折戸二郎は、講堂から吐き出された人々にまじって廊下を歩きながら小関久雄に言った。折戸も小関も東京の同じ大学の助教授で、折戸は国史科の上代史、小関は中世史を専攻している。集ってきている教師も北海道から九州まで全国の大学の教授、助教授、講師たちであった。二人は同僚だが、折戸が小関より二つ上の三十六歳だった。小関久雄はまだ独身である。

学会の第一日は、各人が発表する個人研究だが、近ごろは発表者がふえて、時間も三十分以内に限られている。

これでは十分な研究発表とは言えなかった。発表者も研究の公開というよりも、個人的な自己顕示《じこけんじ》のためにするようなのが多くなっていた。第二日の今日は、朝から共同テーマの討論だが、これもさほど生彩《せいさい》はなかった。ほとんどの対象が研究し尽されて、昂奮を呼ぶだけの課題がない。枝葉末節だけが微に入り細を穿《うが》つことになる。

こうした学会が研究の成果を離れて次第に行事化してきたことは以前からも言われているが、いま折戸二郎がますますつまらなくなったと言ったのは、そういう意味であった。

「ああ、面白くないね」

と、小関久雄もうなずいた。それでも、折戸は前日に「和名抄地名《わみょうしょうちめい》と屯倉《みやけ》の関連について」という二十八分ばかりの発表をしている。小関は、今回は何も発表せず、聴くだけに回っていた。

次の当番校は熊本と決定した。秋十一月に開かれる。

一旦、割当てられた控室に二人が戻ると、これで散会だというので、顔見知りの他の大学の出席者たちと別れの挨拶を交した。懇親会は昨日の夕方、千円の会費で同じ講堂を会場として済んでいる。この会費では、ビールとおつまみ程度のオードヴルが出るくらいだった。

「どれ、ぼつぼつ抜けようか」

と、折戸は小関を誘った。それから当番校から割当てられた宿舎の旅館に戻る途中、タクシーの中で折戸は言い出した。

「小関君、君はこれからどうする？」

小関は折戸の顔をちらりと見た。君はこれからどうすると尋ねる折戸の言葉の裏に或る意味を察した。

「ぼくは明日の朝早く富山に出て、飛騨《ひだ》の高山に行くつもりだ」

「ふうむ。飛騨の高山に何かあるのかい？」

「あの近くに臨天寺《りんてんじ》という古い寺がある。そこに行ってみて、少し所蔵の古文書《こもんじょ》を見せてもらうつもりだ。もっとも、まだ、そこには連絡する間がなかったから、うまくゆくかどうか分らないがね」

「君は、こういうときにはよくまめに歩くね」

と、折戸は少し憐むように言った。

「そうでもしなければ、わざわざ行けないからね。ぼくのように金も時間もない者には、こういう地方の学会が絶好の機会だよ」

「すると、君が東京に帰るのはいつだ？」

「明日の晩はどこかに泊ることになるかもしれない。しかし、収穫がなかったら、その日にでも名古屋へ出て夜行で帰るつもりだよ」

「なるべく遅く帰ってもらいたいな」

と、折戸は眼を笑わせて言った。

「また君はどこかに回るつもりかい？」

「お察しの通りだ。ぼくは今夜は金沢には泊らないよ」

「どこに行くつもりだ？」

「少し西のほうに行って、あの辺の温泉地にでも泊る」

折戸はどこの温泉地ともいわないが、すでに彼には決定していることに違いなかった。このように曖昧《あいまい》な言いかたをするのは、彼独特の計画があるからだった。これまで小関は、その例を彼から何度も見せられていた。果して折戸は言った。

「君、東京に帰ったら、こっちの大学の研究会で、もう二日予定が延びたと言ってくれ。有志だけで特別なゼミが持たれると言ってな」

「それじゃ、君は三日後に東京に戻るつもりなんだね？」

「そうなるだろう。もしかすると、一日ぐらい、さらに延びるかもしれないがね。学校の連中にもそう言ってくれ。それから、家に電話して、女房のやつにもそう言ってくれんか。まことに恐縮だがね」

目下、大学は春休みであった。折戸の言う意味は、もし学校のだれかに遇ったら、その辺をとりつくろってくれというのである。また、折戸から頼まれた彼の妻睦子《むつこ》に口実の電話をしたのもいままで三度あった。

小関は、折戸にまた別の女が出来たと思った。折戸は新しい女が出来るたびに、それを伴れて旅行するので分る。

そうすると、この前の、どこかのバアの若いマダムとはどうなったのだろうと思った。別れたのか、それとも、そのまま関係をつづけているのか。

折戸二郎は上背があって、苦味ばしったような顔をしている。眉が濃く、眼がきれいだ。その効果を生かすように、彼はいつも縁無し眼鏡をかけていた。

折戸は、いわゆる秀才型で、研究の上でも独自な発想を持っていて、業績もあった。そんな点では自分を鈍才だと思っている小関は彼を尊敬していた。と同時に、絶えず女との交渉を持っている彼の腕にも驚歎していた。

折戸は地方の資産家の息子で、財産税は相当取られたものの、まだ小関とは比較にならぬくらい裕福だった。それに、専門の論文を一流出版社から出す一方、恩師の浜田教授の監修している教科書にも常連で執筆していたから、印税の収入も相当なものだった。折戸は、そうした収入を参考書の購入に当てる一方、自分の遊びにも使っていた。

旅館に帰ると、折戸二郎は早速置いてあったスーツケースを提げた。

「あら、もうお発ちでございますか?」

と、女中が入ってきて折戸を見上げた。

「ああ、ぼくだけだ。この人は残るよ」

と、彼は、ワイシャツを脱いで宿の着物に着かえている小関のほうをしゃくった。

「ご夕食は?」

「いや、約束があるから向うで食べる」

約束がある、と折戸が洩したので、小関は帯を締めながら彼のほうをみた。折戸はうすら笑いをし、

「じゃ、頼むよ」

と一言いった。それが彼の友人との別れの言葉だった。いかにもその約束の場に急ぐように、折戸の足音はせかせかと廊下から階段の降り口に消えた。

小関はひとりになって、ぼんやりと畳に坐った。この宿には、当番校の世話でほかの大学の出席者も入っている。げんに壁一重の両隣では、仲間同士で賑かに話合う声が聞えていた。

風呂の順番はなかなか回ってこなかった。その間に小関は夕刊を読み、二日つづいた学会のレポートのノートを見ていた。それから、明日行くはずの飛騨高山近傍の寺の地図をたしかめたりした。

次は、その寺での目的が無駄だった場合、すぐに乗る列車の時刻と、名古屋で連絡する上り列車の時間を時刻表で調べていた。そのとき、やっと女中が風呂の案内を告げにきた。

手拭をぶら下げて浴場に降りる途中、先に立った女中が言った。

「おつれの方がお発ちになって、先生ひとりでお寂しゅうございますね」

「そうだな。だが、ひとりのほうが気ままが出来ていいかもしれない」

小関はぼそりと答えた。軽口を言えない男だった。

「ほんとにそうでございますね。では、気晴らしにバアでもおのぞきになりますか。金沢にも東京に負けないくらいのキャバレーも出来ましたよ」

湯に浸《つか》っていると、小関の眼には車を飛ばしている折戸の姿が泛《うか》んだ。西のほうの温泉地といえば、粟津、山代《やましろ》、山中、芦原《あわら》などがある。どれも金沢から車で一時間そこそこだろう。あと三十分したら、折戸はそのいずれかの温泉地の旅館に入る。こんな男だけの湯でなく、女と二人で浸るに違いなかった。

今度はどういう種類の女だろうか。小関がこれまで知ってるだけでも三人はあったが、二人は水商売で、一人は素人の娘だった。どちらかというと折戸は玄人《くろうと》っぽい女を好むから、今度もそうしたひとかもしれなかった。

折戸はいつも小関久雄の独身を羨しがっている。君のように係累《けいるい》がないと、勝手な時刻に戻ったり、何晩も外泊して帰っても文句を言う者はないし、いい身分だと言っていた。だが、小関には、そうした女性と交渉をもつ機会はなかった。彼は、折戸二郎と違って地味で上手が言えず、貧乏で、女に好かれる顔でないことを知っていた。だから、折戸が自分を置去りにしたのみか、勝手なことを頼んで先に出て行っても、少しも憎む気は起らなかった。

折戸二郎は国道をタクシーで走っていた。金沢を出て小松市を抜けると、あとは月明りの田圃と遠方の黒い山ばかりとなる。

上代史を専攻している折戸は、関連として古代史もやっていた。さらに、その関係から考古学にも分け入っている。現に彼は、今度出席した綜合歴史学会のほかに、日本古代史学会と、史前史学会にも重複して入っている。だから、いま月明の風景よりも、退屈まぎれにこの潟の底が貝塚になっていることを知っていたし、それを考えていた。この辺には、このほかに新堀川、古府、笠舞、朝日といった縄文《じょうもん》文化の遺跡が多く、木目状撚糸文《もくめじようよりいともん》、蓮華状文土器《れんげじようもんどき》の分布地となっている。縄文文化としては古いほうで、早期、前期である。

だが、車が大聖寺の町から国道八号線と分れると、これも舗装された道は山間部のほうに向っている。それを進むにつれ、彼の心も考古学から離れた。

腕時計を見ると、七時をすぎている。女は午後三時には旅館に入っているはずだから、四時間は十分に待ったことになった。

　平坦地が尽きて暗い影の迫る山峡《やまかい》に入った。途中の賑かな温泉町は山代だが、旅館のほかに明るい灯をつけているのは九谷焼《くたにやき》を売る店だった。きれいな色が一瞬にして眼をすぎる。

　折戸はふいと何かを思いついた。

「おい、運転手さん、九谷焼の店は山中にもあるんだろうな？」

「へえ、たくさんありますよ」

　運転手はヘッドライトの光を追いながら背中で答えた。道の傍らは線路になっている。

「何か面白い絵を焼きつけた焼物を売ってるそうだが、手に入らないかね？」

　運転手は、その一言で意味を了解した。

「そうですな、旅の方がひょっこりおいでになっても、店のほうで怕《こわ》がって、そんなものは出しませんよ」

　と、声が笑っていた。

「どうだ、君の顔で世話してくれないかな。盃でも、徳利《とっくり》でもいいよ。セットになっているのがあれば、なおいい。礼は出すけれどね」

「さあ、うまくゆくかどうか分りませんがね」

と運転手は自信がないのか、それとも客を警戒しているのか、曖昧に答えた。

「君、何とかならんかね？」

「お客さんは今夜は清流荘でしたね。何というお名前ですか？」

「川村というんだがね」

川村は今夜の女と示し合せた偽名だった。どちらもその名で旅館に入ることになっている。

「分りました。明日にでもうまく話がつけば連絡しますよ」

「そうしてくれたまえ。いいのがあるかね？」

「そうですな、近ごろ大量生産して金沢あたりでこっそり売っているのは、みんなつまらないものばかりでしてね。この辺の旧い九谷焼の問屋には、まだ倉庫の中にいいのを仕舞っていますよ。こいつは芸術品ですよ」

「そうか。君、少しぐらい高くてもいいから、そういうのを何とか頒《わ》けてもらえないかね」

線路沿いの暗い道がしばらくつづくと、やがて山中の温泉地に入ってきた。町は路が狭く、両側には旅館と土産物店とがひしめいている。突当りを右に曲り勾配の路を上ると、旅館がつづく、背後に黒い山が迫っている。

大きな門の中に車がすべりこんだ。前栽《ぜんさい》を回って灯の明るい玄関に着く。清流荘は、この町で一級の旅館だった。

車から降りると、型どおり女中たちが迎えた。

「東京の川村ですが……」

「はい、お待ちしておりました」

年配の女中が彼からコートとスーツケースとを受取った。長い廊下を奥に案内しながら、

「おつれさまが早くからお着きでございます」

と、女中は斜めに振返った。

旅館は川べりの崖に沿って建っているので、下に向って何階も階段を降りる。離れのような感じになっている部屋の格子戸を女中はあけ、那智石を嵌《は》めた叩土《たたき》で草履を脱ぐと上り縁の障子に手をかけ、

「ごめん下さい」

と、奥に声をかけた。

障子の次が控えの間で、そこには襖が閉《た》っている。

「ごめん下さい。旦那さまがお着きになりました」

もう一度声をかけて女中は襖をあけた。

折戸二郎は、応接台の前に淡いグレイのツーピースで坐っている笠原幸子を見た。

折戸が入ってきたので、はっと顔をあげたが、女中がいるのでそのまま眼を伏せてじっとしていた。

「どうもお待ちどおさま」

折戸はわざと磊落《らいらく》に坐っている彼女に上から笑いかけ、その真向いに坐るのを避けて、広縁にある籐椅子に移った。すぐ横のカーテンをめくると下が川で、対《むか》いが山だった。闇の木の間から乏しい灯が洩れていた。

「ほう、なかなかいいね」

折戸は眼を凝らす。笠原幸子の背中からは視線をはずしたが、いかにもこういうことにまだ馴れてない女の硬い姿態を眼に残していた。

女中がスーツケースを隅に置き、コートを洋服タンスの中に収めると、襖の際に手をついて折戸に訊いた。

「お風呂場はすぐ隣についてございますから、お召替えをどうぞ……」

「はあ、そうします」

折戸はまだ暗い外を眺めていた。

「お飲みものはいかがいたしましょう？」

「そう、さし当りお銚子を持ってきて下さい」

「かしこまりました」

女中は顔をじっと行儀よく座蒲団に坐っている幸子のほうに向けて、

「奥さま、どうぞお召替え下さいませ」

と、促した。

「はい」

幸子は低い声で言い、うなずくともなくうつむく。

折戸は椅子から起って、

「じゃ、ぼくから先に入ろう」

と、上衣を脱ぎにかかった。幸子はちょっと身を動かしたが、まだ男の支度を手伝う決断がつかず、落ちつかなげにそのまま坐っていた。女中は大体の様子を察したらしく、折戸のうしろに回って、乱れ籠にたたんだ着更えの着物を手に持った。

折戸は帯を結び、スーツの中から洗面具の袋を取出す。女中は彼の洋服を始末しながら幸子のほうを向いて、

「奥さまもごいっしょにいかがでございますか」

と、柔く誘った。取りようによって意地悪くも聞えた。

「はい、あとで……」

と、幸子は頰を赧《あか》らめている。二十五歳の人妻なのに、まるで何も知らない娘のようだった。

折戸はさっさと部屋の中の廊下に出て、向い側の浴室のドアを押した。湯はタイルの縁にこぼれるくらい満々と張っている。彼が頬まで浸《つか》ると冷えていた身体がこころよい熱さに融けこんだ。外側の壁いっぱいが窓で、暗い山が巒気《らんき》を含んで間近に迫っている。

笠原幸子は部屋で、まだ、あのツーピースのままじっと坐っているに違いなかった。午後三時にこの宿に入ったのだから、四時間以上もあの姿で待っていたのだ。野暮といえば野暮だが、折戸には、そうした生硬な女に久しぶりの新鮮さを感じた。バアのマダム近子とはまるで違っていた。近子は、こうした旅館に先に来ても、さっさと着更えを済し、風呂に入り、化粧し寝ころがったりして待っている。折戸が着くと、まるで女房のように、女中の手を一切斥《しりぞ》けて折戸の着更えを手伝い、また彼といっしょに二度目の風呂に入る。彼に見せる裸身も怖れ気はなかった。

だが、おそらく、笠原幸子は明日の朝になっても彼といっしょに風呂に入ることはなさそうに思えた。この旅が終るあと二日後には、ようやく、その決心をつけるかもしれない。その彼女のいる向うの部屋にはこととも音がしなかった。

折戸は湯から上り、剃刀を袋から出して鏡に対った。鏡は湯気に暖く曇っている。指先で拭うと、彼の顔がそこだけはっきりと映った。三十六歳の、眉の濃い生気のある顔だった。今朝顔を当ったのに、すでに口のあたりや顎にうす黒い髯が出ていることでも一層その感じを与えた。剃刀が音を立てる。たった一人の森閑とした浴室の中だった。

いまごろ小関はどうしているだろうと、折戸は手を動かしながら思った。女中を相手にぼそぼそと会費だけの貧しい夕食を食べ、ビール一本くらいで赧くなって蒲団にもぐっているかもしれなかった。およそ夜の街に出てバアを回るというような芸当の出来ない男だった。今夜は独りで寝て、明日は飛騨の田舎寺に何か古文書を見せてもらいに行くという。風采の上らない小関はとぼとぼ田舎道を歩き、暗い庫《く》裡《り》で反古《ほご》のような古臭い虫喰いの古文書を仔細げに読んでいる様子が眼に見えるようだった。

あの男も可哀想だと思った。独り身だというのに、一向に女と縁がない。学問のほうも糞真面目というだけで、冴えた着想があるではなし、鋭い感覚も持たず、平凡な研究を平凡に仕上げてゆく男としか思えなかった。

しかし、友だちとしては悪くはない。折戸は、そうした野暮天の小関久雄を好いていた。善良な男だし、向うも学問の上で一目置いている自分に何かと接近してくる。性格が違うのがウマの合っている理由かも分らなかった。重宝なのは小関がこちらの言うことを素直に聞いてくれることであった。

折戸が風呂から上ると、笠原幸子はまだつくねんと応接台の前に坐っていた。折戸が上った気配を聞いているらしく、男の湯上り姿を怖れるようによけいに硬くなっていた。

「すぐ入ったら？」

と、折戸はタオルを朱い手拭掛にばさりとかけながら言った。

幸子はまだじっとしている。折戸は、そのまま彼女の前に坐るように歩きかけて、彼女の背中にしゃがんで両手をかけた。いきなり白い項《うなじ》に唇をつけると、幸子は身を震わせ、彼の力に思わず膝を横に崩した。折戸は口を耳朶《みみたぶ》に持ってゆき、ついでに抱えこんだ身体をねじ向けて彼女の唇を吸った。いままで抑えていた女の感情が一時に出て、口の中が熱していた。息づかいが激しくなり、折戸の腕を痛いくらいに摑んできた。

唇を離して、

「よく出てこられたね」

と、折戸は抱いたまま言った。

「ええ、何とか都合して……」

と、女は彼を熱っぽい眼で見上げている。何とかしてと言っているが、夫のある身では、それが生半《なまなか》なことではないと折戸も察した。

「こないかと思った。ここに着くまで半信半疑だったけど」

と、彼が言うと、幸子も、

「わたくしも……あんまり遅いので、先生こそわたくしをすっぽかしておしまいになったかと、心細かったんです」

と、涙声になった。

「そんなことをするものか。学会が手間どって約束の時間に遅れただけにいらいらしていた。宿に着いたとき、女中から君が来ていると聞いてほっとしたよ」

「わたくしも襖があいて先生の顔を見たとき、飛立つような思いでしたわ」

また激しく唇を合せた。

外の格子戸があく音がしたので、二人は急いで離れた。食事を運んできたらしく、襖の外に運び台を置く気配がし、ごめん下さい、と声がした。

「さあ、早く風呂に行って」

と、折戸が急き《せ》立てるように言うと、幸子は座蒲団から起ち上り、乱れたスーツを素早く直して、自分のスーツケースのほうへ行った。

彼女が急いで浴室に向う襖から消えると、女中が賑かな料理を運び台にいっぱい載せて入ってきた。煙草を吸っている折戸の前と、その差向いに一つ一つ料理をならべる。湯殿のほうでは微かに音がしていた。幸子らしい忍びやかな音であった。

「ここは静かなんだね」

と、折戸は中年の女中の横顔に言った。

「はい、この部屋は渓流に沿って、うちでは一番いいお部屋の一つでございます」

「そりゃどうもありがとう」

「明朝はお早いんでございますか」

「いや、別に予定はないから、ゆっくりでいい」

「左様でございますか。何でしたら、この上のほうにお揃いでご散歩にいらしたらいかがですか。朝だと、とても気持がようございます」

「この辺で見物するところがあるの?」

「そうでございますね、近くですと、山代に那谷寺というのがございます。高い石段登るんですけれど、芭蕉が句を詠んだとかで……」

「そうそう、奥の細道に、そんなところがあったな」

「少し遠くになりますと、東尋坊《とうじんぼう》などがございます。明日お出かけになるのでしたら、車の用意を申しつけておきますが」

「まあ、そのときの都合にしよう……」

皿をならべ終ったころ、遠くで三味線の音が起った。ゆっくりとした調子で女の唄声が流れる。

「ああ、ここは山中節の本場だったね」

「はい、有名でございます」

「あれはいい、哀調があって。唄のうまい芸者衆もいるんだろうな」

折戸は、ふと、芸者を二人くらい呼んで遊びたいなとも思わないでもなかったが、今夜はそういうわけにはいかない。それに、笠原幸子だと、その新鮮さにおいて不見《みず》転《てん》芸者とは格段の違いである。

女中が退《さが》ってから、料理を眼の前に置いた折戸は、やはり煙草を吹かしていた。隔てた浴室からは、ときどき幸子が静かに湯を使う音が聞える。

——折戸が笠原幸子を知ったのはいまから二年前だった。正確にはまだ当人を知らず、まだ彼女の筆蹟だけだった。折戸の勤めている大学にも通信教育という制度がある。学校に通学出来ない人にテキストを送って、ときどき試験問題を送り、その答案を送り返させて採点する制度である。普通の大学生は四年で卒業だが、この制度だと五年で課程を終了することになっていた。そのほか、夏季にはスクーリングといって、そうした通信教育の講習生を学校に集めて特別講義をすることになっている。全国から集るが、小中学の先生、公務員、会社員、工場労働者といった職業の人が多く、女性も近ごろではだいぶんふえてきている。そのうち家庭の主婦もかなり入っていた。

通信教育生といっても、必ずしも大学に入れなかった人ばかりではなく、別な学科で大学を出た人が自分の希望する学科でこの通信教育を受けているものもあった。程度はかなり高い。大学では主として、そうした答案の採点を助教授、講師、助手といった連中が分担して受持っていた。

折戸が担当している講習生でたいへん成績のいい女がいた。字も美しく、見ただけで相当な教養がありそうに思えた。それが笠原幸子だった。折戸は笠原の採点には特に真面目に感想などを書いて送った。先方からもときどき質疑が送られてくる。それにも彼は丁寧に返事を書き送った。

折戸が笠原幸子当人を見たのは去年の夏のスクーリングで、教室に集った不揃いな年齢の中でも彼女は若いほうだった。想像した通り理知的で、あまり世間を知っていないような女性だった。その前から、彼は彼女がある女子大の国文科を出ているのを知っていた。職業婦人とばかり思っていたのに、彼女が直接彼の前にきて学習のことをたずねている際訊いてみると、すでに結婚しているということだった。笠原幸子は折戸を尊敬していた。彼の著書もいろいろ読んでいると言い、その流行《はや》り児《こ》の助教授がいつも丁寧に自分の答案を読み、解説をつけてくれるのを感謝した。

主人は或る化学繊維の会社に勤める技師ということだった。かなり裕福そうな家庭で、幸子は子供もないので、こんな勉強ができると言っていた。知識欲の旺盛《おうせい》な女性のようにみえた。

折戸二郎は彼女の理知的な顔にも惹かれたが、それよりも若い人妻ということに刺戟を感じた。

　彼は意識してスクーリングの間にも個人的に学問の話をした。家は都内の成城のほうだった。

　とにかく彼女には、折戸がつき合っている女にない育ちのよさと教養とがあった。彼はさらに惹かれて行ったが、幸子のほうでも彼の気持を迷惑には思ってないようだった。しかし、去年のスクーリングの間は何事もなく終った。

　折戸は、彼女から送られてくる答案に採点の感想のほか、愛情とも取れるような言葉を少しずつふやして行った。それに対して幸子からくる質疑の余白にもその反応が顕《あらわ》れるようになった。

　二人でときどき都心に出て茶を喫《の》むようになったのは去年の秋ごろからだったが、折戸は遂に彼女の唇を自由にすることができた。今年に入ってから都内のホテルにもつれて行ったが、さすがにそこだけは彼女も臆して、その前で脚を竦《すく》ませた。とにかく素人の女性だし、ちゃんとした家庭の人妻でもあるから手間がかかった。折戸は二月ごろにそれとは分らない家に彼女を伴って入ったが幸子はどうしてもそれ以上のことを諾《き》かなかった。折戸からみると、幸子は技術屋である夫にあまり満足してないようだったが、しかし、絶えず折戸の前に夫の映像を置いて彼の思うようにはならなかった。

だが、折戸には笠原幸子が自分に情熱をぐんぐん傾けてくることが分った。遂に十日前、彼はその家でほとんど身体の交渉に近いところまで成功した。しかし肝心な線はやはり崩れなかった。

折戸は、そうしているうちに彼女の気持が大体分ってきた。彼は東京を離れて旅に出たほうが彼女をずっと楽な気持にさせると思った。今度の学会にかこつけて、そのあと京都あたりで過したら、どんなに愉しいかしれないと思った。

笠原幸子はそれを聞いて心を動かした。京都の郊外を彼といっしょに歩くことに夢に似た憧れを持ったようだった。歴史にくわしい折戸に説明されながら古都を愉しく歩くことと、二晩泊ることとは別な観念を要する。ロマンチックな憧れと、前途を変えるようなおそろしい冒険とが隣合っていた。幸子は震えた顔で彼の誘いにとうとううなずいた。

まさかと思っていた相手が承諾したのである。折戸は久しぶりに全身に漲《みなぎ》る騒がしい血を感じた。だが一方では人妻の彼女が、二晩も三晩も家をあけることの不可能を考え、彼女がこないのではないかという危惧《きぐ》もあった。だから、さっき幸子を抱いたときそう言ったのが彼の本心だった。

がたんと音がして、浴室から出てくる笠原幸子の気配がした。

2

小関久雄は、朝九時に起きた。彼は家でもそうであるように、旅先でもゆっくりと朝寝をした。自分の取柄は、どんなところでもすぐに睡れるくらいだと思っている。普通ならもっと寝たかったのだが、今日は飛驒の高山に寄らなければならないので、やっと九時で床を離れることにした。

「昨夜はおとなしく一人でお寝みになったのですね？」

と、朝食の給仕に出た宿の女中が小さく笑いながら訊いた。

「友だちが居なくなったので、かえって悠々と睡れましたよ」

「お友だちの方は、いやにそわそわとお出かけになりましたけれど、何かいいことでもおありになったんじゃありませんの？」

「さあ、どうだか……」

小関は味噌汁を飯の上にぶっかけて、音立ててかきこんでいた。

――折戸二郎は、いまごろ女と二人で床から起きているかもしれない。今度はどういう女だろう。もう一晩か二晩どこかで泊るらしいが、いずれあとから、その結果を自慢半分に聞かされるに違いなかった。折戸二郎は妙な癖があって、自分の関係した女との情事はあけすけに小関にしゃべる。殊に旅先の出来事では相手の女の身体のことまで微細に報告する。そしてそれを、自慢している。

小関は、そうした偽悪ぶった折戸二郎には馴れているので何とも思わなかったが、これまでの例で、彼が黙っているのは相手が素人の女に限っていた。今度はどうだろう？　話すだろうか話さないだろうか。小関には、それが昨夜の折戸二郎の行状に関する僅かの興味だった。

「昨夜は、先生がたのお床は半分くらい空いていましたわ」

と、女中はおかしそうに告げ口をした。

この宿は土地の当番校が指定しているので、今度の学会に参加した教師の多くが泊っている。

「ほう、そんなにみんなどこかに行ったのかね」

「ええ。そりゃみなさん旅先ですから愉しんでいらっしゃるようです。さっきからぼつぼつ朝帰りの方がお見えですわ。それでも、まだ残りの方は三分の一くらいお戻りになっていません」

「へえ、おどろいたね」

「学校の先生がたというと、わたしなんかコチコチのお方ばかりかと思いましたら、みなさん、案外さばけていらっしゃるんですのね」

「そりゃ昔の教師とはだいぶん違うかもしれません。それに、小学校や中学校の先生と違って大学となれば、そこまで個人の自由は干渉はできない。変な人格観で枷《かせ》を嵌められていないからね」

「でも、何だか知りませんが、ちょっと失望しましたわ。今朝なんか、午前一時ごろ戸を叩かれて女中が起きましたけれど、ブルー・フィルムのお話ばかりだったそうです」

「そうかね」

「それに、どこかで待合せた方もあったんじゃないですか。地方からわざわざそういう方をお伴れになったような模様でしたわ」

女中は小関久雄がひとりで寝ていたのにかなり同情していて、そのぶん、遠慮なく他の教師たちのことを打明けた。

「それにくらべると、先生はほんとにお立派ですわ」

「そうあまりほめないで下さい。ぼくは女にはもてないからね、仕方がなくひとりで寝たんです」

「あら、そんなことありませんわ。ご謙遜ですわ」

と、女中は笑いながら、真向いから小関久雄の、もじゃもじゃした、櫛も入れない頭のあたりを見つめていた。

「そう言っては何ですけれど、先生より風采の上らない方が、ずいぶん外泊なさってらっしゃるんですもの」

「もうやめて下さい。変な比較は困るよ」

と、小関は持った箸を宙に振った。

——午前十時二十分金沢発の列車に小関久雄は乗りこんだ。片手には古いが大きな手提げ鞄を持ち、一方にはそれよりは小さく見えるスーツケースを提げた。スーツケースは着替えの下着だが、鞄には参考書などが入っている。それでもまだ十分余裕があるのは、これからふえるかもしれない資料のための空間であった。

同じ列車に乗合せたほかの学校の教師も数人あって、

「おや、折戸先生はごいっしょじゃなかったんですか？」

と訊く者もいた。

「ええ、折戸君は、何ですか、京都のほうに頼まれた講演会があるとか言って、昨夜の夜行で発ちました」

と、小関はとりつくろった。

「やっぱり流行《はやり》っ児《こ》は違いますね」

相手は言った。折戸二郎は、史学界の雑誌だけでなく、普通の雑誌にも通俗的な解説など書いたり、新聞に小さな論文を出したり、ときには一般教養向けの本も著している。そんなことで折戸二郎の名はかなりポピュラーになっていた。その教師の言いかたには多分に嫉妬《ジェラシー》みたいな感情が含まれている。と同時に、相手の眼には小関を少し憐れむような色があった。折戸二郎にくらべ、小関の存在は全く影がうすい。普通の雑誌に文章ひとつ書くでもなし、もちろん、一般向けの本も出したことはなかった。今度の学会でも折戸二郎は研究発表をしたが、小関は何もしていない。親友だということを知っている他の教師の眼には、とかく両人を比較して見がちだった。

そのうえ性格も対照的である。折戸二郎は社交的で、だれにも愛想がいいが、小関久雄は口が重く、人と交際するのが苦手であった。

べつに人間嫌いというわけではない。自分の性格が他人に暗い気持を与えそうで、その懸念が先に立ち、とかく人との話を避けたくなる。他人から見たら、だれからも話しかけられない孤独な人間に映っているかもしれなかった。

もう一つ言えば、折戸二郎はいつも身ぎれいである。それは多分に彼のアルバイトからくる豊かな収入に支えられているが、もともと、折戸は若いときからお洒落のほうだった。背が高く、少し痩せてはいるが、なかなか好ましい風貌をもっていた。

ところが、小関は、いつも自分で自覚することだが、色は黒く、背も折戸より低い。何を着ても一向に自分には似合わなかった。それに、身の回りにはかまわないほうで、胴がずんぐりしているせいか、いつもズボンが下って、その裾を靴の踵で踏んで歩いている。
だからズボンの折目がとかく切れがちで、そこから布地の切れた端がぶら下ってい
た。分ってはいても自分で気にならないから、そのまま平気ではいていた。そうした
ことが悉《ことごと》く他人には奇異に見え、どうして二人は仲がいいのか分らないと言っている。
友だちの数人は、それは小関久雄が折戸二郎と対立者でないからという理由を挙げ
た。
その専門の学問のことでも二人の分野は違っている。要するに競争者ではない。競
争者でないことは相手にどのくらい安心を与えるか分らないのである。そのうえ性格
も環境も趣味も違うとなれば、かえって人間の心理として自分に無いものを相手に求
めがちだ。両人が案外ウマが合うのは、そういうところだろうという評判だった。こ
れがもし小関に折戸と同じような性格があれば両立しないというのである。
列車は急行ではないので、東京方面に戻る顔ぶれは一つもなかった。乗合せた人も
富山や直江津方面の学校の人が多かった。
「折戸さんはあと二、三年で教授だそうですね？」
明らさまに小関に訊く人もあった。よその学校の人事はやはり興味の中心らしかっ
た。
「さあ、どうでしょうか」

と、小関は笑っていた。

彼らの大学には浜田という学部長がいる。史学界でも大物で、折戸も小関もその弟子だった。そして、彼は浜田学部長に可愛がられている。学界は、狭く、そんなことはだれでもよく知っていた。

「ところで、西脇先生は相変らずお元気のようですね？」

と、これまた露骨な質問があった。

西脇俊雄は、或る意味で折戸や小関よりずっと古い講師だった。専門は古代史である。

その人が、西脇先生はお元気ですか、と問うたのは、なにも西脇俊雄の健康を気遣ったわけではなかった。浜田学部長より後輩だが、折戸などよりずっと先輩の西脇がR大学でまだ講師のままに据えおかれているところに他人の興味があった。西脇俊雄がなぜ未だ講師のままでいるかについては大そう面倒な事情が伏在していた。

「ええ、相変らずお元気でいらっしゃいますよ」

と、小関はさりげなく答えた。相手の意図は分っているが、これもとっつきにくい彼の表情で撃退した。こういうときは自分の日ごろの無口さが役立つのである。

富山に着いた。

ここで降りる人もあり、つづけて乗ってゆく人もある。わずか三日間の学会だが、それでも毎日顔を合せていたとなると、いくらかの愛惜の情が湧く。

「では、お元気で」

「この次は熊本で」

といった挨拶が交された。

小関はプラットホームの時刻表を見上げたが、いったん待合室のほうに歩いた。

「おや、小関さん、ここからどちらへ？」

富山の教師が奇妙な顔をして訊いた。

「いいえ、ちょっと名古屋まで用事がありまして」

「ああ、そうですか」

相手の教師は素直にうなずいた。これが折戸二郎だったら何かの魂胆があるように取られて、相手もうすら笑いしたに違いなかった。小関は大鞄《かばん》とスーツケースを待合室の長椅子に置いて、ぼんやりと顎に手をつき、売店のほうを眺めていた。べつに面白い光景があるではなかったが、退屈だからといって週刊誌を買ってくるでもない。また、駅を出て時間潰しに歩くということもなかった。大体が退屈を知らない性質《たち》なのである。

富山から高山までは三時間近くかかった。高山線は山の中を走る。小関久雄は、鞄の中から最近の報告を載せている各大学の雑誌を出して読んでいた。ときどき外に眼を移しては、山の間にある集落や田圃を眺めていた。景色を見たいからではなく、彼の専門の分野の一つになっている中世荘園のことから、つい、現代の田舎の地形も眼に入れてみたくなるのだった。

トンネルをくぐっている間、小関はうとうとと睡った。彼の頭にはもう折戸二郎のことは忘れられていた。

高山に着いたのが三時すぎだった。駅前でタクシーを拾い、臨天寺と行先を告げると、車は市街を離れ、橋を渡り、山間《やまあい》をしばらく走った。

車から降されたのは路が二つに岐れたところでそこから先は歩いて行ってほしいと、運転手は言った。路の真ん中には雑草が生えているような荒れかたで、運転手はタイヤを大切にしたのである。

小関久雄は片手にスーツケース、一方の手に古い手提げ鞄を持って荒れた路を登った。臨天寺は杉林の間に、かなり高い石段を持っていた。見上げると、古めかしい山門が檜皮葺の屋根をのせて建っていた。

あたりには人影が一つも無かった。彼は石段を登ったが、山門の傍まで来たとき、額にうすい汗が滲んでいた。扁額《へんがく》には、「真言宗　臨天寺」と刻んであった。臨済宗と間違えそうな寺名だった。

門をくぐると、なかの境内はひどく広い。だが手入れの行届かない寺の建物は大きいばかりで、荒廃だけが目立っていた。ここにも人の姿はみえなかった。飛驒の山地の早春はまだ冬の空気であった。

小関は、本堂の横手にある庫裡に回った。いままでは巨大な銀杏三本の幹に妨げられて見えなかったが、突然、若い女が立っているのが眼に入った。

土地の人でないことがすぐに分った。ベイジュ色のコートを着て、片手にやはりスーツケースを提げていた。彼女はぶらぶらとそのへんを歩いているような恰好だった。細い顔だった。

こういう寺にも旅先の若い女が訪れるのかと小関は思ったが、それ以上べつに興味もなかった。相手の女性も小関が庫裡の玄関に入ったのをそれとなく見戍《みまも》っていた。

案内を乞うと、暗い奥から、三十ばかりの女がモンペの上に前掛を当てて出てきた。

「住職さんはいらっしゃいましょうか？」

と、小関は、その手伝ともみえる女に訊いた。

「どちらさまでしょうか？」

と、まるい顔の女は手をついて問いかえした。小関は名刺を出した。

「もし、二、三十分でもお目にかかれたらと思います」

名刺には大学の肩書が入っている。女はいったん奥に入ったが、今度は六十ばかりの痩せた坊さんが出てきた。頰骨の張った、尖った顎の、乾涸《ひか》らびたような顔だったが、くぼんだ奥から太い眼で小関を見て、そこに膝をついた。

「どういうご用でっしゃろか?」

坊さんは小関の名刺を片手に持ったまま訊いた。自分が住職だというのである。

「突然伺って申しわけありませんが、こちらにご所蔵の古文書を拝見出来ればと思ってお願いに参りました」

「ははあ。古文書でも、どのへんでっしゃろか」

と、住職は訊き返した。

「実は、この前、S大学の国史科の雑誌を読んでいましたら、室田さんが、東寺《とうじ》の寺領でこの土地の農民と領主の間に紛争の起った文書が遺っているように書いてありました。それを拝見出来ればと考えたのですが」

「ああ、さようか。室田先生は去年の秋にここにお見えになりましたが、そういう論文をお書きになっていやはるのですか」

住職はちょっと考えていたが、

「先生もそのへんがご専門でっしゃろか?」

と訊いた。

「はあ、まあ、何となくやっているのですが……」

「東寺関係の古文書は、この寺には相当遺っておますけど、この前室田先生の見やはったものはそのまま別にしているさかい、わりと簡単に取出せると思います。じゃ、まあ、どうぞお上りになって……」

小関が礼を言うと、住職はふいと表のほうを眺めた。

「先生、表におられるご婦人は先生のお伴れはんでっしゃろか？」

と、小関に訊いた。

「いいえ、そうじゃありませんが」

小関は、さっきの若い女を思い出した。

「ああ、左様ですか。いいえ、実は、あの方もついさっきここに来やはって、この寺の庭と、寺に遺っている石器や土器など見せてほしいと言やはったんです。けど、わたしのほうは、ときどき、そういう方がお見えになってお見せしたことはおますけど、何やしらん素人みたいな人が冷かし半分にこられますでな、寺でも品物が紛失したこともあり、迷惑しとるもんですさかい、ここんところ、ずっとお断りしてます。そんで、そのご婦人にもお断りしたんですけど、まだそこに立っていやはるようでんな。先生に古文書をお見せするついでやさかい、その方をお呼入れしようかと思いますけど」

「ああ、そうですか。どうぞ、そうしてあげて下さい。わざわざ見にこられたのですから喜ばれるでしょう」

小関も言い添えた。

住職はモンペの女に言いつけて外に走らせたが、まもなく、さっきの若い女が手伝の女といっしょに入ってきた。

若い女が入ってきて、暗い玄関も一どきに明るくなったような感じだった。コートの色が淡いベイジュだったせいかもしれない。近くで見ると、黒い眼の大きなのが印象的だった。

「どうもご無理を申しまして」

と、彼女はまず住職に礼を言った。

「いやいや、先ほどは失礼。あなたも丁度ええとこに来やはった。こちらの大学の先生が古文書を見せてくれと言やはるさかい、ものはついでですよってにな」

と、住職も少し間が悪そうに笑った。

「ほんとにお蔭さまです」

と、彼女は小関にも丁寧に頭を下げた。

「どちらからおいでなはったんでっか?」

と、住職は彼女に訊いた。

「はい、東京でございます」

「それは偶然同じところから見えましたな」

と、住職は小関と見くらべるようにした。

「わざわざでっか？」

と、また女性に訊いた。

「いいえ途中からなんですけれど、ぜひ拝見したくて……」

彼女は、そこにいる小関が大学の教師と知ってか、多少遠慮したように言った。住職の声で二人は揃って玄関に靴を脱いだ。住職が先頭に立って廊下を歩いたが、

「ほなら、こちらさんは案内させますさかい、向うでゆっくり見てくれはりますか？」

と、彼女を振返った。住職はさっきの女を呼び、陳列所に案内するように言いつけた。石器や土器は一間《ひとま》にでもならべてあるらしかった。

小関は住職に導かれて書院造りの部屋に通された。ガラス障子の向うに見える庭も荒れ放題だった。ここにはまだ青い草は眼に入らなかった。

「こういうもんですけど」

と、住職は油紙に包んだ古文書を抱えて次の間から出てきた。

「どうもお手間をわずらわせます」

べつに表装も何もなく、無造作に古い紙は巻かれていた。小関は一枚ずつひろげた。雑誌でも概略は室田教授の紹介で知ったが、ホンモノを見ているとなかなか面白いものだった。文書のほとんどは、この附近が室町時代に東寺の寺領地となっていて、そ

の土地の農民が寺に宛てた嘆願書や、紛争の訴えなどが多い。

このころは庶民の間にも文字が相当ゆき渡ったとみえ、平がなと片カナと簡単な漢字を交えた稚拙な文章である。

小関は、それらを丹念に見て行った。

面白いのは、領主が東寺の依頼を受けて年貢の督促を厳しくしていることから、百姓の出した抗議だった。農民の寺への訴え状によると、荘園領主こそ東寺の名を借りて年貢を横取りしているというのである。この時代には荘園領主と在地領主との対立のほか領主と名主《みょうしゅ》の縦の関係の対立があるという面倒さである。これらに搾取された農民は零細化し、小作や又小作に分解し、その中には浮浪人として没落するものも少くなかった。

この文書によると、百姓はこういっている。東寺への年貢の怠りを農民に責める領主は、寺から頼まれているといっているが、それは嘘で、東寺とは何ら関係がないと思われる。寺ならばかほどまでに追徴の重税は課さないに違いない、どうか寺から人を美濃国に下して実地に調査してみてほしい。そういう主旨であった。それがこの臨天寺宛にも一枚ずつ遺されているのは、おそらく、この寺が東寺の末寺であるから、ここにも参考的に嘆願書の写しを置いたものと思われる。

それに対する京都東寺からの返事もこの寺には保存されていた。それによると、領主の越権はまことに心外である。早速寺から人をやりたいが、いまのところ、その人選に手間どっているので、早急というわけにはいかない、それまでのつなぎの策として臨天寺が調査し、東寺に報告してほしいというのであった。

しかし、この結果は東寺から人がこなかったであろうと、小関は推察した。東寺が人選難に陥っているというのも単なる理由ではなく、真実なのである。当時、全国的にそうした紛争は多く、京都の寺から調査に出向いた僧侶が現地で領主のために殺された例は少くはない。この文書もそういう危険なところに下向する僧も容易に見つからないので、東寺では臨天寺に調査報告を求めることだけで当面を糊塗しているのだ。おそらく東寺は絶望のあまり、諦めるほかはなかったのであろう。しかし、現地領主や名主に抑えられている東寺の末寺の臨天寺が何の役にも立たなかったことは明白である。

その次に興味のあるのは、時代が少し下って、応仁の乱後、農民が東寺ばかりでなく荘園領主にも年貢を納めなくなった現象である。その理由として、一向宗に宗旨替えをしたから、も早、東寺に納税する義務はないという絶縁状であった。それで、別の文書には、今度は逆に東寺から在地領主や名主に訴えて、寺領の農民が年貢を怠っているのでまことに困っている、何とか領主の権限で少しでも年貢を徴収し、それを寺に回してもらえないだろうかという嘆願がある。寺領の年貢が相当領主のほうに略奪されることを覚悟してのことだろう。

一向宗の勃興が農民の年貢滞納を理由にしていることは面白かった。戦国時代に入って、実力は在京の荘園領主から在地領主に移るが、これら実力領主と一向宗の争いを、これまでの通説のように、単に宗教上の抗争とだけ考えるのは当を得ていないと小関は思っている。本質的には領主と農民との経済戦争ではないかと、小関は考えていたのだが、この臨天寺文書は、そうした彼のかねてからの見方を強めてくれた。

小関久雄は、日が昏《く》れるまで、それらの文書の重要なところを写し取っていた。——

電燈がついてしばらくすると、住職が入ってきた。

「どうでっしゃろ?」

と、住職は上から小関を見下していた。

「いや、たいへん面白うございました。どうもありがとうございます」

小関はお辞儀をした。

「いっぺんには書き留められまへんでっしゃろな」

「はあ、ずいぶん多いので。いずれ改めてカメラでも持って参りたいと思います」

実際、小関はもう一度ここに来てもいいと思った。古文書は手で写すよりも写真に撮ったほうが、筆蹟もそのまま記録されるから、ずっと価値がある。

小関は時計を見て、

「あ、もう、こんな時間でしたか。では、これで失礼させていただきます」

小関が古文書を元のままにまとめようとすると、

「いや、そのままにしておくんなはれ、片づけるのはこっちでやりまんね。それよりも、さっきのご婦人が待ってはるさかいに、早うここを出られたほうがよろしやろ」

「え、あの人、まだ居たんですか？」

と、小関は意外に思った。

「なかなか熱心な婦人で感心しましたわ。石器や土器のかたちを克明に、いちいち手帳に写してはりましてな。持参の巻尺を当てて実測もちゃんとやりはって、なかなかホンモノだっせ。そんなことで、たったいま向うはんも終りました。丁度、暗くなったさかい、男性のあんさんが町まで送ってあげはったらよろしやろ。わてもあの人にはそうすすめておきましたんや」

「そうですか。どうも」

小関は住職に厚く礼を述べて起ち上った。もとの玄関に出ると、うす暗い電燈のもとでさっきの女性が隅のほうにうそ寒そうに立っていた。

「どうも恐れ入ります」

彼女は、住職からのことづけを小関が承諾したものとみて、彼に礼を述べた。ぼんやりと浮いた白い面長な顔に眼だけが黒く大きかった。

「いや、ぼくも丁度終ったところです。では、ごいっしょしましょう」

「それがよろし。寺の下まで降りたかて、このへんはタクシーも通らんさかい、相当歩かなあきまへん。路が暗いさかい。気イつけておいでなはれや」

見かけによらず住職は親切だった。危いからと言って、石段の下まで手伝の女に提灯を持たせてつけてくれた。提灯の灯は暗い石段を下へゆらゆらと降りていった。冷い空気の中に、それでも春らしい葉の匂いが鼻に漂ってきた。亭々と伸びた杉の木が黒い影で眼の前に聳《そび》えている。早くも梟《ふくろう》が啼いていた。

石段を降りきったところで二人はモンペの女と別れた。小関がしばらく歩いて振返ると、杉木立の間を橙色の提灯の灯が一つ、石段を帰ってゆくところだった。

「ほんとにお蔭さまで助りましたわ」

と、横にならんだ女は草の生えた路を小関と歩きながら言った。

「あのとき先生がいらっしゃらなかったら、わたくし、追返されるところでしたわ」

暗い中の、若々しい声であった。

「いや、そうでもないでしょうが。しかし、よかったですね」

「ええ、やっぱり大学の先生の肩書にはかないませんわ」

と、彼女は澄んだ声で小さく笑った。

「さっき住職から聞いたんですが、あなたは考古学か何かに趣味があるんですか？」

「考古学というほど大したものではありませんけれど、ああいうものには興味を持っているんですの」

「こんな田舎寺にわざわざ見えるなんて、よほど熱心なんですね」

「このへんから出た石器や土器は、ほとんど、あの寺が保管してますの。普通でしたら、学校だとか、町の郷土室だとか、神社なんですが、ここだけは、あの寺が由緒《ゆいしょ》のあるせいか、あすこに集っているようですわ、もっとも、最近の発掘のものではなく、古く出てきたものが多いんですけれど」

「そういうことが前から分っていたんですか？」

「岐阜県史蹟調査報告書を見ると、そう書いてあるんです。ですから、一度は自分の眼でたしかめてみたくて……」

「熱心なものですね」

「いいえ。ただ、好きで見て回ってるだけですの。素人ですから、そうおっしゃっていただくと恥しいですわ」

灯一つ見えない道だった。彼女の靴はときどき石に小さくつまずいた。

「懐中電燈を用意してくればよかったな」

小関は呟《つぶや》いた。

「ほんとに。うっかりしてましたわ。こんなに遅くなるとは思いませんでしたから」

彼女は自分の失策をいわれたように言った。

「いや、それはぼくのことですよ」

小関はあわてて言った。

暗い路がやっと外燈のある道になった。人家もぼつぼつふえてきた。

「助りましたわ」

と、彼女は実際に、ほっとしたように言った。

「今夜はこの高山にお泊りですか?」

小関は訊いた。

「ええ。駅前なんですけど、先生は?」

彼女は問返した。

「ぼくは市役所の前にある山蓉館というのを予約しています」

「ああ、そうですか」

小関は彼女が駅前旅館などにひとりで泊っているのかと思ったが、それは訊けなかった。

「あなたは、その趣味のことでは、誰か考古学の先生にでも指導をうけてらっしゃるのですか?」

バスの停留所まできたが、そこで待合せている人は一人もいなかった。手提げ鞄とスーツケースを両手に持った小関はタクシーの見つかるところまで歩くつもりにしていた。彼女も思いのほか健脚だった。小関にしては珍しく喋舌《しゃべ》った。

「いいえ。特にきまった方はありませんけど、私の兄が都内の高校の教師をしてるもんですから、兄にいろいろ訊いています」

「ああ、それはいいですね。お兄さんは、歴史をやってらっしゃるんですね？」

「ええ、R大の西脇先生の弟子なんです」

彼女はさらりと答えた。

「なに、西脇さんの？」

小関は愕《おどろ》いて思わず、足をとめるところだった。

「あら、ご存知でらっしゃいますの？」

彼女も小関を見た。

「ええ、知ってるどころじゃありません。西脇さんなら、ぼくらの先輩で、しかも同じ学部なんです」

「あら。先生もR大学の史学科でしたか」

今度は彼女がおどろいて、

「ふしぎですわ」

と、小関の耳に聞えるほど深い息を吸った。

あとの話をつづけようとしたとき、空車のタクシーが走ってきた。小関は急いでそれをとめて彼女を先に乗せた。

「わたくし、近村と申します」

座席にすわって彼女ははじめて言った。

「近村さん？　そういう学生が居ましたかね？」

「いえ、兄はR大じゃございません。でも西脇先生に私淑《ししゆく》して、ご指導をうけてるんですの」

「なるほど」

西脇講師の弟子が、この女性の兄だと、折戸に話してやれば、折戸はどんな顔をして聞くだろうか、と小関は思った。小関は、それから再び寡黙《かもく》になった。タクシーを駅前まで回させた。近村という若い女性は、そこで降り、わりと大きい旅館の前に立って、小関を見送った。彼女は頭をさげたあとで、車に向って小さく手を振った。

小関は山蓉館に着いた。貧弱な旅館だった。広い道路の向い側には、飛騨代官所趾の屋敷門が見えた。風呂を済して、晩飯を食べていると、女中が入ってきて、

「お届けものでございます」

と言って小さな包を置いた。届け主はすぐに帰ったということだった。

細長い四角な箱で、この土地の商店の包紙の上に赤いリボンが結んである。手に持

つと水音がかすかにした。ウイスキーらしかった。

小関が包紙を解くと、中から名刺が一枚出てきた。「近村達子」とあった。

「今日は大へんありがとう存じました。旅のお疲れやすめにお役に立てばと存じます」

名刺の肩に、きれいな字であった。

小関は、タクシーを降りて彼に小さく手を振った、眼の大きい、面長《おもなが》の顔を泛べた。暗い道の、葉や草のかすかな匂いも思い出した。

3

女中が折戸と幸子のスーツケースを提げて廊下に出て行った。

朝の陽が障子の上半分に当っている。春らしく、強くなった光だ。その障子の向うから渓流の音が聞え、今朝も早くのぞくと、竿を岩の上から伸《の》ばしている人が居た。川の音は昨夜も、笠原幸子を腕に捲いた折戸の耳に一晩じゅう聞えていた。

「さてと……忘れものはなかったかな」

折戸二郎は、部屋の中をたしかめるように見回した。食事のすんだ卓の上には二人分の皿が置かれ、灰皿には三本の吸殻が入って、縁《ふち》から灰がこぼれている。この卓が今朝持出される前には、二人分の床がならべられていた。

次の間には鏡台がある。これも今朝幸子が使ったものだが、女らしくきちんと片づけられていた。傍の小さな反古籠《ほごかご》には、櫛を拭いた紙が投げこまれている。

「さあ、出よう」

何も残ってないと安心して襖をあけようとする男を、いままでじっと立っていた幸子が急に前に駈け寄るようにした。ハンドバッグを持ったまま両手で彼のコートの上から腕を抱き、眼をつむって顔を寄せた。

折戸は、襖一枚向うの廊下に女中が待っていると眼顔で知らせたが、幸子は怖れずに唇を求めた。

たった一晩を境にして、女はまるで違った性格になった。以前は彼が要求しても、その唇を決して自分の頬や額以外には許さなかったものだった。やっと折戸が彼女の唇だけを獲得したのは一か月ぐらい前である。

月に三度ぐらいしか逢わないから、実質的には短い期間といえた。人妻の不自由さが遇う回数を制限させた。

唇を許してからも、女は初め上下の歯を扉のように閉して男の舌を拒んでいた。それが、いまは歯を開き、彼の思うままに許している。

幸子は激しい呼吸《いき》を静めると、急いでハンカチをとり出し、彼の唇から紅を拭った。

そのあとはルージュをとり出した。

折戸は、そんな手間をかけている幸子を眄《なが》し眼《め》に見て、先に廊下に出た。女中は居なかった。

廊下を曲ったエレベーターのところで、荷物を抱えている女中が待っていた。

「奥さまは？」

「もうすぐくるだろう」

折戸は、所在なさそうに首を左右に振って筋肉の運動をした。幸子がうつむきかげんだが、急ぎ足で廊下の角から現れた。

女中は先にエレベーターに入ってボタンを押した。幸子は眼を伏せている。玄関に出ると、彼女は顔をかくすようにして見送りの女中たちの間をのがれた。これは車が出るまで変らなかった。いや、山中の旅館通りや商店街を抜けるまで窓から顔をそむけていた。

田舎道になると、幸子は折戸の手をすぐに求めた。これも今朝になってからの変化である。昨日まではそういうことはなく、いつも彼から手を出したものだ。

幸子は、折戸の手を上から握り溜息をつき、やるせないように頭を彼の肩にのせた。バックミラーにある運転手の眼ももう遠慮しなかった。女の匂いが折戸の鼻をかすめた。彼はこの匂いを昨夜一晩じゅう堪能していた。

やはり人妻だと折戸二郎は思った。水商売の女には求められないものがある。素人でも、未婚の女には無いものがある。彼は、一盗二婢という野卑な俗言を泛べた。彼としても、他人の妻との交渉は最初の経験であった。

女は冒険してここまで来ている。背後には自己の破滅が断崖のように控えていた。死にも通ずる絶壁であった。

昨夜の人妻は、折戸の手に小舟のように揺られつづけであった。冒険している女は、はじめは恐れ、閉していたが、次第に熱気に包みこまれ、彼の前に開放を遂げた。

それは女が夫婦生活を経験しているせいでもあったが、夫と違う男との悪の行為に、自らが戦《わなな》いて激昂をたかめて行ったのだった。

折戸は未知の領土に足を踏入れて、その新鮮な豊潤にうっとりとなった。彼も、女の激しい罪悪感の中にいつかまき込まれ、自分も冒瀆意識に駆立てられ、その中に陶酔した。こういうことは今までの彼に決してなかった。

どのような場合でも彼は相手に対して余裕を保ち、どこかで女の動くさまを冷静な愉しみで見ていた。

だが、今度ばかりは、はじめの間、自分を火の中に溶解させた。彼は他の女に効果をあげていた技巧まで喪失した。

折戸はやがて笠原幸子がまだ幼稚であることを知った。夫を持った女ではあるが、未熟であった。彼女はただ情熱だけで向ってくる女であった。彼女の身体が生硬であるのでも分った。

これは少しおどろいていいことだった。未婚の女性でも、この人妻よりはもっとそんな行為に馴致されていた。水商売の女は論外である。幸子は未経験者のそれとあまり変らないほどおさなかった。彼は彼女が彼によってはじめて恍惚の震えを教えられたのを知った。

そうすると、笠原幸子の夫という男の見当がおよそついた。折戸が余裕を少しずつとり戻したのはそれからである。彼は同時に職人性を蘇《よみがえ》らせた。以後の愉しみはいくらか日ごろに近いものになった。

幸子は彼の自在に操られた。彼女の羞恥はときどき彼女をはっとさせたが、その間《かん》歇的《けってき》な自覚は次第に遠のき、彼の作業に燃えて溶かされ、打たれ、鞣《なめ》されるだけになった。深い泥のような睡りに陥ったあと、折戸は幸子を声をかけないで起した。彼女の部分に触れるだけで彼女は目覚めた。彼女の呼吸がはずみ、全身が生きあがってきた。ほんのちょっとした刺戟にも彼女の鋭敏な反応があり、それが急激な痙攣《けいれん》に似た戦慄をひろげてくるのだった。

雨戸の隙間からは早朝のすがすがしい蒼白い光が洩れてきているが、折戸は彼女の湿潤な粘土を十分に踏みにじった。彼女は苦しみ、布の端を口の中に入れて声を嚙んだ。

折戸はまたもや幸子の夫を想像することができた。そして彼は自分が彼女の事実上、最初の司祭者であることを知った。

折戸は、彼女の耳にそっと訊いてみた。幸子は両手で顔を掩い、はじめての境地を肯定した。

今までの幸子の頑《かたく》なな、そして上品な閉鎖が彼女の道徳心や羞恥のみからきているのではなく、それは無知からくる厭悪感にも作用されていたことが折戸にも分ってきた。彼は彼女のその厭悪感や侮蔑感を一夜のうちにとりのぞいてやった。それは彼女にあまり屈辱感をおぼえさせないで熟練のうちに自然になし遂げることができた。折戸は新種の花弁が開いたときのような栽培家のよろこびと満足を得た。——

たしかに笠原幸子は昨夜を境にして変った。それまでは折戸が接近しても一歩退くような控え目な女だったが、いまでは彼女のほうで彼の脇に身を密着させ、絶えず車の中でも彼の手を握りつづけていた。その握りかたも情熱のやり場を求めるように両手の中に包みこんだりした。彼女の眼は、景色よりも彼の横顔の凝視が多かった。

大聖寺の町に出た。昨夜、折戸が金沢から駆けつけた国道がここで交差している。

「お客さん」

運転手が遠慮したように言った。

「まっすぐ駅に着けますか？」

「いや、東尋坊《とうじんぼう》に行ってくれ」

折戸は、通過した国道を幸子に見せて言った。

「昨夜は、この道を走ってきたんだね、金沢からずいぶんあったよ」

「そう」

道の両側は広い田畑がひろがり、いま通過してきた山代あたりの低い丘陵がその脇に福井方面までのびていた。

「君が待っているだろうと思ってね。暗い中を相当車を飛ばさせたんだが」

「悪かったわ。でも、わたくし、もっとお時間がかかると思ってましたの。もう、そんなに無理をなさらないで。お怪我がなくてよかったわ」

大聖寺からは平野となり、一面が麦畠と桑畠だった。麦は短くて青く、桑はまだ芽を出したばかりだった。

正午《ひる》に近づいたせいか、気温が上った。折戸が窓ガラスを半分おろすと、気持のいい風が入ってきた。

「あら、汐の匂いがしますわ」

嘘ではなかった。橋を渡るとき一方に海が見え片方に入江のような湖水が白く光っていた。

折戸が運転手に訊くと、北潟湖《きたがたこ》と教えた。

「愉しいわ」

と、笠原幸子は彼との旅にうっとりとなっていた。

やがて、道は新しい温泉町を見せてきた。これは田圃の中に突然出来上ったような、新しい贅沢な町であった。

「芦原《あわら》温泉です」

と、運転手が訊ねる前に言った。

折戸二郎は時計を見た。十一時十分前だった。べつに時間を気にしたのではなく、いまごろ小関久雄はどうしているかなと思っただけだった。

小関は、今朝金沢の宿を出て飛騨高山に行くとか言っていた。いまごろは、山の中を走っている汽車の中にひとりぽつねんと腰かけているかも分らなかった。折戸には、そうした小関の野暮ったさが眼に見えるようだった。とうてい女には縁のない哀れな男である。もっとも当人は孤独を感じないのだから、こちらで思うほどでもなかった。

その小関が独身で、自分に妻があるのが、いつものことながら不公平だと思った。もし、自分が小関のような環境だったら、もっと自由に勝手な行動ができるのだ。家庭があることでどんなに窮屈な思いをしなければならないか、早い話、こうして笠原幸子ともう一晩旅先に送ることも、小関にことづけを頼まなければならない始末だった。

折戸二郎は、実際、結婚を早まったと思った。いや、これは他人《ひと》に言う口実ではなく、事実、彼は学生結婚だった。卒業のときはすでに女の子がひとり出来ていた。爾来、それをどのように後悔したか分らなかった。

「何を考えていらっしゃるの？」

と、笠原幸子が訊いた。風景は再び単調な山と田圃だけのものになっていた。

「いや、金沢で別れた友だちのことなんだけど」

折戸は、長くなった煙草の灰を前の受皿に落した。

「ああ、昨夜伺いましたわ。その方のこと、ずいぶんお気になさるのね」

「ひとりだから少し可哀想なんだ。いまごろはローカル線に乗っているだろうが、やがて高原の駅に降りて田舎寺に行きつくだろう。そこで黴《かび》臭い古文書などぼそぼそと見るはずだがね」

「でも、その小関さんて方、学者らしいわ」

「そんなことするほか仕様のない男だ」

「学会の帰りに勉強なさるなんて、いい方だと思いますわ。先生もわたくしがついてこなかったら、そんな有意義なお時間がとれたのに、申しわけないと思いますわ」

「そんなのはご免だね。研究は大学だけで飽き飽きしている。君に来てもらったほうが、どれだけ人生的な歓びがあるか分らないよ」

　折戸は幸子の指を強く握った。彼女が顔を痛そうにしかめたので指輪を締めつけたと分った。その指輪は楕円形の翡翠《ひすい》だった。夫が買い与えたものである。

　笠原幸子の夫は、或る化学繊維会社の平凡な技師である。専門の仕事にはくわしいかしらないが、視野の狭い男と想像された。それについて幸子はあまり誇らなかった。折戸に接近してからはさすがに夫の欠点は告げられないようだった。だが、言われなくても折戸には見当がつく。子供が居ないせいだけでなく、彼女が大学の通信教育を受けているというだけでも夫との精神的な落差が推察できる。多分、彼女の夫は芸術的な教養に浅く、デリカシーのない技術屋に違いなかった。

　それは昨夜彼女の未開な身体に接した経験でも折戸には分るのである。おそらく、彼女の夫も小関久雄のような、まじめだが野暮ったい男に違いなかった。

　東尋坊に着いた。

　車は土産物屋のならんでいる手前で停り、そこからだらだらとした路を海に向って降りた。すぐ前が水平線のひろがりであった。

　海岸に突出た岩肌の上には夥《おびただ》しい見物人が群がっていた。東尋坊は海から見上げないと断崖の実感がこない。それでも、横の岩壁から高さは分った。

　断崖の端に向って折戸は歩いた。幸子はハイヒールを近くの店で草履に替えて、彼に手を取られて岩場の上を拾った。

「あんまり端のほうにおいでになっては危いわ」

断崖の縁に出なければ垂直になった下の海はのぞけない。若い連中は平気で危険な場所に立っているが、女たちは腹匍《はらば》いになって下を見ていた。

「怕《こわ》いわ」

幸子は端よりずっと手前のところで折戸を止めた。海からくる風は意外に強く、身体の重心が失われそうだった。

「怕いかね?」

折戸は彼女の片腕を抱えて言った。

「わたくし、高いところから下を見るのは駄目なんですの。めまいがしそうで……」

「そういう場所にぼくらは立っているんだよ」

「………」

幸子は、その意味をすぐに察した。怜悧《れいり》な女である。風景の恐怖は、忽ち心理的な危機の表情に変った。急にその顔は真剣となり、熱い息を吐いた。

折戸二郎は、むろん、そんなことなど少しも考えてはいなかった。危険が逼れば遠のくだけである。だが、いまはそこまでは来ていなかった。安全な立場にあると、言葉は逆に危険を彼女に教えた。そのことで折戸の「真剣な」気持を彼女の心にしっかりとうけとらせることができた。相手は遊びを解さない女だった。

潮風のたびに彼女の髪が眼や頬に乱れかかった。折戸は、この同じ髪の乱れを、昨夜につづいて今夜もう一晩見ることができる。彼女の身体はもう未開ではなかった。今後はそれをいかに豊饒《ほうじょう》にしてゆくかである。

折戸はこれから先のことを考えた。笠原幸子はこれで彼から離れないに違いなかった。一途《ず》に彼に凭《よ》りかかってゆくであろう。しかし野放図にはなるまい。夫のあることが、自然と彼女の行動を抑制させる。それでいいのである。のべつなく遇うのを求められるのはやりきれなかった。

この女は次第に夫に背いてゆくだろう。はじめの罪悪感もうすらいでゆく。だんだんに夫を憎みはじめるかもしれない。折戸二郎はそうした人妻の変化の過程を愉しんでみたかった。初めての体験である。

だが、それには限度があった。彼女を際限なく引張ってゆくことはできない。それは極めて危険な状態になることだった。彼女が本気に離婚を決心しても困る。そうなったら、もてあますことになる。

また、彼女にあんまり思い詰められても困惑する。万が一、彼女が自殺するようなことになれば迷惑な話だった。遺書でも書かれたら、それこそえらいことである。その数歩手前で身をかわすことである。

いや、その前に彼女の夫に気づかれないように要心しなければならない。それには絶えず彼女の話を聞き、その様子を観察する必要があった。女が彼と遇うことに熱心になって、警戒心を忘れてくれば危険と悟らねばならない。はじめ要心深い女も、これは馴れるに従って次第に大胆になってくるものだった。しかし、考えてみれば、スリルのある関係であった。

二人は断崖の上から引返した。幸子は人の多いところでは、やはりうつむいて歩いた。

大聖寺に戻って駅から下り列車に乗った。笠原幸子は駅で弁当を買い、果物や菓子を買いこんだ。

ならんで座席にかけ、彼女は彼の膝の上に自分のハンカチをひろげてくれた。小さな土瓶から茶をつぎ、彼が弁当を食べ終ると、蜜柑《みかん》の皮をむいた。歓びが、その動作の一つ一つに出ていた。

「ウイスキーはなかったかな?」

折戸二郎が呟《つぶや》くと、

「あら」

と、彼女は眼をあげ、いかにも気がつかなかったという顔をした。売店の棚には、たしかにウイスキーの小瓶があった。

　折戸は、よく気のつく幸子がウィスキーを買ってこなかったことで、彼女の夫が酒も飲めないことを知った。どこまでも野暮な男に出来ているとみえる。勤めから帰ると、早速飯をかきこむ人間に違いなかった。

「気がつかなくてすみませんでした」

　と、彼女は謝った。折戸はもう少しで、ご亭主は酒をたしなまないのかね、と訊くところだった。

「今度はどこでしょう？」

「福井だ」

「じゃ、わたくし、ホームにすぐ降りて買ってきますわ」

「いや、売りにくるだろう。大丈夫だよ」

　と、折戸は親切に止めた。

　福井をすぎると、折戸は小瓶を傾けはじめた。

「君もどう？」

「駄目ですわ」

「半分くらいならいいだろう」

　折戸は、コップになっている蓋の半分をまず飲み、残りを幸子の口の前に持って行った。が、彼女は、その強い香りを嗅いだだけで顔をしかめた。

「どうしてもいただけませんわ。……わたくしはこれで」

と、笑いながらチョコレートを出した。

山間に入ると、急にあたりが暗くなってきた。トンネルも多かった。

「京都は何時に着きますの？」

「五時半ぐらいだろうな」

「じゃ、ちょうどいい時間だわ」

笠原幸子は明るい顔で言った。この女も今夜の宿のことを考えている。ちょうどいい時間と言ったのは旅館に入る時刻のことだろう。そして、それはそのまま昨夜のつづきに意識が結ばれている。彼女の顔には、もはや、東京に残した夫のことも泛んでいないようだった。そうしたもの憂げな表情すら列車の中では折戸は一度も見かけないように思った。


小関久雄は、朝、高山駅に着いた。八時五二分の名古屋行準急に乗るつもりだった。が少し寝すぎたため、駅に着いたときはすでに発車のベルが鳴っていた。幸い金沢から通しの切符を持っていたので、準急券は車内で買うことにし、改札口を走り抜けた。二等車のステップを上ったところでベルがやみ、ドアが閉った。

小関久雄は、荒い呼吸《いき》を静めるため、しばらくそこに立って流れる風景を見ていた。

ようやく心臓の動きがおさまったのでドアをあけた。座席はほとんど一ぱいだったが、空席が二、三見えた。彼は手近なところに坐るつもりにして通路を歩いたとき、ふいに向うのほうで起ち上った女が手招きするのが見えた。

あっ、と思った。それが昨日出遇った近村達子だった。彼女はにこにこして手で呼んでいた。

小関久雄は荷物を持直すと、ほぼ中央のその座席に進んだ。近村達子は立ったまま彼を迎えた。

「先生がホームへ走りこんでいらっしゃるところを見ていましたわ」

と、彼女はまず言った。

「はあ、どうも」

小関は赧《あか》い顔をして頭を下げた。

「多分、この列車にお乗りになるんじゃないかと思ってましたの」

と、近村達子が自分の横に彼を坐らせて言った。

「でも、駅ではお姿をお見かけしなかったから、次の列車かと思いましたわ」

列車は高山盆地を走り、やがて山間に入ろうとしていた。

「あ、昨夜はどうも」

小関は、宿に届けてくれたウイスキーの礼を言った。

「いいえ、ほんとにつまらないもので申しわけありません。昨日、先生のおかげであのお寺を見せていただけましたので、とてもうれしかったんですの」

「昨日も偶然でしたが、今日もいっしょとは意外でしたな」

小関はそう言ったが、少しキザに聞えそうなので、

「もっとも、東京に帰るとすれば、この列車が当然ですがね」

と、つけ加えた。

「わたくしも、昨日はお聞きしませんでしたけれど、多分、そうじゃないかと思ってましたわ。昨夜はぐっすりお寝《やす》みになれましたの？」

「ええ。歩き回ったせいか疲れていましたから」

「お届けしましたものが、お酒のほうがよかったんではないかと、あとで気づきましたわ」

「いや、ウイスキーで結構でした。もっとも、ぼくは酒はあまり飲めないんです」

小関はポケットから煙草を出した。二人は、ちょっと話のつぎ穂を失ったかたちだった。

「先生は、あの古文書を写しに、もう一度お出かけになるようなお話でしたけれど、ほんとにそうなさいますの？」

近村達子は、外に流れる山林のせいか、片頰に青い色を浮べて訊いた。それでいて

陰の部分は健康そうな紅《くれない》の肌だった。

「そう考えていますが、いつのことになりますか……」

「お忙しいでしょうね？」

「大学の教師というものは始終時間に追われていましてね。つまらないことでゆとりを失っています」

線路の横に渓流が流れていた。富山からずっとつづいてきた川だったが、気づいてみると、川の流れの方向が変っていた。列車はいつの間に分水嶺を越えていた。水は大小の岩を嚙んで白い泡を湧かせていた。

「昨夜もあれから考えたのですが」

と、近村達子は快活に言った。

「先生は、兄が教えを受けている西脇先生と同じ教室だとは、これも不思議なご縁だと思いました」

「そうですな。やはり偶然ですね」

「早速、東京に帰ったら、兄に話してやりますわ」

西脇講師は折戸や小関の先輩だが、どういう理由からか、まだ講師のままに据置かれていた。これにはさまざまな噂が流れている。

西脇講師は学問には誠実で、小関も尊敬していたが、どちらかというと、性格は狷《けん》介《かい》なほうだった。それに、彼は折戸二郎をあまり好んでいなかった。全然性格が違うのである。

折戸二郎はいまごろどこに居るかなと、小関は、そのことから、ふと友人のことを考えた。昨夜はどこの温泉でだれかといっしょだったに違いないが、今日もひきつづき遊び回っていることであろう。今夜は京都泊りということだったが、もしかすると、帰京後、彼からその話を聞かされるかも分らなかった。折戸は小関にだけは妙に気を許していた。

だが、いつもなら、折戸はそうした逢曳《あいびき》きにゆく相手のことをいくらかでもほのめかすのだが、今度ばかりは何も言わなかった。してみると、彼にも人には隠したい素性の女性であろう。東京に帰ってすぐにはうち明けないかも分らなかった。べつに聞きたくもないが、いつも折戸のほうから進んで小関に話すのである。今度のケースも、あるいは、当座は沈黙していても、ある期間がすぎれば、ニヤニヤしながら、あの時はね、と話出すかも分らなかった。

小関は、折戸二郎のそうした行動を、べつに道義的に批判しようとは思わなかった。これも性格の違いで、大体が別々な生活に居て、体質も違うと思っている。だから、折戸の行動を見たり聞いたりしても、それを自分の傍に置いて考えるということはなかった。彼はなるべく折戸のいいところだけを見ようとした。つまり、学問の上では折戸は素晴らしい才能を持っていた。着想も、研究方法も、小関やほかの同僚を一歩も二歩も抜いていた。彼は、そういう折戸だけを主に見ていた。そうした点が、西脇氏が折戸を気に入らない理由の一つでもあった。

大学の中ではかなり偏狭な性格だと噂されている西脇講師の弟子が近村達子の兄だとすると、その人はどういう性格だろうかと、小関は、それもまたぼんやり考えていた。

妹は素直な明るい性格の女性のようだが、その人の兄もやはり同じであろうか。

下呂《げろ》駅に着くと、乗客の半分くらいが降りたが、またそのぶん新しい人たちが乗ってきた。林の間に、どこからか来た大型バスが数台ならんでいた。下呂温泉の旅館の建物がすぎると、汽車は一散に濃尾平野に向って下りにかかった。

「先生は名古屋から、やはり、新幹線でお帰りになりますの？」

近村達子は岐阜近くになって訊いた。

「いや、普通急行です」

小関は、ぼそっと答えた。

「そうですか」

彼女は考えていたが、

「この列車は東海道新幹線に連絡していますが、それでお帰りになってはいかがですか。東京までわずか二時間ですわ」

「あなたはそれで帰るんですか？」

「ええ」

彼女はうなずいた。

「しかし、ぼくはその切符を買っていませんから……」

「もしかすると、名古屋でその切符が手に入るか分りませんわ。でも、座席がなくても、ブュッフェでお食事かコーヒーでもお飲みになっていれば、平気ですわ。わずか二時間くらいですもの。切符は車内で精算できますし……わたくしも、ときどき、そうしてますの」

彼女は小さく笑った。

「へええ。あなたは、そんなによくこっちにくるんですか？」

「よくということはありませんが、ときどき、京都や奈良にくるもんですから」

「ほう。お寺の庭をごらんになるんですか？」

「庭だけじゃありませんけど……」

彼女は言いかけたが、あとは黙った。何か話したくないらしかった。

「で、いかが？　そうなさっては」

「新幹線のことですか」

「ええ、そしたら、また、お話ができますもの」

「いや、ぼくは、やっぱり、普通急行にしましょう」

「…………」

「何だか乗りつけないものに乗るようで、落ちつかないし、はじめからちゃんと切符を買って乗ったほうが気持がいいです」

近村達子は少し、呆れたように小関を見た。

実際は、小関久雄は彼女とつづけて東京まで一緒にいるのが窮屈になってきたのだった。

4

小関久雄は、東京駅に午後六時ごろに着いた。街には灯が輝いている。名古屋から四時間あまり硬い二等車の椅子に縛りつけられたままだったが、新幹線で戻った近村達子は二時間前に着いたはずだった。

小関は改札口を出た。折からラッシュアワーで、構内は生活の埃が渦巻いているようだった。

ならんだ赤電話は人が全部占領していた。折戸二郎の家にことづけをしなければならない。それを電話で済すつもりだったが、なかなか赤電話があきそうになかった。順番を待っている人も多い。見ているうちに小関は、どうも電話ではことづけの誠意が届かないような気がしてきた。折戸二郎の妻の顔が浮んでそう思ったのだ。これはやはりわざわざでも家に行って話したほうがいいと考え直した。自分のことではなく、友人のことだから責任を感じた。

折戸二郎の家は品川区の戸越《とごし》にある。方向は自分のアパートと正反対だった。小関は、もう一度別なホームに引返した。こんなことなら初めから品川で降りればよかったと思った。山手線で五反田まで行ったが、車内は身動きができない。今朝は飛驒高山のひなびた町を歩いていた。それが今日のことではなかったような気がする。

小関は、五反田駅から池上線に乗換えた。これも満員である。折戸二郎の家は戸越の駅から歩いて十分くらいはかかる。駅前からバスが出ているが、混雑を考えると乗る気はしなかった。昨日から田舎を歩いた脚である。

外燈の少い住宅街に入った。黒い木立が多い。どの家も長い塀をもっていた。

小関は瀟洒《しょうしゃ》な門の前に立った。近ごろの建築で門扉も、その奥に灯をともした玄関もモダンである。或る出版社の講座ものが当ってその印税で折戸が新築したものだ。

門のブザーを押して待った。しゃれた鉄柵《てっさく》のついた門は、そこから訪問客を入れない。遠い玄関に灯がついて、人の影が戸を開けてこちらをのぞいた。

「どなたでしょうか？」

夜のことだし、先方は不用心を考えていた。折戸二郎の妻である。

「奥さん。小関です」

女の影は下駄を鳴らして玄関から近づいた。逆光で髪と肩の上に灯影《ほかげ》が載っている。

「あら、失礼しました」

折戸の妻は門の閂《かんぬき》をはずしにかかった。

「いや、奥さん、ここでいいんです」

小関は急いで言った。

「でも、まあ、よろしいじゃありませんか」

折戸の妻は門を開いた。

「今晩は」

小関は頭を下げた。

「お疲れさまでした。いま、お着きになったんですか？」

彼女は小関の汚い手提げ鞄に眼を落し、すぐ彼のうしろをのぞくようにした。

「折戸はごいっしょじゃなかったんですの？」

「はあ。折戸君はもう一晩用事があって、帰りが一日遅れるんです」

小関は言ったが、折戸の妻は、それが聞えないように答えなかった。

と中に入るようにすすめたが、かなり強い調子だった。小関には少し迷惑だったが、断れなかった。友人の頼みをできるだけ円滑に伝えるためには、従うほかはなかった。

「さあ、どうぞ」

折戸の妻が応接間に照明をつけた。

「なんですか、まだ冷えますわね」

応接間はこれで何度か目だった。きれいである。新築のせいだけではなく、設計にも飾りにも折戸二郎の趣味が横溢していた。きらびやかな豪華本が詰っているシナ風黒檀の書棚の上には骨董品の陶器がならんでいた。折戸はその方面にもくわしい。

五十ばかりの女中が茶を運んできた。

「あちらの学会はいかがでしたか、小関さん?」

折戸の妻は紅茶を女中から受取り、小関の前に置きながら訊いた。

「はあ、なかなか盛会でしたよ」

「みなさん、各地から久しぶりにお見えになって愉しかったでしょう」

「学会は、ご承知のように何回もありますがやはりいつもこない人にも遇えるので、愉しいには愉しいです」

「あちらはいかがでした? 金沢っていいとこですってね?」

「町はやはり北陸らしく落ちついていますね」

「わたくしも一度行ってみたいと思ってますわ。折戸は何処にもわたしを連れて行かないもんですから」

折戸二郎の妻はうらみごとを洩した。妻は夫が旅行中に何をしているかおよそ察しているようだった。小関はあとが言いづらくなった。

果して、女中が外に消えると彼女の唇にうすい笑いが出た。

「ねえ、小関さん。折戸だけどうしてあちらに残ったのでしょう？」

「金沢の大学で歴史研究会というのがあるそうです。そこの有志が、どうしても折戸君に講師になってもらってゼミナールをしたいというんです。断りきれなかったようですな」

「あら、そうですか」

言葉は軽いが、顔色は重かった。それでいて唇は相変らず歪《ゆが》んだように微笑している。

顔全体が折戸二郎よりはかなり年上に見えた。眼の下がたるみ小皺《こじわ》が多かった。髪もなんだか少くなっている。頬が落ちてとげとげしい。これで折戸二郎とは同じ年齢だった。学生結婚である。折戸はそれを早まったと人にはこっそり言っている。

「小関さん、あなたはそのゼミにお加わりにならなかったんですか」

と、折戸の妻は眼をあげて訊いた。

「ええ。ぼくはお座敷がかかりませんよ。折戸君のような売れっ子とは違いますから」

小関は笑った。折戸二郎はマスコミにも名前が売れている。中堅の史学者としては押しも押されもせぬところに来ていた。大当りをとったある出版社の講座ものも彼の監修《かんしゅう》だったし、彼の担当した巻がいちばんよく売れた。収入も多い。この家が建ったのもそうしたことの累積《るいせき》からだ。それだけに、彼には敵もあった。

「学者はあんまり売れないほうがいいわ」と妻は言った。

「折戸も近ごろは少しいい気になっているようですわ」

何を意味しているのか、小関には想像がついた。この妻もやはり夫の秘密に気づいている。ただ、夫の浮気の相手を知ろうとしないだけであった。

「そりゃ、収入は少々よくなったかもしれないけど、苦しくても前のほうがよかったと思います。研究に夢中になっていたころのほうがありがたかったですね」

しかしこの妻には現在の裕福な生活が仕合せには違いない。その余裕《ゆとり》が彼女の様子に鈍い光のように出ていた。着ているものも、以前からみるとまるで違っていた。妻が嘆くのは夫の不行儀だけだった。

「しかし、折戸君はなかなか勉強してるじゃありませんか。ぼくらはかないませんよ」

小関は言った。彼の妻は思わず満足そうな笑《えみ》に変った。それはその通りだった。折戸二郎は才能に恵れていた。この女は学生時代に同じ史学科に籍を置いていたので、いまでも生かじりなことを知っている。もともと、折戸がよく出来ていたから彼女の心を捉えたのだった。

女房が仕事のことに口を出してうるさくてしようがない、とは折戸二郎が陰でこぼしていることだった。なまじっか学校に行った女房をもらうものではない。手伝いになるどころか、いらいらするばかりだ。ぼくが次に女房をもらうとすれば、何も分らない無知な女にしたいね。右を向いていろと言えば、いつまでもそっちを向いている女のほうが勉強の邪魔にならないでいいよ、と彼は言っていた。

「小関さん」と彼の妻は訊いた。

「じゃ、あなたは昨夜まで折戸といっしょだったんですか?」

「いや、昨夜はもう別々になったんです。ぼくは金沢の帰りに飛驒高山のほうに行きましたからね」

折戸自身が弁解している気持になった。

「飛驒の高山。へえ、そこに何があるんですの」

「古い寺に古文書があると聞いたので、見せてもらいに行ったんです。それで、昨夜はその土地に泊りましたよ」

「珍しいものがありまして」

「まあ、行っただけの甲斐はあったようです。しかし、時間がないので、今度もう一度出かけるつもりですよ」

「あなたはいいわね」

と、折戸の妻は羨しがった。

「どうしてですか?」

「だってそんなふうにコツコツ真面目にやってらっしゃるんですもの」

もちろん、それは夫の行動と対置した言葉だった。

「ぼくらのような鈍才は、そんなことでもやるよりほか仕方がありませんよ」

と、小関は秀才折戸二郎の妻に言った。

「そのほうが学者らしいわ。わたしはそんなタイプが好きですわ」

だが、それは必ずしも彼女の本心ではないようである。折戸の妻は夫の才能に十分自足しているのだった。ただ遊びを知らない小関の一面だけを羨望しているだけだった。

「ねえ、小関さん。あなた、どうして結婚しないんですか?」

急に彼女は言った。

「結婚ですか。ぼくなんかに来てくれる人はいませんよ」

「あら、そんなことはないわ。大学の助教授だといえば、だれだってお嫁さんになりたいに違いないわ。どうしてお断りになってるんですの?」

「べつに断りはしませんよ。ただ縁がないだけです」

「ほうぼうから話はありませんの？」

「そういうことも過ぎて、いまは落ちついた感じですな」

「じゃ、いい方があったら結婚なさる意志はあるんですね？」

「ないとは言いませんが」

「ねえ、わたしに心当りがないでもないわ。一度話を進めてみましょうか？」

小関は困ったが、無愛想に断ることもできず、曖昧に言った。

「いい人ならお願いしましょうか」

「そう」

と、彼女は乗り気になって、

「すぐ連絡してみますわ。まだはっきりしないから、先方がどういう方か、あなたにお伝えするわけにはいかないけど、あなたさえその気持があれば、わたし、いつでも計らってみますわ」

小関は考えた。折戸二郎の妻は、なぜ、こうも他人に結婚をさせたがるのだろうか。彼女の結婚が失敗だったとはいえないにしても、夫の素行に不満をもっている。その不満を他人の幸福な結婚をつくることで補うつもりだろうか。それで自分を慰めようというのだろうか。それとも、同じ境遇の仲間をふやして自足したいのだろうか。――

女のおせっかいには絶えず自己中心があるようだった。

「しかし、ぼくは年を食っていますからね、そんないい人が喜んでくるわけはないでしょう」

小関は微笑しながら言った。

「大丈夫ですよ。いまの若い女性は、年齢のあんまり若い人だと物足りなく思ってますわ。そりゃ遊び相手にはいいかもしれないけれど、結婚の対象となると、しっかりした相手を求めますわ。小関さんは年を食ってるとおっしゃるけれど、折戸よりは二つ下でしょ？」

「ええ、そうです」

「じゃ、三十四ね。年を食ってるというほどでもないわ。それに、あなたの場合、いままで勉強で結婚の暇がなかったんですもの、女としてそのくらいの人が魅力だと思いますわ」

「そうですかね。しかし、ぼくはついうかうかと過ぎてしまったが、一つは、自分ながら風采が上らないと知っているので、いままで縁がなかったのも、半分はそれだと思っていますよ。だから、べつにこれからも高い望みはしていませんがね」

「あんなことを言って……」

と、折戸二郎の妻は改めて小関を眺めるような眼をした。そこには躊《ため》らいながらも小関の言ったことを是認する色が滲み出ていた。

「男の魅力は顔やかたちじゃありませんわ。ちゃんとした生活力と誠意があれば、女は喜んで結婚しますわ。小関さんの場合、ご自分で卑下なさることはありませんわ。その点、必要以上に自分を妙にお考えになっていらっしゃるわ。何といっても大学の先生ですもの、将来は教授だし、こんないいお相手はないと思うんです。ほんとうは、いままでもそういう話いっぱい持ちこまれていたんじゃないですか?」

「いや、そんなことはありませんよ」

「謙遜ですね。わたし、そう思ってます。あなたの言葉どおりは受取ってませんよ。そこがまた小関さんのいいとこですわ」

「どうも挨拶に困りますね。ぼくはほんとのことを言ってるんだけれど」

「これがほかの方だったら、別に好きな人がいてそのために縁談を断られたということもあるでしょうけれど、小関さんに限って、そんなことはないし……。真面目に勉強なさって、そんなゆとりがなかったのですわ」

「縁談に見向きもしないで勉強した挙句が、まだこの程度ですからね。折戸君にくらべて自分がいやになりますよ」

「折戸は別かも分りませんけど……」

と、つい、彼女は夫を自慢している本心を洩した。

「で、女というものは何といっても真面目な相手が一番ですわ」

折戸二郎の妻が、そんな話で少し機嫌がよくなったとみて小関は起ち上った。

「どうもわざわざ」

と、妻は彼を玄関まで見送ったが、

「そうすると、折戸は明日の夕方には帰ると言っていたんですね？」

と、念を押すのを忘れなかった。

小関はやっと自分の身体になれた。友人のためだが、なんだか一つの関所を通抜けた感じだった。折戸二郎に頼まれたときから心に負担となったものだ。

彼はまたぞろ電車を二度乗換えて東中野に戻った。不思議なもので、ゆきつけの喫茶店でないと落ちついてコーヒーを喫む気がしない。小さな店で、女の子は一人だった。マスターが出てきて、

「お帰りなさい」

と、笑いながら近づいた。こういう顔を見ていると、ほんとうに自分の古巣に戻ったような気がする。

「飛騨高山ですって？」

と、小さな店の経営者は小関の話を聞いて、急に話込む姿勢になった。

「それじゃ、乗鞍岳に行ってらっしゃればよかったのに」

折戸とそう年の違わない経営者は登山家でもあった。事実、登山の雑誌にはときどき短いものを寄稿している。鹿島槍の冬の絶壁登攀《とうはん》では単独で二度目か三度目かの記録を作った、というのが彼の自慢だった。

「もう一度向うにいらっしゃる機会はないんですか？」

「あるかもしれないね。実はゆっくり時間をつくってくるという約束をしたんでね」

「そりゃぜひその機会に、あのへんの山に登られたほうがいいですな。ぼくらからみると、文字どおり宝の山に入って素手でお帰りになったようなものですよ。今度おいでになるときは、ぜひぼくに相談して下さい。あなた向きのスケジュールを作りますよ。先生のような人はコツコツ勉強してらっしゃるから、いっぺんに山が好きになれます」

ここでも小関久雄は真面目な学徒に見られていた。

小関は、駅から十分ばかり歩いてアパートに戻った。アパート自体は五、六年前に建ったものでわりと新しいが、住人は独身者が多い。その中には新宿あたりに勤めているバアの女もいた。

小関は、自分の部屋に灯をつけた。すぐにリビングキチンになっているが、その床の半分は本だった。狭い六畳の居間の両壁は天井まで届く本棚で、隣の寝室も本で溢れていた。管理人が心配そうにのぞいては、もうこれ以上本を積まないでくれ、と苦情を申入れている。

彼はぼそぼそと夕食の支度をした。馴れているので普通のときは平気だったが、こうして旅から帰ったときはさすがに億劫《おっくう》だった。ごろんと寝転んで飯の支度を待つのも悪くはないという気がする。といって近所から店屋《てんや》ものをとるのは好みに合わなかった。

小さな冷蔵庫をあけると、鮭の切身が残っていた。今日は市場に寄らなかった。四、五日前の野菜は古くなっているが、生では食えないにしても煮れば間に合う。彼は小さな電気釜に米をしかけ、ガスレンジに火をつけて、水を入れた鍋を置いた。その中にだしを抛りこんで、野菜を切っていると、今夜折戸二郎の妻がすすめた縁談のことが、ふと心を掠めた。

その縁談からの連想だが、彼は近村達子の顔が泛《うか》んできた。むろん、結婚の対象ではない。ただいまごろ彼女も賑かな食卓についているだろうと思っただけだった。

翌日、小関は学校に出た。小関は研究室に行く途中、廊下で西脇講師に出遇った。

西脇は少し右足が悪い。いつもステッキを持って、その足を引きずるように歩いているが、五十を二、三出たこの学者は、もう頭が禿上って、皺が多く、尖った顔をしていた。小関は、こちらからお辞儀をした。

「やあ」

足が悪いのにせかせか歩く癖のある彼は小関の前に立停って、

「昨日も、一昨日も、あなたの姿を見ませんでしたね？」

と、吃り気味に訊いた。

近ごろは大学も設備が立派になっていて、以前は同じ研究室に三人も四人も同居していたのだがいまは各教授が一部屋ずつもらっている。それでも、だれが休んでいるかぐらいは分るのだった。

「はあ。金沢に学会がありまして、向うに行ってました」

小関が言った。相手は講師だ。助教授が講師に丁寧な口を利くのは奇妙だが、これには理由があった。西脇は講師とはいえども折戸や小関よりずっと先輩で、小関などはこの学校に助手で来たとき、西脇から或る意味で手を取って教えられたといってもいい。それで、彼は西脇を先生と呼んでいた。

「ああ、そうか。そんなものがありましたね」

と、西脇講師は皮肉な口吻《くちぶり》で答えた。

西脇は古代史が専門だが、一切そうした学会に出席したことはない。彼によれば、あんなものに出ても何の役にも立たないというのである。もちろん、それには一面の道理はあったが、あらゆる権威を認めない西脇は、少々狷介な性格だった。彼が学会に出ないというのも、ひがみ根性からだ、と蔭口がきかれている。

「で、どうでした？」

西脇講師は小関をそこに引止めた。小関は、この特別な性格を持っている講師から、かなり好意をもって見られていた。

「相変らずです」

「そうだろうね。あんなものはつまらない」

と、西脇は満足そうにうなずいた。その眼は学会を軽蔑しきっていた。さすがにあいう学会には出ないほうがいいとは言わなかったが、小関を無駄なことをする人だと眺めている様子はあった。

「この大学からはあなただけでしたか？」

「いや、折戸君がいっしょでした」

「ふん」

と、途端に西脇の機嫌が悪くなった。西脇は折戸が嫌いである。その気持は小関にも分らなくはない。いつか西脇が折戸を評して、軽薄才子の俗物だ、と言った言葉が回り回って折戸にも入ったのを知っている。折戸もこの西脇講師は嫌いである。西脇講師はまた小関が折戸と仲のいいのを知っていた。それなのに奇妙だが、西脇は小関にだけは話をする。折戸がいてもろくに口を利かなかった。

西脇講師は、金沢の学会に小関が折戸といっしょに出席したと聞いて少し機嫌を悪

くしたが、それとも、ほかの用事を思いついたのか、

「じゃ、失敬」

と、杖をついて歩き出そうとした。小関は、何となくこのまま西脇講師と別れるのが心残りのような気がして、今度は急いでこちらから話しかけた。

「西脇先生」

西脇が、顔をふり向けた。

「ぼくは金沢の帰りに飛驒高山に寄ったのですが、そこで先生の弟子だという方の妹さんに遇いました。旅先で偶然そんな話を聞くと、ちょっと懐しくなるものです」

「そう。だれだろう？」

「近村という人でした」

「あ、近村君……」

講師にはすぐ分った。

「ぼくのところに熱心に来ている若い人だがね。そりゃ奇遇でしたね」

「いえ、その妹さんのほうです」

「妹にしても奇遇には違いない。あの男は、あっちのほうだったかな？」

「いや、その妹さんも高山には旅行の途中寄られたんだそうです」

「そうだろう。近村君は群馬県の旧家の倅のはずだからな。……じゃ、失敬」

と、西脇講師はもう、それ以上話には興味がないように、上体の重みをステッキの上にかけるようにして歩き出した。その背中には闘志が漲っているように思えた。

……西脇俊雄はちゃんとした学校を出ていない。いや、大学すら出ていなかった。彼はほとんど独学で今日の学問を身につけた。

だが、だれも西脇俊雄の業績を疑う者はなかった。おそらく現在でも、その方面ではトップレベルの一人であろう。実際、早くから文学博士の学位も取っている。

しかし、浜田主任教授は、西脇講師の助教授昇格についてずっと反対しつづけてきていた。理由は何もない。あるとすれば、西脇講師が一流大学を出ていないというだけだろう。だが、感情的な問題がその下にかくされている。

浜田教授と西脇講師とはもともと故磯村博士の門下であるから、二人は兄弟弟子に当った。しかし、浜田教授にとっては、この弟弟子の西脇が煙たくてならなかった。西脇の業績が、ときに浜田教授を超えることがあるからだ。

ところで、奇体なことには、浜田教授がまた一流大学を出ていないのである。教授も途中からいまの学問に転向したのだ。それまでは或る別な方面の専門学校を卒業して、史学を趣味として研究していた。それが磯村主任教授に認められて手もとに引張られ、その助手となり、とんとん拍子に出世したのである。

明治の終りから大正期にかけての古代史史学は、ある意味で、そういう変則的な発展を遂げたのである。人類学がそうだった。また考古学がそうである。

いまでは各大学ともそうした学問の系統は整備されているが、故磯村教授時代にはまだ明治の名残りが残っていた。

浜田主任教授が西脇講師の学歴のないことを理由に助教授にも教授にもしないのは、だれも不可解に思う。自分が同じ経歴で故磯村教授に引立てられたのだから、西脇講師にも同様な昇進を与えていいと思うのだが、この場合は全く別であった。もっとも、西脇を万年講師にすえ置く理由として大学を出ていないことを浜田主任教授も表立っては言い立てはしないが、これは学界周知の事実だった。

西脇講師が偏狭になって行ったのも、磯村教授が亡なってからである。浜田主任教授の独裁がはじまり、徹底的に西脇が浜田に嫌われてから彼の抵抗がはじまった。西脇講師は浜田主任教授の学説を表立って批判することはなかったが、自分の書く論文にそれを無視したり、逆の説を唱えたりして、結果的にはその説を叩いた。また、よそに行ってははっきりと浜田説を批判した。

二人の対立はこうして深化し、いまでは西脇講師が浜田教授の内部敵国となっている。西脇は、それだけに学問に打ちこんだ。浜田主任教授というボスに対する拮抗のためだった。

しかし、浜田主任教授は着々と自分の勢力を扶植した。折戸二郎もその高弟の一人である。この史学科に籍を置く者は、好むと好まざるとにかかわらず浜田教授の幕下《ばっか》につかなければならなかった。これに反逆すれば、忽ちどこかの田舎大学か高等学校の教師に追落されることになる。

こういう浜田主任教授の政治力に対して西脇講師の力など問題にもならなかった。いかに学問の上で蓄積があろうと、西脇講師は孤独な立場に置かれざるを得ない。それが次第に今日の西脇講師の狷介な性格を形成してきたといえる。

小関久雄は、この西脇講師が好きだった。ほかの連中は浜田主任教授に気兼ねをして、なるべく西脇には近づかないようにし、やむを得ず接触しても当らずさわらずの態度をとった。小関もその計算を考えないではない。しかし、浜田主任教授への思惑をそれほど神経質には考えない彼は、学問の先達として西脇を尊敬しているし、好意を持っている。

それが西脇に分るとみえて彼も小関だけには何か親しい感情を抱いているようだった。——

窓の外がうす暗くなった四時ごろ、研究室のドアを叩く者がいた。折戸二郎が旅行のときと同じ姿でのっそりと入ってきた。

「やあ」

と、両方で言い合った。折戸二郎は疲れたような恰好でスーツケースをそのへんの机の上に置くと、どたりと自堕落に別な椅子に腰かけた。

「くたびれたよ」

折戸二郎は脚を組み、身体を斜めにして肘を椅子の背に載せ、手の先をだらりと垂《た》らした。

「予定より早かったじゃないか？」

小関久雄は、折戸が帰るのは夜になってからだろうと見当をつけていたのだ。

「ああ。面倒臭くなったから早めに切りあげたよ」

と、折戸は退屈そうな声で言った。

何が面倒臭くなったのか、女のことだろうが、案外面白くなかったとみえる。折戸二郎はどういうものか、小関の前だけは気が向けば隠さずに自分を見せた。

「女房に言ってくれたかい？」

と、折戸は同じ声の調子だが、小関の顔をみて言った。ことづけのことである。

「ああ。昨日夕方着いたから、早速君の家に行ったよ。間違いなく奥さんに君の言った通りを話した」

「そうか。どうもありがとう。女房はどう言っていた？」

「べつに……」

「そうか」

折戸二郎はちょっと身体を動かした。彼も女房のことは少しは気になるようだった。べつに何も言わなかった、という小関の報告に妻の態度を想像しているようだった。

小関が折鞄にノートや本を詰めるのを見て、

「もう帰るのか？」

と、折戸はきいた。

「ああ、ぼつぼつ」

「じゃ、そのへんでお茶でも喫もうか」

茶を喫みながら、もっと女房の様子を詳しく聞きたいのかもしれなかった。あるいは、今度の女と旅先ですごした様子を話したいのかも分らなかった。

「君、高山に寄って何かいいことがあったかい？」

と、折戸二郎は立上って、スーツケースを握り、小莫迦《こばか》にしたように小関に訊いた。

5

小関久雄と折戸二郎とは校門を出ると、いつもゆく喫茶店に入った。街には灯が入ったばかりである。

「コーヒーだけはやっぱり東京だね」

と、折戸は一口すすって茶碗を置いた。

「田舎をまわると、コーヒーが喫めないから弱る……君、高山でもそうだったかい?」

と、折戸は小関を見た。

折戸がそんな訊き方をするのは、さっきいっしょに研究室を出るとき、高山で何かいいことがあったかい、とたずねたそのつづきを催促していると小関は思った。小関は、高山の寺で若い女と偶然いっしょになったところまでは話したのだが、いいことという意味は違うけれど、話題といえばその程度だと言った。折戸は、ふん、といってその場では聞き流した。しかし、それで彼の関心が終ったのでないのは、いま、何だか誘いをかけているような折戸の顔つきでも分る。折戸二郎は、女のからまる話にはひと一倍興味をもつ性質《たち》だった。

「高山でもいいコーヒーはのめなかったよ」

小関は茶碗を手に持って言った。

「しかし、寺では抹茶を出しただろう」

折戸は唐突に訊いた。コーヒーと抹茶とは無関係だが、彼の意識にはちゃんと連絡がついている。つまり、そこで出遇った女といっしょにならんで寺の茶の接待をうけたのだろうと訊いているのだ。それを引出すためにコーヒーのことを言ったのかもしれない。折戸二郎の話方には絶えず一見飛躍があるようにみえて根には連絡があった。

「そんなものは出なかったよ」

小関は、面白くない顔で答えた。ここで折戸流の妙な裁断をうけたくなかった。

「しかし、彼女は君の顔で寺の庭が見られたので、君に感謝していただろう」

折戸二郎はニヤニヤして言った。

「そうでもないさ。庭ぐらい、頼めば中に入れて見せてくれるよ」

「近ごろは、京都や奈良の庭のブームが、そんな田舎にも及んでいるのかね。もっとも、若い女は見当違いなところに行ったりするからね。きっと、その女も分ったような顔をしていたんだろう」

小関は、それには別に答えなかった。だが、折戸はまだしつこくきいてきた。

「美人だったかね？」

「まあ、十人並みだろうな」

小関は、そう答える前に一瞬だが、近村達子のほっそりした顔を浮べた。

「で、何かい、寺も彼女といっしょに出て高山に帰ったのかね？」

「ああ」

「その寺から高山まで相当あるんだろう。バスがあったのかい、それとも歩いたのかい？」

折戸二郎はさまざまな場面を想像しているようだった。が、実は彼も、小関とその女との間に「いいこと」があったとは決して想像していなかった。

「バスがなかったんでね、歩いたよ」

小関は普通の調子で言った。

「歩いた？　じゃ、相当な道程《みちのり》だったろう。途中で話してみてどうだった。彼女は相当な教養をもっていたかい」

二人で歩いたというのが、折戸にかなり関心をもたせたようだった。

「まあ、普通だろうな。あの程度なら、まあ、高いほうだろう」

「君がそんな点数をつけるなら相当なもんだろう。大体、君は無口なほうだから、彼女のほうでひとりでしゃべったんだろうね」

「そうでもないよ。しかし、短い話だが、それくらいは分るもんだ」

「それで、どうした、高山に帰って宿は同じではなかったのか？」

「まさか。彼女は駅前のホテルに入ったし、ぼくは元代官所の近くの宿だったからね」

「なんだ、それきりか」

折戸二郎は結局その程度の結果を予想していたように軽く言いのけた。

その小莫迦にしたような顔つきを見ているうちに小関は近村達子まで軽蔑されたような気がした。そこで、彼は、つい言った。

「その女は、われわれにまんざら縁がないでもないんだよ」

「われわれに？　どういう意味だい」

折戸はまた顔色を動かした。

「彼女の兄というのが西脇さんの弟子だそうだ。話しているうちに分ったんだがね」

「へええ」

折戸二郎は西脇講師の名前をきくと、果して露骨に興味を失った顔になった。それきり、話を途切らせたが、時計を見ると、

「じゃ、出ようか」

と、折戸は索然とした表情でコーヒーの残りをすすった。折角の話を無視したというよりも、話に出てきた西脇を無視したというに近かった。

「君はこれから、まっすぐに家に帰るのか？」

小関は暗くなった外に立ってきいた。

「うむ、君が女房にちゃんと言ってくれておいたから、そうするよ」

折戸は笑って彼に手を挙げた。女房にことづけを届けてくれたから帰りやすいというところだったが、それは言わなかった。ふり返ると、小関久雄は街のなかに歩いていたが、そのずんぐりとした身体つきが風にそよいでいるようにうすくみえた。

折戸は小関には家に直行するように言ったが、まだその気にはなれなかった。彼の気持の隅にはやはり妻への思惑があった。小関に伝言をさせたといっても、妻がそれ

をまるきり信用していないのは分り切っている。ただそれを理由にして押切れるだけだった。大義名分で押切るにしても、やはり心の準備みたいなものはしておきたい。折戸でも、それにはもう少し時間が必要であった。

折戸は拾ったタクシーを新宿に向けさせた。その車のなかで小関のことを考えた。高山の田舎で彼が若い女と知合ったのは意外だったが、発展がなかったのは意味がなかった。

（あの男に女が関心をもつはずはない）

自分なら、それはもっといいところまでゆくと思った。

だが、その女の兄が西脇の弟子だと聞いて、急に興味がさめた。ある意味では危険でもある。女の口からいろいろなことが西脇に伝えられたらまずい。その点、小関なら安全だ。しかし、安全な男には発展がないし、うまくゆかないものだと思った。

小関は女にはもてないが、男には妙に好感をもたれる。変った奴だ。西脇でもあんなに偏屈で片意地で人嫌いなくせに、小関には何だか好意をもっているようである。もっとも、小関のような無害な男には、孤立している西脇もせめて気持をつないでみたくなるのだろう。

西脇を早く教室から追出したいが、もう少し時間がかかりそうだった。浜田主任教授も西脇を煙たがっているが、とかく優柔不断で、西脇の反撃をおそれて解決を先に延している。あの男が教室を去ったら、どんなに世の中が明るくなるだろうと思うのだが、西脇が出て行くのは、もう少し先になるようだった。

「新宿はどっちですか？」

と、運転手が訊いたので、折戸はコマ劇場の近くの路地に入るよう命じた。一方交通で、車は狭い路を入ってゆく。まだ時刻は早いが、路に人がかなり出ていた。

折戸は「アレッポ」というバアのドアを押した。小さい店で、カウンターのほかにはボックスが五つぐらいしかない。まだ時間が早いので、客は止り木に三人ばかりならんでいるだけだった。

「あら」

と、二十八、九ぐらいの大柄な、眼の大きい女がカウンターの中から、はいってきた彼の姿を追った。急いで潜り戸をあけて出ると、ボックスに落ちついた彼の真向いに坐った。

「ご旅行でしたの？」

順子という女で、この店のママだった。折戸とは月に一回ぐらいに逢っている。

「どちらへ？」

と、表情の豊かな女で、大きな瞳を動かした。

「金沢のほうだよ」

「いつから？」

「五日前から。学会でね」

「薄情ね。ちっともそんなことおっしゃらなかったわ」

店の女の子がおしぼりを持ってきてくれ、順子が、いつもの彼の酒を注文した。

「そうだな、ブランデイの水割」

「あら、ウイスキーじゃなかったの、趣味、変ったのね」

女の子がカウンターのほうにゆくと、

「疲れてるみたいな顔してるわ。旅先で何かあったんでしょ」

と、彼をのぞくようにした。

「何もないよ。学会だもの。討論にくたびれただけだよ」

「ほんとかしら」

と、わざと疑いをこめた眄《なが》し眼《め》でみて、

「このごろ、ちっともよそにつれてって下さらないのね」

と小さな声で言った。

「新しいひとが見つかったの？」

「そんなの居ないよ。近ごろ真面目でいる」

「どうだか、怪しいもんだわ」

女の子が注文のものを運んでくると、順子が、

「あんた、先生の傍に坐んなさいよ」

と言った。来たばかりの若い女で、素直に行儀よく椅子にかけた。

「金沢ってまだ知らないけれど、いいところですってね？」

順子が普通の話に直した。

「まあね」

「あのへんのどこかを回ってらした？」

折戸がグラスを順子のそれに合わせて、

「東尋坊を見てきたよ」

と言った。嘘を言う必要はなかった。

「東尋坊っていいところですってね」

「まあね」

「行ってみたいわ。今度つれてって下さらない？」

折戸は、東尋坊の崖と、その遥か下に侵入している海の白い泡とを思い浮べた。その断崖の上に、茶店の草履をはいて汐風に吹かれている笠原幸子の身体もである。

笠原幸子とは今後もつづくだろう。必ずしも深く望むことではないが、女のほうが熱心になり、彼を求めてくる。夫をもつ女だけにその関係はこれからも複雑となり、

厄介になりそうだった。もともと、それは彼の刺戟として期待したことだが、あまり深入りはできなかった。破局になってもいけないし、安全すぎてもいけない。

そこにゆくと、眼の前に坐っている順子はあっさりしたものだった。水商売の女だけにその節度を心得ている。さばさばしてあと腐れがない。それでいて全く金銭ずくではなく、折戸には愛情も持っている。だが、彼女は男客に絶えず取巻かれているため、気分の発散があった。

しかし、笠原幸子の場合、何も遁げ道はなかった。夫は彼女のうとましい遮閉栓《しゃへいせん》でしかあるまい。そうした素人女の経験は折戸にもこれまで何度かあった。遂には厄介になって後悔することがあったが、今まではどうやらそれをすり抜けてきた。それに懲りて当分は水商売の女に向ってきたのだが、これには味気なさがある。すると、また、普通の女の、煩しいが、沸《たぎ》り立つような情熱に浸ってみたいのであった。

折戸二郎は十時ごろに家に戻った。門は閉されている。今日、主人が帰ってくるのが分っていながら、不用心を理由に、腹を立てた妻が拒んでいるようでもあった。門のボタンを捺してしばらくすると、玄関の中に明りがついた。その灯が妻との対決の前触れに感じられた。

扉を開けて妻が出てきた。玄関の明りが黒い影を浮上らせているが、ゆっくりした動作である。夫が四、五日ぶりに帰ってきたというのに小走りに急いで門を開けるでもない。そこに妻の抵抗の姿があった。

「お帰りなさい」

妻は短く、乾いた声で一口いった。にこりともしない。義務的な言い方であった。

「うむ」

折戸はスーツケースを持って玄関に上る。妻がうしろで門を閉めていた。彼は二階に上り、書斎の灯をつけて入った。荷物を脇机の上に置き、コートをぬいでその上に投げた。椅子に腰を下して煙草を喫っていると、階段を上ってくる妻の足音が聞えたが、はじめから柔かさがなかった。

折戸は留守中にきた手紙の束を崩していた。妻がのぞいた。

「わたしは、これで寝ませて頂きます」

切口上だった。彼女の機嫌は予想した通りだった。

「そうか」

折戸はわざとむっつりと答えたが、眼をあげて、

「金沢では土地の学校の連中から、研究会の講師になってくれと無理に頼まれたので、一日帰りが遅れた。それは、小関君から聞いただろう?」

と言った。

「小関さんが見えましたよ」

妻は表情も崩さずに言った。

「なに、きた？」

小関がきたことはさっき彼との話で分っていたが、小関と遇ったといえば打合せでもしたように思われるので、初めて聞いたふりをした。

「それは小関に気の毒だったな」

「小関さんは予定どおりお帰りになりますのね」

妻は皮肉を言った。

「あいつはそれほど名前が知られていないから、研究会の講師を頼まれるなどということはない」

折戸は言訳に妻に誇った。妻はそれには何も答えず唇の端にうすい笑いを浮べていた。

「ぼくは少し仕事をするからな」

留守中にきた手紙や学会の雑誌などひと通りみておきたかったが、本当は、こんな雰囲気で女房と暗闘しているより、ひとりでここに居たかった。

「お茶でも持ってきてくれ」

妻は黙って階下に降りた。言いつけなければ何もしない女だった。

折戸は煙草に火をつけて口にくわえ、郵便物をひろげていた。べつに大した手紙はない。学会の雑誌をぺらぺらとめくる。これにも意欲を起させるような目次はならんでなかった。

電話のベルが鳴った。折戸は書斎の隅に行って受話器をとり上げた。時計をみると十時半である。四、五日留守をしていたので、教科書会社からかけてきたのかと思った。彼はいま教科書の日本史の編纂《へんさん》を請合っている。

「もしもし」

と、女の忍びやかな声が聞えた。折戸は、その声でだれか分った。笠原幸子からだ。

「先生ですか?」

と、彼女はたしかめた。

「そうです」

「ご無事にお帰りになりましたの?」

京都から新幹線で帰ったのだが、折戸二郎は彼女と大船あたりまでいっしょで、そのあとは他人の眼をはばかってほかの車輛《はこ》に移った。汽車のなかで別れ別れになったのが彼女の心残りだったらしい。むろん、東京駅でも折戸だけがあとも見ず、真直ぐに学校に向ったのだった。

「大丈夫です」

笠原幸子はちょっと黙っていたが、

「わたし、心配になって」

と、小さな声で言った。

「あなたは、いま、どこからこの電話をかけているの?」

「近くの公衆電話からです」

そうだろう。亭主もちの女が自分の家から電話するはずはなかった。折戸には、笠原幸子が何とか理由をつけて、ふだん着のまま家を脱け出す様子が浮んだ。公衆電話まで暗くて淋しい道を急いだに違いない。

「早く帰ったほうがいいよ」

「ええ。でも、ご無事にお帰りになったかどうか、お声だけでも聞きたかったんです」

久しぶりにそうした言いかたを折戸は聞いた。前の女もそうだった。素人の女は、大体、似たことを言う。感情が同じなのかもしれない。

「こんなときにお電話してすみません。ご迷惑だと思ったんですけれど、どうしても……」

折戸は黙っていた。階下では茶の用意をする妻の音がしていた。

「あの、明日、ちょっとでもお逢いできませんかしら?」

折戸二郎は迷った。笠原幸子と二晩すごした近い記憶がすぐに蘇った。

「明日、学校にいらっしゃるでしょ？」

「行ってもいいけれど」

「そのお帰りにでも、少しお時間いただけません？　わたしのほうからご都合のいいところまで参りますわ」

女の亭主は勤人だった。だから、昼間はどんな時間でも都合がつくというのであろう。

「そうだな」

「お話があるんです。わたしが家に帰ってからのことでお話ししたいの」

帰ってからといえば、亭主との間であろう。折戸はちょっとぎくりとした。いかにもそれは早く来すぎた。まさかと思うが、やはり気になった。

「じゃ、新宿にしよう」

折戸は手短かに喫茶店の場所と名前を教え、時間も二時ごろとした。わざわざ学校にゆく用事はないが、出かけてもいいと思った。

階下から妻の足音が上ってきた。折戸は心が急いだ。

「うれしいわ」と、女は弾んだ声を出した。

「じゃ、きっと参りますわ。ほんとに、こんな時間お電話して、ごめんなさい」

折戸は、お寝《やす》みと言った。

「お寝みなさい」

笠原幸子が切る前に折戸は受話器を置いた。電話ボックスを出て、暗い道を急いで帰ってゆく女の姿が再び浮んでくる。

ドアから妻が茶を持って現れた。

「ありがとう」

折戸は雑誌に眼をさらしながら言った。すぐにそこを立去るかと思うと、妻はじっと彼の横に立っている。折戸は、見ないでもその眼つきが分った。

「どこから電話があったんです？」

妻は訊いた。やはり電話している声は下にも聞えたようだった。

「教科書会社からだ……ぼくの留守中に電話をしたと言っていたが」

折戸は、きっとそういう連絡があっただろうと考えて言ったのだが、妻は、知りませんよと無愛想に答えた。そして、すぐ訊いた。

「いまの電話、女のひとですね」

「ばかな。こんな時間、かかってくるような相手はいないよ」

「どうだか」

折戸は相手にしなかった。相手になると縺《もつ》れてくる。

妻は黙りこんだ夫をまだ見詰めていたが、

「小関さんには結婚をすすめておきましたよ」

と、唐突に言った。

折戸は、妻の意図が分らず、返事をせずにいた。世間話的なら向うからの妥協である。しかし、そう早く妻が妥協してくるとは思えなかった。いい相手でもあったのかい、と軽く言おうとしたが、それもまだ見あわせた。

「小関はどう言っていたのか？」

折戸はどっちつかずの調子できいた。

「あの方はいつも生返事だけど、今度はすすめてみるつもりだわ」

妻はそんな話とはそぐわない硬い声で答えた。

「おまえもお節介だな」

折戸は皮肉ではなく、好意を含んだ揶揄《やゆ》で言った。その点では、彼のほうから妻にひそかに折れていた。

「あなたが何をなさろうと、わたしは知りませんからね。何にも申しませんよ。あなたには煩《うるさ》いでしょうからね。そのかわり、他人《ひと》の世話をすることにしましたわ。……小関さんはあなたと違って誠実だから」

妻は夫の横顔をじろりと見て、ドアを音立てて閉めた。折戸は去ってゆく荒い足音を耳に凍りつかせた。

喫茶店は若い者ばかりで混んでいた。笠原幸子は奥に近い狭い場所に坐ってうつむいていたが、その前は空いていた。いかにも其処だけは彼女が彼のために今まで懸命に確保していたようであった。

折戸がテーブルの傍にゆくと、笠原幸子は顔をあげて腰を動かした。和服できていた。

「遅くなった」

彼は幸子の輝くような眼をうけながら言った。コーヒー茶碗は空になり、コップの水が半分になっていた。約束より四十分遅れていた。

「いろいろと用事にひっかかったものだから」

折戸は坐りながら、通りがかったボーイにコーヒー二つを新しく命じた。ボーイは仏頂面をして彼女の茶碗を引き、伝票を持って行った。客が混合っているのに長いあいだ女客ひとりにこの席を占められた不満がみえた。

「昨夜はおそく電話をかけてすみませんでした」

彼女は謝った。出るとき丹念に化粧した顔だった。折戸をみる眼に羞《はじら》いがあって、彼の視線をときどき避けた。

「わたくし、どうしようかと思ったんですけれど、やはりお声だけでも聞きたかったんですの。ごめんなさい。あのまま汽車のなかでお別れしたので、なんだか取残されたような感じがしてたんです。でも、あのお声をきいて安心しましたわ」

「あのときはぼくも帰ってすぐだった。いっしょに行った小関という男と長く話しこんで帰ったのでね」

「ご迷惑ではございませんでした?」

電話のことで笠原幸子は彼の妻に懸念《けねん》をはらっているようだった。

「そうでもないが……まあ、おそくなってからはあまりかけてもらわないほうがいいだろうな」

「そう思ったんですけれど、どうしても抑えることができなかったんです」

彼女は、こんどは大胆に折戸の顔を正面から見つめた。コーヒーが運ばれてくるまで、彼女はわざと黙っていた。言えば彼女の答がどうくるか分っている。

「で、昨夜の電話だと、君が帰ってからご主人のことで何かあったような話だったが?」

折戸はコーヒーをすすりながら、なるべく平静な調子で訊いた。ちょっと胸が騒いでいないでもなかった。

「ええ」

笠原幸子は眼を伏せ、匙《さじ》をかき回していた。やはりすぐには答えなかった。

折戸は、もしかすると、彼女が電話の口実にあんなことを言ったのではないかと思った。

「わたしが帰ったとき、主人はもう社から戻っていましたの」

彼女は茶碗を見つめて低い声で言った。

「え、ずいぶん早いな。だって君が家に着いたのは四時前くらいだろう?」

「そうなんですの。いつもにないことですわ。普通でしたら、社が退《ひ》けてからもほかの方と集りがあったり、飲んだりして遅く帰るんですけれど」

折戸二郎は彼女のうつむいた顔をみた。女はすでに彼に愬《うった》えをはじめていた。

「そりゃ偶然じゃないの?」

「そう思いたいんですの。でも、帰ってきたわたしの顔をみて変なことを言いましたわ」

「変なこと?」

「旅行は愉しかったかいと、いきなりきくんです。わたしがまだ荷物を置くか置かないうちですわ」

「しかし、そりゃ……旅から帰った奥さんには、亭主ならだれでも言うことだろう?」

「それが、少し調子が違うんです。そんな場合、たいていは笑顔で冗談めかして言うでしょ。主人も以前はそんな態度でしたわ。けれど、今度は、そう言ったときひどく深刻な表情でしたわ」

「ふうむ」

それはどうしたことだろう。折戸二郎は手を煙草に替えて考えた。

二人で旅行したことは、もとより、だれも気づかないはずだった。すると、彼女の夫は妻の行動に何か直感するものがあったのだろうか。

「主人はどちらかというと、わたくしのすることに放任主義でしたわ。家庭で大学の通信教育をとったときも、奥さんの勉強かね、とひやかしたくらいで、べつに止めもしませんでした。スクーリングの間、毎日学校に出かけて行ってもあまり口出しもしなかったんです。そのほか、たとえば、クラス会で二、三泊の旅行をしても、全然関心はみせませんでしたわ」

「つまり奥さんを信用していたんだな」

「のんきな性質《たち》だったんです。その人が、近ごろ何だか神経質になっているようにみえるんです。ほら、いつかの晩、ごいっしょして遅くなったことがあるでしょ。あのときだってかなりしつこく行先を訊きました。いままでは、そんなこともなかったんです」

「しかし、こんど君が関西方面に旅行するのはこころよく出してくれたんだろう?」

「本当はそうでもなかったんですの。でも、それを先生に言うと心配なさると思って言わなかったんです。せっかく愉しい旅の気分が滅茶滅茶になると思って」

　笠原幸子は切々とした調子でうち明けた。折戸は彼女が少し過剰な表現で言っているのではないかと思った。

「それで、昨夜はそのほかに何かあったのかね？」

　それにはすぐに返事はなかった。夫のことを折戸に言うのが辛そうだった。

「ね、何があったの、ちゃんと話してごらん」

　折戸は女子学生に向うような言葉になった。

　だが、彼女はうつむいて黙っている。額のあたりが赧くなっていた。それを見て折戸は大体の察しがついた。笠原幸子の夫は、昨夜激しく妻を求めたのだろう。妻に多少の不安を感じた夫は、旅から帰った彼女へむかい情欲に駆られたに違いない。それは夫の嫉妬であり、猜疑であり、同時に証拠の確かめであった。折戸には彼女の夫の若さが分るようであった。

　夫に逼《せま》られて笠原幸子はどうしたであろうか。それは彼女の赧らんだ顔が語っていた。折戸は、しかし、残忍な気持になり、少々あからさまな言葉を使って自分の推察を述べ、彼女にその返事を求めた。

「断りましたの。疲れているからといって……」

　笠原幸子は折戸の疑念を打消したいため、顔をあげ、低いが力をこめた声で言った。

うしろのテーブルでは若い男女が笑い合っていた。

「……それは、信じて」

笠原幸子は眼を彼にじっと据えていた。男の疑いを懸命に解くような、彼への忠誠を誓うような必死な眼であった。

折戸はうなずいた。彼は笠原幸子が嘘を言っているとは思えなかった。それはその通りであろう。よその男と二晩も寝たあと、すぐに夫に抱かれることは彼女の道義心が咎めるに違いなかった。初心《うぶ》な人妻にはありそうなことだった。

しかし、そうとるのはいけないのかもしれない。笠原幸子はそんな道義心よりも、ひたすら彼の愛情の変らないことを願い、その増大を求め、そのなかに自分が投げこまれることを要望している。そのための夫への拒絶だと折戸は思った。

そこには水商売の女にみられる駆引はなかった。ありのままのひたむきがあるだけであった。それこそ折戸が素人女に求めていたものであった。彼は満足した。

「出ようか」と、彼は急に言った。

出ようか、といったのは下心がある。外に出てタクシーを拾った。笠原幸子は着物できている。旅行のときもそうだったが、彼女はいつも簡単な洋装だった。和服のほうが煽情的である。

車を着けたのが渋谷の裏通りにある静かな環境の家の前だった。笠原幸子はその家の構えを見て顔色を変えた。

　三時半である。まだ陽は高かった。

「六時までには、君が家に帰れるようにするよ」

　立ちすくんでいる笠原幸子に小さく言ってから、折戸は門の中に入った。やや間《ま》を置いて、彼女の草履の音がためらい勝ちに低く聞えてきた。

　――こんなことをすると、よけいに面倒になってくるな。折戸二郎は踏石の上を歩きながら思った。しかし、いまは騎虎の勢いだった。自制することができなかった。

6

　外が明るいうちに、こういう家に入るのは折戸二郎も初めての経験だった。彼は門を入ったところで出遇った女中に、

「部屋、ありますか？」

　と、さすがに汗ばむ思いで訊《き》いた。

「いらっしゃいませ」

　中年の女中は折戸に向けた眼を素早く彼の後にも流した。そこには笠原幸子が身を縮めて立っていた。

「ございます。どうぞ」

女中は泰然と先に立った。夜の客を迎えるのと少しも変りはなかった。それは商売の狎《な》れなのかもしれない。あるいは客を怯《ひる》ませない配慮かもしれなかった。

折戸は黒い小石を敷詰めた庭石伝いに通路を歩いた。一方が部屋のならんでいる建物で、片方が植込みのある細長い庭になっている。細長いのはその向うにも離れの部屋があるからだ。

木の上に夕方近い陽が当っていた。笠原幸子の草履はずっと後から微かに鳴っていた。

女中は「離れ」の格子戸を持参の鍵を押して電燈をつけた。通されたのは八畳の部屋で、寸詰りの床の間があった。隅にはテレビがあって、ちらちら画が動いていた。笠原幸子は遅れて入ってくると、おずおずと卓の一方に固い姿勢で坐った。彼女はこうして茶を持って来た女中が遁げるまでうつむいていた。

折戸二郎はこの部屋におさまってから落ちつきをとり戻した。ここは密室だった。今度、出るまでは誰にも見られることはなかった。

廊下の向うで水音がしていた。女中が湯の加減をみているらしい。この部屋に坐っていると夜と同じだった。電燈だけで外光は少しも洩れてなかった。折戸は、誰かの話に、こういう家には朝からでもアベックが平気で入るというのを思い出し、自分たちはまだいいほうだと思った。

風呂が沸いたことを入口の襖越しに告げた女中は、格子戸に外から錠をかけ下駄の音を鳴らしながら去った。それで完全に他人が居なくなった。一方の襖はかたく閉っている。その襖にどのような設備があるか笠原幸子にも分っている。前衿をきっちり合せた彼女は、茶碗にも手出しせずに顔を伏せていた。

「少し、楽にしたらどうだね」

折戸二郎は笠原幸子のほうを向いて言った。

彼女は返辞の代りに、

「どうして、こんなところにお入りになったの？」

と、眼をあげずに低い声できいた。

それは咎《とが》めるよりも、男の気持を解《げ》しかねているような、いや、十分に察してはいるが、それがわざと分らないような問い方だった。彼女のそうした声はすでに半分は彼の胸に倒れかかっているようだった。

折戸は茶碗の載っている応接台を両手で押した。笠原幸子との間に障害物がなくなると、彼は彼女の傍にいざり寄った。彼女はうつむき、膝に両手を行儀よく置いたまま、じっとしていた。それは待っている姿勢にみえた。折戸が彼女の肩を抱きかかえ、その頬に唇を当てると、幸子の息は少しずつ弾んできた。

こうした経過が折戸にとって女と遊ぶいちばんの醍醐味であった。彼の指先、彼の唇の動き一つで女が次第に燃えてくる。その反応を見るのが情事の最も愉しいところだった。

いまも笠原幸子は彼の手がその頸を抱えこみ、唇が横頬から耳、項《うなじ》と這いまわるにつれ、堪えられなくなったように肩を慄わせた。いつか膝に置いた手が彼の腕にきた。そのような姿態になると、着物はなまめかしく、開放的であった。彼が幸子の肩を後にひくようにすると、彼女は少し仰向いた姿勢になり、前膝が割れた。着物の裏の柿色が見え、長襦袢の端が少しのぞいた。

折戸は片手で抱きながら幸子の衿を一方に押しひろげた。白い肩が半分くらい露れた。彼はそれにも唇をつけて唾で濡した。一方の手は膝の中にさし入れた。

あ、と幸子は小さく叫んだ。本能的に膝を合せたが、その呼吸《いき》は激しく速かった。

彼女は遂に折戸の肩に顔を伏せて胴震いした。

この、一段とすすんだ経過は願う通りのものだったから、彼は満足だった。彼は幸子の両膝を緩ませ、その上にかかった着物の一方もめくった。白い量感のある膝の皮膚が彼の眼を愉しませた。女が顔を隠して、男に自由を存分に宥《ゆる》しているのは情感を昂らせるものである。

しばらくすると、幸子の耳のうしろにうすい汗が滲んできた。

「向うに行こう」

と、折戸は動作をやめて彼女の腕を抱えあげようとした。閉った襖の隣だった。

「いや、そのままにしてらして」

笠原幸子はうつむいたままで急に起ち上ると、廊下に急いで出て行った。すぐに水の音がしたと思うと、彼女は小走りに戻ってきて、濡れたタオルで彼の片方の指を恥しそうに拭いた。女は人妻であった。

「さあ」

折戸は幸子を次の間に急き立てた。

「いや」

幸子はその場に坐りこんだ。帯の上から帯上げの片方が垂れていた。

「どうして?」

「だって……お蒲団の中に入るの、いやですわ。あとで、女中さんに何と思われるか分らないんですもの」

折戸二郎は心で嗤《わら》った。この女は何という女であろう。この家はそういうことをする人のために商売しているのではないか。部屋を提供し、蒲団を提供することによって営業しているのだ。女中はそのつもりで働いている者ばかりだ。客の帰ったあと、みだれた蒲団を見ても何と思おうか。——

しかし、折戸二郎には幸子の気持が分らなくはなかった。山中温泉と京都の旅館では一泊したから彼女は易々として彼を受け入れた。それは旅館本来の機能の場所だったからである。だが、この「旅館」はそうではない。それはあらゆる人間の性行為の場所である。それだけの目的で人がくるのだ。幸子が抵抗を感じるのはその理由からであろう。夕方にきて二時間くらいで帰ってゆく。目的ははっきりしている。その証拠をあとで女中たちが引剝して見る。幸子にはその羞恥が堪えられないのであろう。自分の裸が調べられているような気がするのかもしれない。

女の体裁とすればナンセンスである。しかし、折戸は素人女の気持を尊重することにした。尊重するのは、そうした羞恥心であった。玄人の女には決して無いものである。

折戸二郎は、幸子を抱いて、そこに坐りこんだ。坐るとすぐに彼女の帯締めの結びを解いた。固い帯のお太鼓がばらりと崩れて下に垂れた。折戸はうしろに手を回してその結びも解いた。幸子は坐ったまま眼を閉じ、顎を上げて喘いでいた。

塩沢の腰あげの下にもぐっている腰紐も解いた。絹の感触が指に柔い。淡い紅色の長襦袢が出た。その腰紐も解いた。その下は白い、柔い木綿の肌襦袢だった。これも腰紐で括《くく》られていた。

折戸二郎はだれかの句集で見た「花衣《はなごろも》、解くやまつわる紐いろいろ」という俳句を思い出した。この情感は洋装には無いものである。体に喰いこんだコルセットという道具はまことに味気ない。笠原幸子は、折戸がその肌襦袢の腰紐を抜き取ったとき、ぴたりと衿をかき合せて上から押えた。

「ねえ……」

と、彼女は身体を斜にし、哀願するように折戸を見た。

「わたくしを、本当に愛して下さるの？」

「何度も言った通りだ」

折戸はそう言って彼女の肩からいちばん上の着物を脱がしにかかった。実際、それは今まで何度も彼から出た言葉だった。彼女が彼に愛をたしかめる言葉も何回か分らなかった。違いは、幸子は本気であり、折戸は上《うわ》の空でいることだった。幸子は手を曲げ肌襦袢の前衿を押えているので、折戸は上の着物を脱がせられなかった。それが女の最後のはかない防禦だった。

「わたくし……」

幸子は火のような息を吐きながら言った。

「ほんとに先生を愛してますのよ。二日でもお目にかからないと、ぼんやりとなるんですのよ。分って下さる？」

「分ってるよ……」

折戸は胸を押えた彼女の手を上から握った。

「ぼくが君を好きなことがまだ分らないのか？」

「ほんとに？　死ぬまで変らない？」

「ああ。決して変らない」

もうそろそろ別れなければならないと思っている女に折戸は性急に言った。性急なのは彼の血のせいだった。

「わたくし……先生の愛を享《う》けたら、本当に、いつ、死んでもいいと思うんです」

普通以上の教養を持った人妻の言うことが、まるで他愛のない少女のようだった。

「ぼくの愛情は醒《さ》めないよ」

「信じていい？」

「いいとも」

衿を押えていた幸子の手がゆるんだ。折戸はその手を伸ばし、はじめて上の着物の袖を脱がした。前のはだけた長襦袢だけとなると、幸子の顔がいっぺんに若くなった。彼は二枚の座蒲団をとってならべた。幸子をゆっくりとその上に押倒した。幸子も下から彼の首を両手で抱えこんでいた。

折戸二郎は、帰りは喫茶店に入った。昏《く》れたばかりの店の中は客でいっぱいだった。

若いが、無縁な女ばかりだった。彼は香りのいいコーヒーを舌にのせて笠原幸子のことを考えた。彼女も家に着いたころだろう。早速エプロンをつけて晩の支度にかかっているに違いない。やがて戻ってくる夫のために煖い料理がつくられる。折戸は、コーヒー一杯で一時間前の体験を洗い流したような心持になった。

家に戻ると、女房が珍しく機嫌よく迎えた。いつもより早く帰ったからかもしれない。折戸は恩をきせたような顔つきでむっつりと奥へ通った。妻が着がえを持ってきた。

「お食事はどうなさいます?」

「食べるよ」

「そう。じゃ、すぐに用意するわ」

晩飯を外でしなかったことも妻は単純に喜んでいる。外で済せて帰ると必ず邪推《じゃすい》する女だった。

折戸は書斎に入って煙草をつけた。ここだけは彼を学者的な気分にさせてくれる。天井までそびえた見事な書棚、ぎっしり埋った専門書、机の上に重ねた本と雑誌類、読書から書抜いたノート、ひろげた原稿用紙、すべて引緊まった気持にさせてくれる。遊んだあとでは殊にそうだった。

郵送された学会の機関雑誌をひろげて一頁ばかり漫然と読んでいると、妻が手に大型封筒を持って現れた。

「あなた、いいものを見せましょうか?」

妻はにこにこして言った。

「何だ?」

「写真ですわ」

彼女はその封筒の口を開いた。

「写真? 何の写真だ?」

「まあ、見てごらんなさい」

妻は彼の前にそれを置いた。自分で表紙をめくると、台紙に貼られた若い女の写真が現れた。写真館で撮ったもので、和服の女の半身像だった。

やや細長い顔で、切れ長な眼の、鼻筋の通った、整った容貌であった。写真屋の修正があったとしても、きれいな顔には違いない。

「見合写真かい?」

「そうよ」

女房は明るい声で言った。

「そうよって、だれに当てるんだ?」

「小関さんですわ」

「小関？」

折戸は妻の顔を仰いで見た。尖った顔に笑いを泛べている。陰気な小皺だった。

「この前小関さんが家にみえたでしょ。ほら、あなたが金沢から帰るのが遅れるって、わざわざ言いにきて下さったとき……」

「ふうむ」

折戸は鼻白んだ。

「そのとき、ちょっと上っていただいて話したの。小関さんももう三十四だから、あのままだと変なことになりそうだわ。だから、お嫁さんを世話しましょうと言ったのよ」

「よけいなことを言ったもんだな」

「あら、よけいじゃないわ。小関さんはあなたと違ってまじめだから、早く何とか身を固めさせてあげたいわ。あんなまじめな人はありませんよ」

「まじめかもしれないが、ちっとも面白くない男だな」

「あら、そのほうが奥さんとしてはいいのよ。家庭をもつんだもの」

折戸はもう一度写真をよく見た。小関には勿体ないような女だった。写真の出来がいいのかもしれない。修正写真は顔の陰影を消すから年齢の見当がつかなかった。

「いくつだ、このひと？」

「二十五だって」

「ふん。じゃ、この娘さんも結婚をあせっているほうだな」

折戸はケチをつけた。小関とは九つ年下だ。そういう若い女を女房にできたらいいと思う。折戸は自分の早まった学生結婚をここでも後悔した。女房は人から年上に見られている。折戸は写真の女が九つも違うというのは羨しい。折戸は羨望を悪に更《か》える男だった。

「そうね。少しはあせってらっしゃるかもしれないわ」

妻はいっしょに写真の顔をのぞきながら言った。女房にはおれの気持が分らないと折戸は思った。それどころか、女房は十九で結婚したのに優越を持っているのかもしれない。

「どういうところの娘さんだい？」

「お父さまが建築会社の重役さんですって、お住居は目黒よ」

「ふん、土建屋か」

土建屋は近ごろ景気がいいのだろう。道路の拡張、ビルやマンションの新築が目につく。荒い仕事だ。重役の金使いも荒いかもしれない。折戸は、早くも小関がその重役に家を建ててもらい、いくらでも本を買ってもらえるような空想が泛んだ。

「一体、だれがこの写真を持ってきたのか？」

「小山さんよ」

あの婆か。小山はま子は農林省か何かの役人の未亡人で、死んだ夫が局長までいったのを自慢にしている。顔はひろい。彼女は妻に保険の勧誘にきて知合いになった。保険の勧誘員のくせに、元局長夫人の誇から、その仕事は、「遊んでいても仕方がないから、運動がてら趣味でやっている」といっている。

小山はま子は社会的地位のある人間を知っていると吹聴しているが、それも保険の勧誘からだろう。

挨拶程度の相手でも、人にはいかにも親しい交際があるように言っている。女房のもとにしげしげとくるのは、大学教授夫人と「つき合っている」気持からだろう。

「こんな写真、前から持込まれているのか？」

折戸は傍に突立っている女房に訊いた。

「いいえ。小関さんに話してから、急に小山さんに連絡したの。そしたら、すぐにこれを持ってきて下すったわ」

「ふん。ほうぼうに回して棚ざらしになっているのと違うか」

「そんなこと言うもんじゃないわ。小山さんは、ある家に二、三日前に置いて行ったのを無理してこっちに持ってきて下さったんだもの。その家でも乗気なんですって」

「こんな写真を小山さんにあずけるようじゃ、その土建屋の重役の家でも娘さんをかたづけるのにあせってるんだな」

「まあね。年齢《とし》ですから。……でも、小関さんなら、恰度《ちょうど》いいわ」

「小関には過ぎるよ」

折戸はその写真の顔をさらに見つめた。二十五にしては若く撮れている。うすい皺は写真屋が修正用のエアブラッシュで消しているのだろう。

しかし、案外美人だと思った。実際に小関には勿体ない。勿体ないが、あるいはこの女は小関の妻になるかもしれなかった。縁というのはそういうものである。

そう思うと、折戸は写真の顔から欠点を探しにかかった。修正されていてもそれは分る。眼が切長だが、実際は糸のように細いのかもしれぬ。こういう眼つきの女は鈍感である。鼻筋は徹っているようだが、鼻の先の恰好があまりよくない。口もとも少し卑しいようだ。修正の誤差を引いてみると、こうした欠点が下地から現れてくるようだった。

折戸二郎は、自分と関連のない、きれいな女には出来るだけその顔のアラを見つけることにしていた。探す気になれば、そんな部分はどんな美しい容貌にも散っていた。それによって彼は自分に接近しそうにもない女を心の中で貶《けな》していた。

いまの場合がそうだった。この写真の主は小関と結婚するかもしれない女である。自分とは無関係だった。

「小関と見合いをさせるのか？」

と、折戸は写真の端を指ではじくようにわきに退《の》け、煙草をふかした。

「ええ、両方で写真を見てから、気に入ったら」

と、女房は言った。

「断るだろうよ」

「え、小関さんがですか？」

「女性のほうがだよ。あの男の写真を見せてみろ。見合いするまでもないだろう」

「あなたは、小関さんというと、あんまりよく言わないのね」

「事実を言ってるのだ。あの、もっさりした顔を見てみろ。気がすすまないに決っている。それに、若いのならともかく、三十四だからな。それまで独身でいるのも、変なふうにとられそうだよ」

折戸は小関久雄の独身をいつも羨望していた。だから、ここではそれに悪口をいった。

「そりゃ、小関さんが勉強家だからだわ。大学の助教授なら、この娘さんだって乗気になると思うわ」

「勉強家か」

勉強家には違いない。しかし、折戸二郎からみて、小関は頭のあまり冴えない教師だった。努力家ということは認めるが、それは彼の才能の欠如からきている。それを補うには勉強するほか仕方がないではないか。世間ではその姿勢だけを評価する。とにかく、女房は是が非でも小関を結婚させたいらしかった。折戸には、それが何だか自分への面当てのように感じられる。

「そうかしら。男が三十四まで独身でいたら変なふうにとられるかしら」

女房はそれを少し気にかけていたが、

「でも、そういう人も多いから普通でしょう。よく説明しておくわ」

と言うと、写真をもとの封筒に入れて、さっさと書斎を出て行った。

折戸二郎は、もとの雑誌に眼を戻しながら、気持の上に、小関に見合いをさせるという写真の娘のことが残っていた。あの娘は顔の悪いほうではなさそうだ。二十五まで恋愛の経験はなかったのだろうか。どうもそうは思われない。あるいは、二度くらいはあったのかもしれぬ。そうすると、彼女は処女ではないだろう。父親が土建屋なら、素行の点はどうだろうか。何度も恋愛をして、結局、誰とも結びつき得ず、親が困って早くかたづけさせたがる例はよく聞くことだ。もし、そうだとすれば、そういう女を小関に宛てるのもちょっと面白いな、と思った。

折戸二郎の空想は、いつか笠原幸子の身体に流れていた。しかし、あの女とも本気に別れる態勢に入らなければならない。夫によってなし遂げ得られなかった開花を自分の手で行ってやっただけに、まだ彼女の身体には十分の執着があった。彼女には季節がはじまったばかりだった。しかも一気にである。折戸はもう少しその季節のすすむところまで愉しみたかった。だが、もう長い滞在はできなかった。危険な女になりそうであった。

実は、今日の出来事も予定にはなかったのだ。彼女と会っている間に突然に挑発されたようにその気持が発生したのだ。これはもう自制しなければと折戸は反省した。

早春の、うららかだが肌寒い日、小関久雄は折戸二郎の妻からの電話を受けた。学校にいるときで、昼前だった。「いますぐ近くまできてますの。ご都合がよろしかったら、ちょっとお遇いしたいんですが、出てらっしゃいませんか。角の喫茶店にいますから」

小関も、折戸の妻には、彼女の夫の口実を作ってやって嫌な思いをさせている。それに、彼女とは特別親しいわけではなかった。その女が呼出しをかけてきた。昼前を狙って電話してきたのも、ちゃんと昼休みの時間を計算しているようだった。夫が同じ学校の教師だから、その点は心得ている。

小関は、相手が苦手だけに断りきれないで学校を出た。歩いて角の喫茶店に入ると、奥の暗い席に折戸二郎の妻は目立たないようにひとりで坐っていた。明るいグレーのスーツだが、デザインも若向きで、年齢よりは派手にみえた。

「この前はわざわざどうも」

折戸の妻は、小関を見ると、夫の伝言をことづけてくれた先夜の礼を述べた。

「いいえ、失礼しました」

「ねえ、小関さん、あのときわたしが申しあげたことなんですが、あれ、本気に考えて下すって？」

「何のことですか？」

小関は考えて、縁談のことだと気づいたのは、彼女がそれを口に出す直ぐ前だった。

「わたし、あのお話では、真剣になっているんですのよ。とてもいいお嬢さんがありましたわ。写真を持ってきましたからご覧になって」

彼女は袱紗《ふくさ》に包んだ四角いものをとり出し、それをほどいた。なかから大型の茶色の封筒が現れ、それから写真の表紙がとり出された。

「困りますね」

「あら、ちっとも困ることないわ。もう、あなたも家庭を持たないといけませんよ。それに、とてもいいお嬢さんですから、わたし心から弾んでますの」

彼女はそう言いながら、あたりの客の様子をうかがった。

「本当はわたしの家にきていただいてこれをご覧に入れるんだけど、そうすると、あなたの時間の都合があったりして、なかなかすぐというわけにはいかないでしょ。だから、わたしのほうが勝手に出向いてきたの。それくらい、わたし、いいお話だと思って積極的なのよ」

折戸の妻は写真を彼のほうに置いて、自分から表紙をめくった。若い女の半身像だった。

「ねえ、いかが？」

折戸の妻は向い側から小関の顔をのぞいた。

「そうですね」

小関は礼儀として写真の女性を眺めたが、なかなか美人だなと思った。

「きれいな方でしょ？」

「そうですね」

「或る建設会社の重役さんのお嬢さんですわ。年は二十五ですって。でも、ずいぶん若く撮れてるでしょ。ご当人はこの写真そっくりですって。あなたにお似合いだと思うわ」

「どうしてこんなに急になったんですか？」

「そう急でもありませんよ。あなたにお話してからこの写真をいただいたんですもの。ねえ、小関さん、この話、折戸も知ってますのよ」

「え、折戸君が？　しかし、彼は何も言わなかったですな」

「そりゃわたくしが直接申しあげるまで遠慮してるのかもしれませんわ」

「だが、ぼくにはちょっと勿体ないですね。こんな美人がきてくれるとは思えませんからね」

小関は、それで逃げるつもりだった。

「いいえ、先方のかたもぜひお目にかかりたいとおっしゃってます。実は、あなたから写真をいただいて先方にお見せしたのでは、さっきも言ったように時間がかかりますから、わたしの一存で、家にあったお写真を間に立ってらっしゃるかたに出したんです。先方はそれをご覧になってから、そうお話になったんです」

「ぼくの写真って、どのぶんですか？」

「ほら、あなたと折戸と、もうひとり助手のかたとで、去年、日光の夏季大学に行ったことがあったでしょ。あのときのスナップなんです。あれ、わりとよく撮れていましたから」

「ひどいですね。奥さん」

「ごめんなさい。承諾もなしに悪かったんですが、いいお話だから、勝手にそうさせていただきましたの」

「しかし、ぼくは……」

「小関さん、それがいけないんです。今度こそ決心なさいよ。わたし、とてもいいお話だと思ってるわ。それで、どうでしょう。今度の日曜日にお逢いになっては？」

「今度の日曜ですか？」

何もかも早い話だった。

「ちゃんとしたお見合というのではなくて、ぶらりとお茶でも喫むような気持で遇って下さい。先方もそういうお考えのようです」

「先方にまでそういうふうになってるのですか。奥さんの工作ですね？」

「いいえ、わたくしだけじゃありませんわ。折戸だってすすめているんです」

いままで気づかなかったが、喫茶店の入口から入ってきた男が横にきて、「よう」と言った。見上げると、それが折戸二郎だった。

「あなた、いま、小関さんにお話ししてるとこなんです」

彼の妻は自分の横に席をあけた。折戸は腰を下してニヤニヤしていた。小関は夫婦が示し合せていたことを知った。

「いま、小関さんにおすすめしてるんですけど、さっぱりご返事がいただけませんわ」

「いい話だとぼくも思うんだよ」

と、折戸二郎は身体を反らせ、小関を見下すように笑った。

「おい、もう身を固めろよ」

「うむ」

小関久雄は困ったように口ごもった。彼は折戸に言われると、何となく言うことを聞かなければならないような気持があった。ずいぶん無茶を言うし、無理な頼みごともする。それに腹が立つが、結局は引受けてしまう。ちょうど子供のころ、餓鬼大将の言うことに嫌とは言えなかった、あの心理に似通っていた。それは何だろう。一つは、折戸の人格に反撥《はんぱつ》はあっても、彼の優秀な頭脳に対する敬意、一つは孤独な自分に折戸だけが唯一の親友であるからだった。いやな男だが、どこかで気が合うのである。

「その話の仲立ちになっているのは小山さんといって、前に何かの役員をしていた人の未亡人だがね。本職は保険屋さんだ。いやな婆さんだよ」

「あなた」

「まあ、いいじゃないか。本当だから。だが、顔の広い婆さんで、この話もそこに女房がいってやったらしい。すると早速だったのだ。まあ、縁談話というのはほうぼう探さなければいいのがないというわけのものでもない。籤引きとおんなじだ。ひょいと最初に引いたのが一番よかったということもあるよ」

「ほんとですわ。小関さん。わたくし、ほかのほうを捜しても、こんないい話ないと思いますわ」

「何だそうだな。明後日、見合いみたいなことをやるんだって?」

折戸が小関と妻と半々に訊いた。

「そうなの。もし、小関さんがよろしかったら、そう運びたいわ」

「小関は照れ屋だから、そんなところにはひとりでは行けまい」

と、折戸は笑った。

「何だったら、ぼくが君の介添として付いて行ってやってもいいよ」

「そうね」と、忽ち彼の妻は相槌を打った。「ほんとにそうなさいましよ、小関さん。折戸がいっしょなら、相手のお嬢さんをひやかすような気持で気楽にお遇いできるんじゃない?」

小関はもじゃもじゃした髪の中に指を突込んでいた。

7

折戸二郎の妻が小関の見合いの日を決めた、その日の明けがただった。小関久雄は激しい腹痛を覚えた。

昨夜から、その鈍痛のようなものはあったが、何か悪いものでも当ったのかもしれないと思い、解毒剤を買って飲んだりした。が、痛みはだんだん激しくなってくる。

夜中ごろになると、胃のあたりまで痛んで寝ていられなかった。最後には吐き気がする。

べつに悪いものを食べた覚えはなかった。真夜中のことだし、医者を起しにアパートの管理人を頼むのも気の毒で辛抱した。ひとりで暮していると、何ごとにも我慢強くなっている。それでも、明け方ごろは床の中に寝ていられないくらいだった。

盲腸かもしれないと思った。右の脾腹に手をやったが、やはり痛かった。痛みはそこだけでなく、次第に腹から胃のあたり全体にかけてひろがっていた。

七時ごろに隣の若い奥さんが戸をあけて廊下に出た。小関はドアのところに匍いずり寄って首を出した。

「すみませんが、石井さんを呼んで下さい」

石井は管理人の名である。奥さんは小関が急に腹が痛くなったと言ったので、すぐに連絡してくれた。

石井という四十年配の管理人がやってきて、どうしたのですか、と小関を蒲団の横からのぞいて訊いた。

「どうも盲腸らしいんですよ」

「盲腸ですって？　そりゃいけない。とにかくお医者さんを呼んできます」

「手術の必要があるかもしれないから、なるべく、そういう設備のある病院をお願いします」

予感があったので、小関は頼んだ。

石井とは入違いにその妻が金盥《かなだらい》にタオルをつけて水を汲んできた。

「盲腸なら、少しでも冷したほうがいいですよ」

濡れタオルをくれたので、小関は自分で腹に当てがった。

「いま冷蔵庫で氷を造っていますからね。薬屋さんがあいたら、子供に氷嚢《ひょうのう》を買わせます」

「すみません」

病気になると、親切な管理人のありがたさが分る。冷しタオルくらいでは、むろん、痛みはそれで減るわけではなかった。

彼は、今日午後一時から、Hホテルのロビーで、折戸夫妻や見合い相手の娘さんと遇う約束が気になった。この状態ではとても駄目である。早く折戸の家に連絡しなければと思った。

一時間ほどして管理人の石井が医者をつれてきた。医者は指で小関の腹を撫《な》でるように押えていたが、盲腸の部分では揉むようにした。そこにふれられると飛上るように痛かった。

「おっしゃるように急性盲腸炎ですね。早速、手術したほうがいいでしょう」

医者は軽くいった。入院の準備は石井夫妻や隣の若夫婦たちが整えてくれた。

「石井さん、すみませんが、折戸二郎というぼくの同僚に電話をして、今日約束の場所に行けないということを言ってくれませんか」

小関は、その電話番号を言った。

小関は乗用車に横たわって、病院に運ばれた。病院は中野で、かなり大きかった。手術の準備が出来るまで、石井の妻は傍に居てくれた。しかし、ここは完全看護で、手術が済んだら、あとは看護婦だけで用が済むことになっていた。

「近ごろは、盲腸の手術といっても手術の内には入らないそうですからね」と、石井の妻は言った。「こういう場合も考えて、小関さんも早く奥さんをもらわないと困りますよ」

「あ、折戸という人に電話をしてくれましたか。石井さんに頼んでおいたんだけど……」

「石井はまだ返事をお伝えしてなかったんですか。しようがないわね。先方の奥さんがあとで様子を見にくるとおっしゃってたそうですよ」

折戸二郎の妻はあわてたかもしれない。しかし、もう少し症状が起るのが遅れたら、先方をホテルに待呆《まちぼう》けさせるところだった。早かったのは、せめてもだった。

手術の用意をしに看護婦が入ってきた。石井の妻は出て行った。

手術は極めて簡単であった。局部麻酔の間にすべてが終っていた。もとの病室に戻されると、看護婦だけの世話であった。四角い、真白い部屋は、みるからに清潔である。アパートの雑駁《ざっぱく》とした部屋とはまるで違っていた。しかし、ここには彼の生活は逃げていた。学問と食器とがごっちゃになった彼の生活は遠くに行っている。

少しでも動くと、切られた腹が痛んだ。盲腸の疼痛はなくなったが、新しい疵口のため姿勢の自由がきかない。白湯《さゆ》だけで食べものはいっさい与えられなかった。

午後になると、白髪の豊かな院長が様子を見にきた。

「これで安心ですよ。近ごろは、長期の海外旅行においでになる方は、痛まなくても盲腸を切ってゆかれますからね」

院長は小関が助教授だと知っていて、史学だと言うと、自分の同級生も大学にいると言った。聞いてみると、T大の上代史の教授であった。

そんな話をしているとき看護婦が入ってきて、折戸さんという方がお見舞にみえましたが、と院長の顔もうかがうように小関に言った。

「先生。その人にはちょっと話をしたいことがあるんです。少しの時間、話せませんか？」

「いいでしょう。盲腸は、手術の直後、食べものさえ入れなければ口を動かすぶんには大丈夫ですから」

院長が出て行くと、入ってきたのは折戸二郎でなく妻だった。手に花束を持っている。

「小関さん、とんだ目に遭《あ》いましたね」

と、彼女は横に立って言った。小関は首だけ曲げて、

「昨夜から突然痛み出したんです。どうも約束を違《たが》えて申しわけありません」

「いいえ。病気だから、そりゃ仕方がありませんわ。でも、連絡がうまくゆかなくて、先方のかたはホテルには定刻に見えたんです」

「え」

小関はびっくりした。

「わたくしたちがお電話したときは、もう、その方はお友だちと約束があって、それまでよそをまわる予定だといって出かけられたんですの。それで、仕方がないから、折戸とわたくしがホテルに行って、そのことを申しあげてきましたわ」

「そりゃご迷惑をかけました」

「ですから快《よ》くなられたら、またね」

「はあ」

「でも、小関さん。世の中って広いようでも狭いものですわね……あら、こんな長話をしていいかしら？」

「もう少しくらいかまわないでしょう。何ですか？」

「いいえ、そのお嬢さんにお友だちが付いてらしたんです。その方とのお約束で朝からよそをまわっていらしたんですけれど、ホテルにも介添といいますか、そんな恰好でみえていましたわ。折戸とわたくしが話をしていると、その方、あなたの名前をちゃんとご存じでしたわ」

「ほう。だれでしょう？」

「その方はお嬢さんにわたくしたちがお遇いするまで、あなたの名前をおっしゃらなかったとみえます。それで、小関さんという名前が出たら、その方が、あなたと岐阜県の旅先でお目にかかったことがあるとおっしゃってました」

近村達子だったのか。小関は実際に奇縁を感じた。彼女が見合いの相手の友だちとは妙なめぐり合せだった。

「とてもきれいなお方じゃありませんか」

「そうですね……」

「お見合いをなさらない前にこんなことをあなたに言うのは何ですけれど、当のお嬢さんのほうが少しお気の毒のようですわ……そんなことで、わたくし、妙な気になって帰って来ました」

「そうですか。しかし、おどろきましたね。そのひとのお兄さんは西脇さんのお弟子さんだそうです。ぼくもこの前お話ししたように、飛騨の高山に行ったとき、そのお嬢さんには偶然出遇ったんです」

「でも、高山のお話は聞きましたけれど、その方をあなたからは聞きませんでしたわね。でも、折戸は知ってたようですね」

「折戸君にはぼくが話したからですよ」

「では、あなたは近村さんという方に興味をお持ちになってらっしゃるの？」

「べつにそんな気持はありませんよ。いま言ったように、西脇さんのことから偶然ふれただけです」

「あなたにお見せしたいお嬢さんより、その近村さんは二つか三つくらい上のようですが、ほんとに利口そうな方ですわね。近村さんもあなたが病気だと知ってびっくりなさっていましたわ」

「そうですか」

折戸の妻がじっと小関の寝ている顔を見ていたが、

「ね、小関さん。もし、あなたが近村さんに少しでも興味をもってらっしゃるなら、相手のお嬢さんがお気の毒なことになるかも分りませんわね。ほんとにあなたは近村さんには何の感情もないのね？」と念を押した。

「もちろんですよ。ただ一度、偶然、高山で出遇ったというだけですよ」

小関は、なぜ折戸の妻がそんなことをしつこく訊くのか、その気持が分らないでもなかった。この妻は、夫の折戸が絶えず女のことで問題を起しているので苦労している。折戸二郎は、少しきれいな女だと、すぐに興味をもつ性質《たち》だ。だから、その妻も小関につい同じ懸念をもったようであった。

「そう」

折戸の妻は少し安心したようだった。小関のほうが何となくバカバカしくなった。

看護婦がきて、長い話はご遠慮願います、と折戸の妻に言ったので、

「じゃ、小関さん。またよくなられたら、あの話をつづけましょうね」

と言って、痩せた身体につけたベイジュのスーツのうしろ姿をドアの向うに消した。

ひとりになると小関は、折戸の妻の話を考えずにはいられなかった。近村達子が見合いの相手の友だちで、今日いっしょにホテルに来ていたとは想像もできなかった。

小関は、折戸の妻からすすめられた見合いを簡単に承知したのを後悔した。なぜ後悔したのかよく分らないが、それは相手が近村達子の友だちだったということになるようであった。相手を択ぶなら、近村達子とは全然無縁な人にしたかった。これも、どうしてそう思うのかよく分らない。強いて言えば、何となくきまりが悪いということになろう。

Hホテルのロビーには折戸二郎も行ったそうだから、近村達子とは話を交したであろう。達子のほうで小関の名を聞いて飛騨の旅のことが出たというから、折戸は大い

に面白がったかもしれない。ここでも小関は、折戸にあんな話をするのではなかったと悔まれた。ものごとは、そのときは全然思ってもみなかったことが、あとで影響のある関係に成立するらしい。

折戸の妻が帰って一時間ばかりすると、看護婦が小さなビニールの円筒に入れたカトレアを持ってきた。

「だれからですか？」と、小関は眼を枕もとにやって、その花を見た。看護婦は、

「受付から報らせてきたのですけれど、花屋さんから届いたのだそうです。これにお見舞いの方の名前が入ってるはずですわ」

と、リボンで結んだ小さな封筒をはずしてくれた。小関が封を破ると、名刺が出てきた。思ったとおり近村達子からだった。名刺の端には、

《折戸先生御夫婦からお病気と承っておどろいています。盲腸だそうですけれど、手術をなさったことと思います。ご経過はいかがですか？　また改めてお見舞に上ります》と、それだけ書いてあった。小関は、高山の宿に届いた彼女の贈物に付けられた手紙を思い出した。ウイスキーに添えた、あの手紙のきれいな文字と同じだった。

小関は、その名刺をしばらく手に握っていた。花はガラスのようなビニールの中に造花みたいにきちんと紫色で収っている。

名刺には見合いのことは一行も書かれていなかった。それが近村達子の無言のおど

ろきのように思えた。それから、自分の友だちと偶然見合いすることになった小関に対する遠慮でもあった。

小関は、折戸夫妻の見合いの話を断る決心にした。これも定かに理由が分らない。あるとすれば、先ほど考えた、結婚の相手は近村達子と全然無関係な女性を求めたい気持の延長ともいえる。その発展ともいえる。が、はっきりしているのは、その決心がこの短い文章の名刺をもらったすぐあとだったということである。

翌日の昼すぎに、折戸二郎が鞄を持って病室に現れた。小関の横のベッドには、もう一人、胃潰瘍を手術した四十すぎの男が昨夜入って寝ていた。

「よう、どうだい？」

折戸二郎は笑いながら、小関のベッドの横に自分から椅子を持ってきて坐った。

「昨日はすまなかったな。あの前夜、盲腸炎を起してね。迷惑をかけた」

小関は、折戸二郎の何か潑剌とした顔を見ながら言った。

「せっかくの日に病気になるとは、君もよくよく女性に縁のない男だな」

折戸はずけずけ言った。小関は苦笑した。

「どうもそうらしいね。そうだ、昨日早速、奥さんにお見舞にきていただいてありがとう」

「女房は責任上、君の様子を見にきたのだ。何か言ってたかい？」

「うむ……ぼくが高山で出遇ったあの女性が相手の人の介添できていたと言ってた」

「おどろいただろう?」

「うむ、意外だったよ」

「おれも近村さんからその話を聞いてびっくりした」

折戸二郎は、近村達子をもう気安げに近村さんと言っていた。

「君から高山の一件を聞かなかったら、予備知識がないので話が合わなかったところだがね、おかげでひとしきり君の話が出たよ」

「君のことだから、どうせろくなことは言わなかっただろう」

「なに、そうでもないさ」

折戸二郎は煙草を吸ってもいいかい、と言い、ポケットから洋モクを出した。

小関は、折戸が早速近村達子と馴れ馴れしく話をしたと聞いて、少し不愉快だった。彼のことだから、友人の話題を利用して彼女に親密そうな話しかけをしたに違いない。

もっとも、その席には妻が居たから、彼ひとりのようなわけにはいかなかっただろうが、それにしても折戸二郎のやり方に変りはなかったであろう。

「君はぼくに言わなかったが、彼女、なかなかきれいじゃないか」

「うむ、まあね」

「いや、あの女性はいいよ。知性があって、整った顔をして、話もなかなかちゃんとしていたよ……女房のやつ、ああいう方がついてこられると、見合いの娘さんが少し気の毒だとこぼしていたがね」

小関は、折戸が隣の人の耳もはばからないで何でも言うのが気になった。隣の中年男は向うをむいて、聞いてないように毛布をかぶっていた。

「おや、これはどこから来たのだい？」

と、折戸二郎は小関の枕もとにあるカトレアに眼をつけた。その横には折戸の妻が持ってきた菊の花があったが、小関はわざと、

「なに、君の奥さんからいただいたんだ」

と、とぼけてみせた。折戸二郎はニヤニヤして、

「菊のほうは女房が買ったのをおれも見ているよ。そのカトレアのほうだ」

と、腰を浮すようにしてのぞいた。もとより、送り主からの封筒は取られている。

「君。これ、近村さんからだろう？」

折戸は眼を小関に戻した。その眼は揶揄するように笑っていた。

「うむ、そうだ」

小関は仕方なく答えた。

「早速だね。あの席でも君が病気と聞いて、彼女、大ぶん心配していたよ」

いつもの折戸の言い方だが、今度は小関もあまり愉快でなかった。彼の口吻にはこ

っちを見下したところがある。

「このカトレアには、何か彼女からの見舞のカードでも入っていたかい？」

「べつにそんなものはないよ。ただ名刺だけが入っていた」

「ふうん」

折戸二郎は疑うように煙草の煙を吹かしていたが、

「ね、小関君。君にちょっと断らねばならんことがあるがね」と、やはり微笑した眼で彼を見つめた。小関は、何となく、どきりとした。

「断りって何だい？」

「実は、近村さんとつきあいをしたいんだ」

「…………」

「それには、まず、先に彼女と知合った君に断っておかないとね。これはぼくが親友である君を不快にさせないためだ」

これほどいやな気持にさせているのに、不快にさせないためもないものだと小関は思った。しかし、彼は、そんな気持を顔には出せなかった。彼は明るい微笑しかできなかった。

「そんなことなら遠慮はいらないよ」

「そうか。君はあの近村さんに何か特別な感情でも持っているのかね。たとえ、それが軽い程度のものにしても……」

「高山で偶然一度遇ったというだけじゃないか。一度見ただけで、おれにはそんな感情は動かないよ。君じゃあるまいし……」

小関は最後にせめてもの皮肉を言った。

「そうか。なるほど、おれはすぐ女性には好奇心を持つほうだからな。その点、君は偉いと思っているよ」

偉いというのは、むろん、折戸の反語であった。その言葉の意味は、小関などいくら女に好奇心を持ったところで相手に問題にされないだろう、それが分っているから君は好奇心を持たないのだろうといいたいのである。いわば小関の劣等感を衝いている。そのことは折戸自身はたやすく女性を手に入れる自負にもなっていた。

「そうか。君が彼女に何の感情も持たないとなると、ぼくも自由に彼女と交際してもいいわけだな？」

折戸二郎は軽く念を押した。

「ああ、いいよ」と、小関は気軽く言った。

まさか困るとも言えなかった。しかし、そう言ったあと、折戸がこれほど近村達子に関心を持っているとすれば、これから先の彼のやり方が気にかかった。いままでさんざん折戸からその手口を聞かされていることだった。小関は、それは困ると折戸になぜ言えないのかと、自分の気の弱さを後悔した。

気の弱さというよりも、彼女のことでは正面から折戸との交際を拒絶する資格がないと小関は思ったからだった。しかし、それは彼の見栄である。本心は折戸の求めた了解を承諾したくなかった。彼を近村達子に接近させたくなかった。折戸二郎は危険な男であった。折戸がフェアを装って自分に申入れたのを逆手にとって断ればよかったと思った。

「それを聞いて安心した。実はね」と、折戸二郎はやはり口辺にうすら笑いを漂わせながら言った。「二、三日うちに近村さんと遇うことになっている」

「え、君が？」

小関はおどろいた。折戸二郎の女に接近するすばしこさは分っていたが、近村達子にまでそんなに急速に近づいたとは思わなかった。

「うむ。名刺をもらったのでね、彼女の電話番号も分っているからね。……彼女はぼくが書いてる本に興味を持ったとみえ、二、三質問したから、分るように答えておいたが、そのことなら、またいろいろお話ししますから、またゆっくり遇いましょうと言うと、彼女は承諾したよ」

狡《ずる》い男だ、と小関は思った。折戸二郎は相手の女性によっていろいろな方法を用いている。無知の女には大学の助教授の肩書を、浮気っぽい女にはその気取ったスタイルで、そして、知的な女には学問のことで惹きつけようとする。初歩的な知識しかない女性を折戸がその専門分野の話題で惹きつけるのは、赤児の手をひねるよりもやさしいに違いなかった。しかも、折戸は話振りに変化がある。難解な言葉とユーモラスな表現とを適切に織りまぜる術を知っていた。

「しかし、そんな約束がよく彼女と出来たね。君の奥さんが傍に居たのだろう？」

小関は冗談に紛わして訊いた。

「なに、そんなことはわけないさ。女房のやつが君の相手の女性と手洗に起ったとき二人きりになったからね。その気になればチャンスはいくらでもあるさ」

折戸はのうのうとした顔でいた。そういえば、彼がこの病室に入ったときから、何だか潑剌とした表情でいたのに小関は気づいた。折戸二郎は新しい女を獲得する前には、必ずこういう生き生きとした表情をみせる。

「しかし、気をつけろよ。彼女の兄さんは西脇さんの弟子だというから、君が変なことをすると、兄さんの口から西脇さんに伝わるかも分らないよ」

それが小関の最少の折戸に対する制御であった。

「なに、そんなことは平気さ」と、折戸は言った。「何を西脇さんに言われても構わないよ」

折戸はちょっと小関の顔を見ていたが、急に声を低めて、

「君。西脇さんは遠からず大学を辞めるかもしれないよ」

「え、本当かい？」

「君はまだ何も知らないだろうが、おれはそう思っている」

「どうしてだい？」

「ここだけの話だがね」

と、折戸はちらりと隣のベッドを見た。だが、胃潰瘍を手術した患者は毛布だけで頭も見せてなかった。それに、この男は普通の会社員である。

「浜田先生がぼくに言われたんだがね。西脇さんがいつまでも講師でいるのは、やはり大学の内外で問題になっている。これは前からつづいている厄介な懸案さ。特に外部では、西脇さんほどの人をいつまでも講師のままにしておくのは気の毒だとか、分らないとか言っている。また、大学の内部でも、西脇さんが停年まであと残り少いから、この際助教授にしたら、という話も内内に持上っているところだ。あと一か月のちには大塚教授が停年になって大学を去る」

大塚教授というのはやはり同じ学部で、浜田教授の同僚であった。教授がひとり辞めれば、あとの補充のために異動があり、助教授の一人が教授に昇格する。それだけ助教授の席が空くのである。

「そのあとの助教授に西脇さんを推薦するむきがずいぶんある。だが、浜田先生は西脇さんの昇格に反対されるそうだ」

　折戸二郎の話はどこかが脱けている。西脇講師が助教授に昇格するのを浜田教授に反対されるのは分るとしても、しかし、大塚教授のあとはだれが教授になるのか。西脇講師の助教授の昇格が問題となっているなら、いまの助教授のうち、だれかが教授になるわけである。そのへんの説明が折戸二郎の話からは脱けていた。しかし、小関は、はははあと思った。だが、知らぬ顔で訊いた。

「じゃ、大塚さんのあと、だれが教授になるんだい?」

　折戸二郎はニヤニヤしていたが、人さし指で自分の胸を軽く二度突いた。

　やっぱりそうだった。折戸二郎が教授になる。むろん、浜田主任教授の内意であろう。折戸は浜田教授の最愛の弟子だ。しかし、これはあまり他から文句は出ないに違いない。資格の点において、折戸二郎の才能は十分にそれに応え得るのだ。そのことは衆目が認めている。ただ、少し時期が早いといえるが、他からの輸入教授を求めない限り、折戸が二、三の先任助教授を越して教授になるのは、まず穏当と認められるだろう。小関にしても同僚だが、学問の出来る点では折戸に数歩譲っている。

「そりゃおめでとう」

　小関は何の邪心もなく祝福が言えた。

「ありがとう……しかし、まだ発令までは何とも言えないからね。大学の内部も複雑怪奇だから、浜田先生からそう言われたといって安心してはいられない」

折戸二郎は、そうは口で言ったものの、その顔には確信が満ちていた。

「そんなわけだから、西脇さんは今度の人事が出たら、腹を立てて大学をやめるだろう。だから彼女が西脇さんに言いつけても、ぼくはそう怕くはないよ」と、折戸はうれしそうに笑った。

折戸の話が本当だとすると、小関は西脇講師が気の毒になった。西脇は教授としても少しも不足のない人である。現に折戸二郎も助手として入ったときは、当時先任助手だった西脇に手を取って教えられたものだった。むろん、小関もそうであった。それが、自分たちは講師になり、助教授になった。西脇だけはまだ講師である。

助教授と講師は待遇からして違う。助教授となれば独立した部屋をもらえるが、講師はいわば大部屋だった。それは一例で、ただ肩書だけでなく、現実的に待遇の差別がはっきりとついている。

浜田教授は西脇講師を尊重しないだけでなく、むしろ憎んでいた。それは、浜田教授にしてすら、どうかすると西脇講師の実力に及ばない点がないでもないからだ。西脇もまたそうした浜田の気持が反映して、この主任教授と反目している。西脇が或る雑誌でそれとなく浜田教授の学説を批判したのもその現れで、それがまた浜田教授の眼に止るからよけいに感情的になるのだった。

大学の内外では、西脇講師の処遇問題をめぐって浜田に対する批判はかなり強い。それを浜田は知っていて、あえて西脇を万年講師に据置きたいのである。もっとも、西脇講師の性格にも狷介なところがあって、積極的な同情者を得られない面があった。人にずけずけとものを言うし、どうかすると衆人環視の中で怒鳴ったりする。西脇自身は、それを正道のためにやましいところはないと思っているのかもしれないが、相手は当然に反感をもつ。そんなことから、西脇支持の声は大きいのだが、必ずしも学内では一本にならないのであった。むしろ学外の同情が強かった。

「じゃ、君の了解を得たから、おれは近村さんとつき合うからね。ただし、君との関係もあるから、そのつき合いの内容は逐一報告するよ」

「君。そんなことを言ってるが、この前、山中温泉や京都に行った人のこともあるだろう。忙しくて仕方がないんじゃないかな」

と、小関は言った。

「なに、あのほうは、そうたびたび逢うこともないさ。丁度、そろそろ遠ざかろうとしているときだからね。そのためにも、今度の女性が現れたのはぼくにとって好都合さ」

小関は思わず憤りに似たものが心に熱く流れた。折戸二郎はいまの女と別れたいために近村達子を獲得しようとしているのだ。折戸は絶えず何かしら女性が居なければならない男だった。山中温泉や京都に伴れて行った女はどういう素姓か、折戸自身はまだ打ちあけてない。だが、その口ぶりからすると、どうやらその女とは別れたいようであった。だが、当座、その女に代るものがいない。

折戸にしてみれば、近村達子の出現は、その気持の転換の上でも最も時宜を得たものといえよう。だから、折戸はいまの女と手を切るために近村達子と交際するというのである。そのことは、いつ、彼女が折戸によっていままでの女の代替とならないとも限らない。——

その晩、小関はよく睡れなかった。もともと、ベッドで一日じゅう横たわっていれば昼間もうとうとするから、夜の睡眠がとれないのが普通だった。折戸二郎の話を聞いた小関は、近村達子を想って、なおさら夜の眼が冴えるのであった。

8

折戸二郎が小関久雄のベッドの横でしゃべって帰った翌る日だった。

折戸は、十二時ごろ、新宿の武蔵野館に近い喫茶店で近村達子のくるのを待っていた。約束の時間より早めだった。最初から女を待たせるのは不誠実だという印象を与える。

彼は入口がよく見えるようにして奥のほうに坐っていた。コーヒーを半分も喫まないうちに、入口のドアのガラスに黒いコートの近村達子の姿が見えた。この前、小関の見合いの女といっしょだったときは、ベイジュ色だったが今日は色が違っている。しかし、黒のほうがずっと鮮明で、彼女の細い顔を浮き出していた。前衿にのぞいた臙脂色のスカーフがあざやかなアクセントになっていた。

彼女は入ってくると、まぶしそうに店のなかを見渡した。片手に四角い包を提げている。小関への見舞品らしかった。

折戸二郎が片手をあげると、近村達子は少し面映ゆそうに彼のところに歩いてきた。すんなりとした薄茶色の脚が折戸の眼に潑剌とうつった。

「遅くなりました」

と、彼女は荷物を傍の椅子に置き、おじぎをしてからふと気づいたように、

「あら、奥さまは?」

と訊いた。折戸は妻といっしょにくる約束になっていた。

「恰度《ちょうど》、出かける間際に人がきましてね。どうしても追返すことのできない客でしたから、家内は遅くなるといけないといって、今日は失礼すると申していました」

「まあ、そうですの」

近村達子は当惑した表情をみせたが、それも間もなくもとどおりになった。べつに

彼の嘘を察したふうでもなく、素直に言葉を信用したようだった。

実は今日、近村達子は小関を病院に見舞うについて、折戸夫婦と同行することにな

ってい た。それは折戸のほうから言い出してみたのだ。

見合いの日、小関が急病でこられないと知って、近村達子は、それでは一度お見舞

したいものだと言った。その呟きのような言葉を折戸が利用したのである。帰りがけ

のどさくさに妻には聞えないように、(それだったら、近いうちにぼくらも小関を病

院に見舞ってやろうと思っています。なんでしたら、ごいっしょしましょうか?)

と誘ってみた。女ひとりでは男の病室に入るのがためらわれるに違いない。そこを

察して言ったのが、彼女は折戸が夫婦でゆくと思って同行を頼んだのだった。

病院は中野のほうにある。それで、新宿の喫茶店で分りやすいこの店での待合せを

折戸は素早く彼女に約束させた。いま彼女の持ってきた小さな包箱が、その見舞の用

意なのである。

「小関さんのお様子はどうなんでしょう?」

近村達子は案じるような眼で折戸を見た。若く澄んだ眼は清純である。折戸は、い

まつき合っている笠原幸子と比較した。幸子は近村達子より少し年下だが、人妻だけ

に、すでにこうした瞳はもっていない。笠原幸子には熟れたものがあっても、どこか

うす汚れている。

「さあ、ぼくもその後、医者にも電話してないのでよく分りませんがね」

折戸二郎は、昨日小関の病室に訪ねて行ったことなどおくびにも出さなかった。

「経過は心配ないでしょうね？」

「なに、盲腸の手術などというのは腫物を除るくらいの程度ですよ」

折戸は笑い、折角の見合いの日に盲腸に炎症を起すなど、いかにも小関らしいといった。彼はここでも小関の善人ぶりをほめあげたが、小関の見合いの相手はほかの女だし、賞讃するぶんにはさしつかえなかった。それどころか折戸は自己の友情を近村達子に印象づけることができた。

「あなたのことは、前に小関から聞きましたが、まさか今度のような機縁ができるとは思いませんでしたね」

「ほんとに。わたくしもびっくりしましたわ。佐藤さんのお見合いのお相手が小関さんだと聞いて、わたくしもなつかしくなって、ごいっしょについて行きたくなったんです」

近村達子は静かに笑った。佐藤恭子というのが小関の相手の女性で、達子の友だちだった。

なつかしいといっても、それは近村達子が飛騨高山での旅先の行きずりを思い出したという程度で、小関に何の感情を持っているわけではないと折戸は思った。もし、

彼女の友だちが彼と見合いでもしなかったら、わざわざこうして病院に見舞に行くこともなかったに違いない。だから、折戸は、

「あなたも、とんだことで病院をのぞく羽目になりましたね」といった。

達子は、いいえ、といって微笑した。その微笑にもおつき合いという程度しか見られなかった。それはそうだろう、小関みたいな男に女が心を動かすわけはないと折戸は当然のことのように判断し小関の友人の立場で、彼女の足労に礼をいった。

「じゃ、ぼつぼつ参じましょうか」

「はい」

近村達子は横の見舞品を抱えあげた。

「それ、ぼくが持ちましょう」

「でも……」

折戸の伸ばした手の先が彼女の指にふれた。彼女の指の愕きが折戸に伝わった。それは異性の経験のない女の本能的な畏怖だった。折戸はひそかに満足した。男への未経験的な畏怖は憧憬につながっている。折戸は、彼女の指の臆病と、瞬間の柔い感触から、次の発展に空想を拡大した。

タクシーにいっしょに乗った。むろん、近村達子は彼から離れて反対側のドアに身を窮屈そうに寄せていた。

「家内が来れなかったのは申訳ありませんでした」

折戸は近村達子を気楽にするために、もう一度、妻のことをいった。女は、男が妻のことを言うとき安心する。

「ほんとに残念でしたわ。奥さまにお目にかかれたら、佐藤さんの立派なお人柄を詳しく申上げるつもりでしたのに」

思った通り、近村達子はほっとした様子をみせていった。

「いい方のようですね。両方で気に入るといいんですがね」

「ほんとに」

「しかし、あなたはお友だちのことを心配してらっしゃるけど、あなたご自身のことはどうなんですか？」

「わたくしなんか、まだ、もう少し先にいたしますわ」

彼女は微笑《わら》った。黒いコートにほっそりとした身をくるませ、車の中でも新鮮な横顔だった。

「そうですか。……まだ先だとおっしゃっても、もうそういう決った方はあるんでしょう？」

折戸は笑っていたが、これは大事な探《さぐ》りであった。

「いいえ」

近村達子は明るい笑顔のままに首を振った。決った人といえば許婚者のことになるだろうが、折戸の言葉の意味は、それを含めて恋人も指していた。だが、彼は彼女がそこまで受取ったかどうか分らないので、

「しかし、意中の方はいらっしゃるんでしょうな？」

と、煙草に火をつけながら軽くいった。意中の人とは古風な言葉だが、恋人というと俗っぽくなるし、ラバーではいやらしく聞えるし、近ごろのボーイフレンドでは彼女の気にさわりそうだった。意中の人といったほうが、世事に通じない学者らしくていいかもしれなかった。

「いいえ」

それも近村達子はおかしそうに否定した。折戸にはどうやらそれが嘘でないように思われた。これほどの女性だから、青年たちの眼を惹かないはずはない。それは彼女のほうで相手にするような男がいないのだろうと思った。

「そうですか。それは信じられませんがね」

あなたほどのきれいなお嬢さんが、というのは口に出さなかった。言わなくてもそれは相手が感じとっている。

普通、あまり頭のよくない女は、あら、どうしてですの、とか、なぜ、そんなことをお訊きになるの、とか反問する。男のいう意味が分っていながら気がつかないふり

をして、期待の返事をたしかめようとする。たしかめて自分で満足しようとする。そこに女の見えすいた下心があった。

近村達子は、むろん、そんなことは問返さなかった。のみならず、その横顔からは微笑も消えかけていた。折戸二郎は、これは少し手強いなと思った。それだけに張合いはあった。

男が女に、フィアンセがあるか、恋人がいるか、過去に恋愛の経験があったかなどと訊くのは、それだけ男が関心を持っている証拠である。まるきり冗談は別として、それは男が相手に興味を抱いている一種の表現であった。そのことも女はよく分っている。

どのような女も、男から関心を持たれていることに不快は感じないものだ。折戸は、これまでの自分の経験でそう信じていた。彼はもっと近村達子にそうした関係のことをいろいろと訊きたかった。が、彼の質問を無視しているような彼女の横顔を見ると、口をつぐんだ。その横顔にはいくらか傲りの表情さえ見えている。あまり執拗な質問は繰返さないことだった。第一、小関の入院している病院が近づいてきていた。

折戸二郎は近村達子が降りたあとから、彼女の見舞品を抱えてつづいた。四角い箱は果物らしく、重さがあった。

この病院は相当に大きく、玄関も広い。消毒液の匂いの漂う待合室には、暗い顔の客が長椅子に元気なくかけていた。その人たちの眼が近村達子に一斉に向いた。

「ぼく、どんな様子か訊いてきますから、ここで待っていて下さい」

折戸二郎は彼女をそこに待たせて、自分は離れた受付係という札の出た窓口に行った。これは彼の予定の行動だった。

彼はそこにいる看護婦に、入院患者の面会時間はいつか、見舞いの食べものは医者の検査が要るのか、完全看護というが、近親者の介抱は絶対に駄目なのかなどと小さな声で二、三訊いた。

それが終ると、折戸は近村達子のところに戻ってきた。

「今日は面会できないそうですよ」

彼はやはり彼女にも低い声で告げた。

「そんなにいけないんですか?」

彼女は眉をひそめた。

「いや、手術の経過が悪いというんじゃないんです。そうではなくて、一昨日手術したけれど、少し本人が疲労しているので、いま面会しないほうがいいだろうという医者の意見だそうです。あの窓口で小関の入室番号を訊いたら、看護婦は医者から告げられているとみえて、そう言いましたよ」

「そうなんですの」

彼女の顔に軽い失望が現れた。だが、これも、せっかくここまで来たのにという残念さだけであろう。

「仕方がありませんね。日を改めて参りましょう」

日を改めて来ましょうと折戸がいったのは、そのときはまた自分もいっしょにという含みがあった。近村達子は表情も変えずに黙っていた。折戸は安心した。

あとでこの嘘が小関に分っても、そのときはまたそのときだと思った。その前に小関に会って、実は彼女にはこんなふうに言ったよといえば、小関は例の苦笑で、しょうがないやつだなというにきまっていた。小関は折戸のすることには半ば呆れ、半ば諦めている。根が気の弱い男だった。殊に女のことでは何も言えないのである。

病院の玄関を出た折戸は腕時計を見た。

「ほう、もう一時ですね」

早く言わないと、横の近村達子が彼から離れてゆきそうだった。彼女にしても折戸と二人だけでいるのが遠慮に違いなかった。

「もしよろしかったら、軽い食事でもしましょうか。せっかくここまで来ていただいたんだから、そうさせていただきたいんです」

これは、小関を見舞に来てくれた人に友人の立場から礼心で申し出たものだった。果して近村達子の顔には二度目の当惑の表情が出た。この表情も折戸には魅力的だった。女が困っているとき男心はそそられる。

「どうせ途中までお送りしたいと思っていたんです。一時間ほどお時間を頂戴できませんか。Kホテルの食事は案外おいしいと思うんですが」

赤坂のほうにあるこの一流ホテルは、近村達子が帰るのにそれほど寄道ではなかった。彼女もそこからほかに用があってゆくとは言いかねたようである。結局、折戸は説き伏せた。

またタクシーのシートに二人でならんだ。彼女はやはり端のほうに身を寄せていた。だが、二人だけでいっしょに食事にゆくというのが病院の見舞よりも彼女の姿勢を硬くさせていた。

「女房がいっしょにお供できたらよかったんですがね。帰ってから、そう言ってやりますよ」

折戸は言った。これも彼女に安心を与えるためだった。

「ほんとうですわ。それだったら、どんなに愉しいか分りません」

「この次、そうですな、小関がよくなったら、ぜひ四人で会食しましょう。そうだ、そのときお見合いのお嬢さんをごいっしょにお伴れになったほうがいいかも分りませんね。いい機会ですから」

折戸はできるだけしゃべった。少しでも沈黙がつづくと近村達子をまた窮屈にする。

「小関のやつも考えてみれば可哀想ですな。見合いができなかったばかりか、腹を切られたり、あなたに会えなかったり、うまいものが食えなかったり、損な性分です」

　折戸は軽口めいて言った。彼女の片頰にいくらか楽な微笑が出た。

「先生と小関先生とはほんとにご親友なんですのね」

「ええ。この前お話ししたように高等学校時代からですからね。長いつき合いですよ。学校を出てからも教師としていっしょの職場にいるんですからな。あいつのことなら、何でも知ってるし、あいつもまたぼくのことなら何でも分っています」

　折戸はそう言ったあと、そうだ、これは小関に自分のことは口止めさせなければと気がついた。

「先生にお遇いしてから、失礼ですが、小関先生とは少しご性格が違うように感じましたわ」

「早速、鋭い観察ですね。そうなんです。小関は、あの通りとっつきが悪く、無口で、内気ですが、ぼくはその反対です。しかし、性格が違うから、かえって友だちとして長つづきがするのかもしれませんね。似た性格同士だと、どうしても反撥しあいますから」

「そうですわね。でも、男のお友だち同士というのは羨しいと思いますわ」

「そうですかね。しかし、小関はいいです。われわれ、ザックバランなつき合いですが、あいつは自分を主張しませんからね」

「控え目な方ですのね」

「見ただけでもそう分るでしょう。いくら親友でも、相手が少しでも自分より出ると変な感情を持つのがいますが、そういうのは困りますね」

折戸がそんなことを言い出したのは、ここで自分の学者としての位置を自慢にならない程度で彼女に認識させるためだった。それを言いたいのだった。

「たとえば、ぼくが近いうちに教授となったとしますか。彼も現在ぼくと同じ助教授ですが、運よくぼくのほうが先に教授になれば、いくら友だちでも内心やはりこだわるものです。そこから友好関係が崩れることが多い。大体、学者というのは御殿女中式のヤキモチやきが多いですからね。しかし、小関は、たとえばぼくがそんなことになっても、心から祝福してくれる男ですよ」

折戸二郎は、教授になるというのを、そんな仮定とも譬話《たとえばなし》ともつかない言い方でした。

「まあ、先生は、それでは、そういうおめでたいことが近く実現しますの?」

やはり近村達子は話の意味を感じとった。頭の悪い女ではない。

「いや、たとえばです。必ずしも実際にそうなるというわけではないんです」

必ずしもと付加えたのは、その可能性を匂わせたのである。これ以上ははっきりとは言えない。教授になることはもう間違いないが、あまりに露骨な自慢になってもいけない。それに、彼女の兄は西脇講師のもとに出入りしている。彼女の口から語られて、その兄を刺戟してもいけなかった。折戸二郎の抑制には、そういう意味が含まれていた。

しかし、まあ、これで自分のほうが小関より優秀だという印象は彼女に与えたようである。

Kホテルの食堂で昼の食事をとった。広々としたルームは豪華に飾り立ててある。窓の外には広い芝生と落下する瀑布とがあった。

愉しい会食である。近村達子はあまり食欲はないようだった。

だが、それだけでも彼女が彼の誘いに進んで従ったということが分った。空腹でなかったら断るのが普通である。

「あなたは、この前高山にひとりでいらしたそうですが、そういう小さな旅はよくなさるんですか?」

折戸は話しかけた。

「ええ、ときどきですけれど」

近村達子は果物ナイフを置いていった。

「そのときは、いつもおひとりですか?」

「ええ。ひとりのほうがのんきなものですから」

「そら、のんきかもしれないが、寂しくありませんか？」

「いいえ。旅はひとりに限りますわ」

「それはその通りだけど。ぼくもひとり旅は好きなほうです。しかし、あなたの場合、ちょっと考えられないな」

「そうですか？」

「そうですよ。大体、あなたにフィアンセの方や意中の方がいらっしゃらないというのが、ぼくには合点できません。あなたの男性の趣味が高すぎるのかもしれませんね」

近村達子は笑っているだけで、それにも返事をしなかった。しかし、折戸はそれだけでもいいと思った。

絶えずこうした話題をつないでおけば、彼女のほうで興味を持たれていることが分るのだ。それでいいのである。

「どうです、今度、小関とぼくとでちょっとした旅行に出るとき、ご都合がよかったらおいでになりませんか。小関のやつ、あれでなかなか物識りなんですよ」

「ええ」

彼女はうなずいた。すぐ断らなかったばかりか、その表情ではかなり気持が動いているようにみえた。

「ぼくらもぜひごいっしょしたいですな。そんなに遠くでなければ都合がつくでしょう？」

「そうですね」

彼女はちょっと首をかしげたが、それは躊《ため》らっているのではなく、実行ができるかどうかを考えているふうにみえた。

「じゃ、あと三、四日したら小関も面会できると思いますから、そのときはお誘いします。お宅に電話をかけてもいいですか？」

折戸二郎は彼女の顔をじっと見た。その凝視に彼は初めて意識的に熱情を罩《こ》めた。


近村達子と別れると、折戸二郎は大学にタクシーを走らせた。

彼の心は未来の愉しさで満ちていた。近村達子は、いずれ自分のものになるかもしれない。あの様子では性急には実現できないにしても、いずれはそうなるものと思った。これまでの経験で彼が失敗した例はあまりないのである。

近村達子は知的な女だ。しかし、知識のある女は、その知識でむかえば弱い。顔のきれいな女はその自意識を、通俗的にあこがれを持つ女はそれに合うイメージを、というふうに女には攻撃の途がある。近村達子を陥れるのもさして困難はないようであった。ただ、軽率なことはできないのである。

車で走っているうちに折戸は、なんだか笠原幸子の声を聞きたくなった。ふしぎな気持だが、これは近村達子に遇った直後だから、全く性質の違う女に気持が向ったのかも分らぬ。近村達子と笠原幸子とはおよそ対蹠的《たいしょてき》な女であった。近村達子のいくらか傲り高い、男を気やすく近づけさせない硬い態度とつき合ったあとなので、折戸は気楽な女を求めたくなった。笠原幸子なら彼の声を聞いただけで全身のよろこびを伝えてくれる。頭の悪い女の気安さが心を潤してくれる。

折戸二郎は通りの電話ボックスを見つけてタクシーを停めさせ、その中に入った。むろん、笠原幸子の電話番号は頭の中に入っている。

受話器から彼女の声がすぐにとび出すものと思った。笠原幸子の家には女中がいない。姉妹もいない。子供もいない。だから、直接に彼女が出る。

「はい、笠原ですが……」

折戸二郎はびっくりした。いきなり男の声だった。

「あ、失礼。番号を間違えまして」

折戸はあわてて切った。

どうしたのだろう。まだ、午後二時すぎだった。いまごろ、夫が家に居た。会社を休んだのか。

タクシーに戻った折戸は落ちつかない気持で煙草をくわえた。動悸が搏《う》っている。

女の亭主の声を初めて聞いたと思うと、少しばかり胸が騒いだ。秘密を知られたような錯覚に落ちた。

案外、若い声だな、と折戸は耳に残っているものを蘇らせた。はい、笠原ですが、といった口調も軽快であった。

折戸は、笠原幸子の夫が技術屋だと聞いていたので、もっと重い声で、無愛想だと想像していた。老けた声だと思っていた。

軽い病気でもしているのか、それで会社を欠勤して家に居るのかな。幸子は買物にでも出て留守なのか——。折戸は煙を吐きながら考えた。すると、何喰わぬ顔で夫の世話をやいている幸子の姿が眼に泛んできた。

折戸は嫉妬に似たものが起ってきた。そんなはずはないのに、考えとは別な感情が胸を流れた。そろそろ別れようと思っている女である。夫のいることも承知である。それに、嫉妬するのは彼の側ではなく、事実が分った場合、亭主のほうであった。折戸は彼の妻を愉しんだのである。優越感を十分に持っていいのである。

それがそうは思えなかった。やはり、亭主の声を生に聞いて、その存在がはっきりとした姿でじかに来たのである。ぼんやりと遠くにうすい影でいた亭主が、現実の声を出して前に立ち現れたのである。

折戸は、笠原幸子が自分にしている通りのことをその亭主にしているかと思うと、裏切られたような腹立ちをおぼえた。自分のほうが欺されたような気になった。彼女が自分にささやいた愛の言葉も、接吻も、抱擁も、親切も、すべて夫と等分に頒けているように思えてきた。

折戸は、大学の門をくぐり、研究室に入った。若い助手が一人、資料を写していたが、彼をみると茶をくんできた。彼は不機嫌そうな折戸を見ると、こそこそともとの仕事にもどった。

折戸は煙草ばかり喫ったが、どうも落ちつかない。こんなとき、近村達子は薄い存在だった。彼女を想うことで、この忌々しさを消すことはできなかった。

彼は腕時計を見た。公衆電話をかけて一時間近くは経っている。

「君」

と彼の隅の机で手を動かしている助手を呼んだ。

「悪いが、階下《した》の売店に行って煙草を買ってきてくれないか」

助手が出て行くと、折戸は机の上の電話をとった。交換台を通さずに、ダイヤルで外線につなぐこともできる。

信号音が聞える。折戸は固唾をのむ思いで待っていた。もし、再び亭主の声だったら、その場で黙って切るつもりだった。信号音がやんだ。

「はい」

笠原幸子の声だった。日常的な声である。

折戸は、ほっとすると同時に、鬱憤がこみ上ってきた。

「もしもし」

「あら」

笠原幸子は小さく叫んだ。もしもし、という声だけで彼女は折戸の声を弁別できた。その小さな叫びには表情がある。彼は幸子が一瞬に度を失っていることが分った。狼狽しているのは近くに亭主がいるからに違いない。

「君、いま自由にはしゃべれないんだろう?」

「…………」

ええ、と言ったようにも思えたが、それほど低い声だった。

「それじゃ、これからぼくが話すことを、返事をしないで聞いときなさい」

「はい」

「さっき電話をかけた。君の主人が出たよ」

「…………」

「どうして会社を休んでいるんだね?　病気かい?」

「ええ……」

笠原幸子はか細い声を出した。

「いきなりだったからおどろいた。明日六時に、この前の場所に来てくれたまえ。いいか、この前の家だよ」

「…………」

笠原幸子は何か言いたそうだったが、舌が動かないようだった。もちろん、傍に夫がいるので、話の自由を失っているのである。折戸は、そうした幸子を虐めたかった。

夕方の六時から彼女が家をあけにくいのはよく分っている。もし、明日夫が出勤すれば、その時刻に帰ってくる。家にいれば、夕方から出かける妻の行先を咎めるかもしれない。しかし、彼女は折戸に遇うため出なければならぬ。そうした笠原幸子の心の闘いが、彼女の沈黙に十分嗅ぎとられた。

「ぼくは先に行って待っている。それだけだ」

彼は電話を切った。一方的に、しかも威圧的な通告だった。

それが何を意味するか。笠原幸子にはよく分っているはずだ。さっき亭主の声を聞いたという一言が、彼女に折戸を怖れさせている。余計なことを言わない厳しい命令は、彼女にいかなる弁解も抗弁も許さないものだった。もし、それに抗《あらが》えば、折戸がどんなことを決意するかを彼女は直感しているに違いない。

折戸は、少し心が安まってきた。顔色を変えている女の動転した姿を想像し、彼は初めて落ちつきをとり戻した。

助手が煙草を買って戻ってきた。

「ありがとう」

助手は頭を下げてもとの仕事に戻った。折戸は新しい煙草をそのままポケットに捻じこんだ。

折戸は、それから漫然と二十分ばかりいた。今日は浜田教授は休みである。教授がいたらご機嫌伺いにその部屋に行くところだが、居ないのなら仕方がなかった。小関の机も主がない。駄弁る相手がいないのは寂しい。

ぼつぼつ引きあげようかと思っているときに電話が鳴った。

「折戸先生。お電話です」

助手が受話器を彼のほうに伸ばしていった。

折戸は笠原幸子からかと思った。亭主の隙を見てかけてきたのかと察したが、

「Q大の豊岡先生からです」

と助手は伝えた。

豊岡はQ大の国文の助教授で折戸の遊び仲間だった。

「おい、今晩、時間があるかい」

豊岡助教授はキンキンした声を受話器にひびかせた。

「ああ、あるよ。何だい？」

「じゃ、今晩、ウラに来てくれ。新しいのが入ったのだ。七時にみんなで待っている」

「分った。行くよ」

ウラというのは隠語で、新宿のある劇場裏にある割烹旅館のことだった。新しいのが入ったというのは、新しいブルー・フィルムのことだった。豊岡はその旅館の顔であった。

午後九時ごろ、折戸二郎は「仲間」の五人といっしょに飲み食いした上、秘密の映画を愉しんで見ていた。

仲間は大学の中堅教授ばかりだった。

9

折戸二郎は、湯から上ってシャツを着ていた。つくりつけの洋服ダンスは派手な蒲団を敷いたすぐ横にある。ほの暗いスタンドが枕元につけ放しのままで蒲団の乱れを映し出していた。午後なのに部屋の中が夜みたいなのは雨戸を閉め回しているからである。浴室のほうではまだ水音がしていた。

折戸はワイシャツのボタンをとめながら、これと同じことがついこの前にもあったなと思った。相手は同じ笠原幸子である。場所は北陸の山中温泉で、渓流に沿った旅館だった。こんな町なかの家ではなかった。

あのときと変らないことが今も行われた。こういうことをしていると、笠原幸子とは抜きさしならない状態に陥ってくる。女はもとよりそれを求めているのだ。そう考えながらも、やはりひきずられてきた。

彼をそうさせたのは何か。近村達子と遇ったことがその一つに挙げられる。彼女に望み得られなかったものの補塡《ほてん》を幸子に求めたのだ。精神と肉体の合一は、まだ折戸も近村達子の上に達していない。いや、その精神すら完全に得たものではなかった。しかし、これは近い将来に望みがあるとしても、一方の肉体のほうはさらに未《いま》だしであった。

折戸はそれまでのつなぎとして、笠原幸子を呼んだ。こっちのほうはいつでも受入れてくれる。その点、いとも容易な合致であった。ただ違うのは、笠原幸子には精神と肉体との昂進があったが、折戸には精神がうすれていた。それから、将来、近村達子を手に入れることになれば、彼は幸子の両方を放棄する。

厄介なのはその時の始末だが、それに備えて今のうちから幸子とはなるべく遇わないようにしたほうがいい。彼女に心の準備を構築させておくことである。さっきも、彼女とならんで横たわっていながら、いろんなことを思った。幸子は彼の胸の内側を知らないで、うっとりとして手で彼の胸の皮膚ばかり撫でていた。

あのとき、呼出しにかけた電話に幸子の夫がいきなり出たのも、折戸の心を妙にさせた。想像したより若い声だった。それを聞いて、はじめて折戸に幸子が人妻だという現実感がきた。その夫とむつみ合う幸子のあらゆる姿態が頭の中に湧《わ》いた。夫の声を聞かない間は、彼女の位置をまだ観念だけで遠く考えていたことだった。声が、彼女の夫を彼のすぐ目の前に歩かせた。

嫉妬ではないと折戸は思っている。おれの女だという気持があった。そのために、幸子をぜひにでもここに呼んだ。彼女の亭主に分っては困ることだが、分るはずはないという確信があった。幸子は自分のためにも、彼のためにも必死に防禦するに違いない。

昨夜は、大学の教師連中と新宿のいつもの家でブルー・フィルムを見た。好きな男がいて、どういうルートから分らないが、絶えず新しいのを仕入れてくる。たいてい趣向のきまった同じもので、ばかばかしい限りだった。しかし、声の甲高い国文の大学助教授はそれが好きで、いつも仲間を誘い合う。見ていたときはそれほどでもなかったが、あとでその部分部分が眼によみがえってくる。それが夕方六時の約束を今日急に昼過ぎに繰上げさせることになり、この場所で一時間前まで彼の身体を煽って幸子を疲れさせることになった。

だが、もう、幸子とは今度限りにしようと思った。このままつづけていては、それこそ藻掻いて追っつかなくなるかもしれない。折戸は相手が自分にすべての気持を投げつけてこなければ満足できない性質《たち》で、その点、旅先で金を出して遊べる相手を好まなかった。空疎で、泥の詰ったような気分になる。少しでも自分よりは積極的な感情で出てくる女でないと遊ぶ面白さがなかった。笠原幸子の場合、少し薬が効きすぎた。もう少々距離があるのが理想的だった。だが、女にもいろいろな性格があるからこれはいたし方がない。こちらで徐々に離れてゆくだけだった。

折戸が隣の部屋の床の前で煙草を吸っていると、襖をあけて幸子が出てきた。すっかり身支度をしているが、手に翅のようにうすいストッキングをまるめてつかんでいた。

「いま何時かしら？」

彼女はあのことが済んだあとの馴れ馴れしさで男に訊いた。

「そろそろ四時半だ」

折戸はいくらか面倒そうに答えた。

「まあ。もう、そんなになるの？」

幸子は向うむきになって腰をかがめ、急いでストッキングをはきはじめた。夫が帰ってくるまでに夕食の支度が出来上っていなければならない。今日は初めからこんな場所にくると分っていたから、目立たない地味なスーツを着て、買物にでも出かけたような恰好であった。

折戸二郎は、そんなうしろ向きの彼女に、

（おい。もう、これきりにしようよ）

と、ふいと声をかけたくなった。背中をまるごと見せた人間には、気軽にそう言い出せそうな隙があった。その声に応じて彼女のほうでも気軽に、ええ、いいわ、と答えそうな気がした。

案外、そういうことになるかもしれないと、折戸は脇息に身を斜にしてやはり煙草を吸いつづけていた。

最後の別れを言うときの面倒さを、こちらで過剰に考えすぎているのではなかろうか。幸子は、あっさり承諾して夫のもとに帰るかもしれないのだ。彼女にも絶えず危機感があるはずだった。いつも何かに脅かされているような、砕けやすいガラスの上を歩いているような不安な緊張が重くかぶさっているに違いなかった。それから解放されたら、彼女もほっとするはずである。

あんまり念入りに準備しないで、何かの拍子にふいと口から出たように言ったほうが、別れるのに手間がいらないかもしれないと折戸は思った。ひとりでに不意に出た声でも、一度口から出したら、否応なしに事態は解決に向って進むだろう。そんなことでもしなければ決着はつくまい。ただ、いつ、それを口にするかである。

幸子は身体を折ってスカートの裾をたくり上げ、ストッキングの端を太腿の上でボタンにとめている。折戸の眼などは意識してない振舞だった。それは亭主の前とほとんど同じであった。折戸は彼女の股のあたりを見ても索然となるだけだった。

そろそろ帳場に電話をかけて勘定を支払わなければと思い、彼は幸子がスカートを下すのを待っていた。そのときだった。

「ごめん下さい」

と、襖の外でちょっと太い女の声がした。さっき、ここに案内した若い女中とは声が違っていた。

折戸は、妙だなと思った。こういう場所では、こちらから連絡しないかぎり向うから何も言ってこないはずである。彼ははじめ幸子が電話で呼んだのかと思い違いしたくらいだった。

幸子は折戸を一瞥し、急いで彼の前の座蒲団に行儀よく坐った。ほとんど化粧らしいものを施してないのは、自分の近所の者に見せるためである。

「どうぞ」

と、折戸は肘を起して襖に顔を向けた。

襖が開いて顔を出したのが年配の女だった。身なりも女中とは違う。折戸は、おやと思った。女は丁寧に閾《しきい》の外から三つ指をついたように頭を下げて、

「あの、たいへん申しわけないことになりましたけれど……」

と低いが重い声でいった。

何のことか折戸には呑みこめない。挨拶にきた様子とは違っていた。

「実は……先ほど、ちょっと事故がありまして」

「事故？」

はじめて襖の陰に別な人間がいると分った。三十七、八くらいの背広の男が、それも二人揃って姿を出した。どちらも赤黒い顔をしていた。

「失礼します」

向うで勝手に頭を下げて折戸の横に承諾もなく入ってきた。宿の者ではないと分って、折戸は気を呑まれた。幸子もびっくりしている。

「たいへんご迷惑をおかけします……こういう者です」

と、男の一人が背広のポケットから黒い表紙の手帳を出し、眼の前で、その二つ折りを開いた。片方に写真が貼られ、四角い朱印がある。折戸は、あっ、と思った。

「実は……いまから一時間前に、この二つ隣の部屋で女のお客さんが、殺されましてね」

「………」

うしろの男が手帳を出したが、これはメモをとるつもりで鉛筆を構えていた。

「あなたがたは、いまから三時間前に、この部屋にお入りになりましたね？」

うしろには女主人が膝に眼を落してかしこまっていた。

「はあ、そうです」

動転した折戸は、声が自分のものでなく聞えた。笠原幸子は真蒼になって身体をうしろに移し、二人の刑事には背中を向けていた。刑事の眼が彼女にちらちらと走った。

「一時間前です。隣の部屋でなく、二つ隣の部屋ですが……あなたがたは、何か罵り合う声とか、激しい物音とか、そういうものをお聞きになりませんでしたか？」

刑事は下からすくい上げるような眼つきで折戸をじっと見た。

「いや……」

折戸は思わず加勢を求めるように幸子を見たが、彼女は俯いて石のようになっていた。

「いや、そんなものは聞きませんでしたが……」

折戸はかすれた声で答えた。

彼は今、信じられない事故の中に自分と幸子とが投入れられているのを知った。一瞬に大学助教授という地位が頭の中で回転した。同時に幸子の夫の声が聞えたが、それは助教授の地位への執着よりもはるかに弱いものだった。

「ははあ。少しも耳に入りませんでしたか？」

と、刑事は、まるで折戸が隠しているような訊きかたをした。

「はあ、全然……」

折戸は真剣に答えたが、すぐに赤面した。刑事の目つきに気づいたからである。ほかの音が耳に入らないくらい何に熱中していたかと嘲っているようにみえる。

「今朝から二人づれで入って、男だけが逃げたんですがね。女をタオルで絞め殺してからです。男は、そう、おかみさん、たしか二十七、八くらいだと言ったね？」

と、刑事はうしろをふり向いた。

「はい。わたくしも帳場に坐って、その男の人が入ってくるのを見ました。二十七、八の立派な体格の人です。濃紺の背広に明るいブルーのネクタイをしていましたが……」

おかみが沈んだ声で答えた。

「係の女中さんもそう言ってたな。……お聞きの通りです」

と、刑事は折戸に向き直った。

「二十七、八というと、血気盛んな男です。痴話喧嘩の果てに嚇となって絞め殺したか、女のほうが別れないといって追ってくるので面倒臭くなって計画的に絞め殺したか、身元がまだ分らないので、そのへんのところははっきりしませんがね。もし痴話喧嘩だとすると、ずいぶん派手な喧嘩をやったに違いない。その物音があなたがたには聞えませんでしたか？」

刑事二人はなおも意地悪い質問をした。物音という言葉に妙な意味を置いていそうであった。折戸には彼らが決して職務熱心で追及しているとは思えなかった。

「はあ、何も知りません」

と言ったが、折戸は刑事に無愛想にはできなかった。彼は次にくるものを怖れていた。

「男は女を殺したあと、裏から逃げているんです。昼間ですから、この家でもまさかと思って裏口まで錠がかけてなかった。あいにくと、その付近にも女中さんがいなかった。ですから、男が何時ごろに逃げたかが分らない。逃げるとすれば、この部屋の前の廊下を歩いたわけですが、廊下に足音がしませんでしたかね？　それさえ分れば男が逃げた時刻がはっきりするんですが」

刑事は質問を進めた。

「どうもはっきりしませんが……」

そういえば、あれは風呂に入る前だったか、廊下に忙しそうな足音が聞えたのを思い出した。女中でもほかの部屋に掃除のため急ぎ足に行っているくらいにそのときは思った。そのあとはまた駈《か》けるような足音が戻って、またすぐ二、三人がばたばたと走って行ったが、さては、あれが女の死体の発見時だったのか。

折戸が、その足音しか聞いていないと言うと、

「それは女中が死体を発見したときですね。客は二時に部屋をあける予定だったんです」

と刑事は説明して折戸をじっと見ていた。

折戸は、顔から血の気が退いているのが自分でも分った。耳鳴りがしていた。

「それでは、あなたがたは、全然何もお気づきにならなかったわけですね？」

刑事は、顔をそむけている笠原幸子もじろじろ見ながら言った。

「はあ、知りません」

刑事は手がかりを失ったように顔に焦りをみせていたが、

「申しかねますが、お名刺でもお持ちなら拝見できませんでしょうか？」

と言った。これが折戸二郎のさっきから怖れていた言葉だった。

「名刺は持っていません」

彼はポケットの奥の名刺入れを気にしながら答えた。

「ああ、そうですか。それでは、住所とお名前をお伺いしたいんです……べつにご迷惑はおかけいたしません。ただ、捜査の上であなたの言われたことを参考資料としたいだけです。それについては、やはり一応お名前を伺っておかないと……」

折戸は恐怖した。正面には見ないが、横の笠原幸子も慄えているようであった。

「警察では、あとでぼくを呼出すのでしょうか?」

警察だけではない。もし、犯人がつかまって裁判にでもかけられたとき、証人として出廷を命じられるのではなかろうか。折戸は、この連込み旅館の猟奇的な殺人事件に証人として法廷に立つ自分が、写真入りでデカデカと新聞に報道されるのを想像した。しかし、彼は町を歩いていて事件の目撃者になったわけではない。殺人事件のあった同じ旅館で女と昼間あいびきしていたという事実が、本筋の殺人事件よりも他人に好奇の眼で見られるに違いなかった。大学助教授という肩書のためだ。

「いや、そういうことは絶対にありません」

と、刑事は初めて折戸に同情したように言った。刑事のうしろに坐っているおかみも気の毒そうにこっちを見ていた。

「あなたがたの立場は十分に分っています。決して外部に洩れるようなことはいたしません。証言して下さる方の人権は十分に尊重いたします。この場でお伺いするだけで、あと、警察に来ていただくとかいうようなことは絶対にございませんから」

刑事が力説すればするほど、折戸にはそれが命令的に思えた。相手は安サラリーマンのような服装をしているが、国家の権力を持っている男だ、折戸二郎は権力に弱いほうだった。

彼はなるべく名刺は渡したくなかった。しかし、口で学校の名前や自分の姓名を言うのがつらかった。つらいが、名刺を渡せば、それが証拠品になって永遠に警察に保存されるような気がした。たとえば事件が済んでも、彼の名刺はいつまでも警察の嘲笑に辱しめられるだろう。

「ぼくは折戸というものです」

彼はようやく言った。傍にいるもう一人の刑事が、どういう漢字を書くのかと念入りに訊いた。

「お名前のほうは？」

「二郎です」

これも次郎と書くのか二郎と書くのかと、横の刑事が鉛筆をなめながら訊いた。

「ご住所は……」

住所はなめらかには口から出なかった。彼は吃りながら言ったが、自分の居住番地がこれほど長ったらしいと思えたことはなかった。

「たいへん失礼ですが、何年生れでいらっしゃいますか？」

そこはまだよかった。つづいて、

「もし、ご職業を伺えたらありがたいんですが……」

と、刑事が最も呪わしい質問を発した。

折戸二郎は仕方なしに、大学の名前と、そこで助教授をしていることを言った。予期したように刑事の二人の顔におどろきが出た。態度も急に改ったものになった。

「失礼いたしました」

身分の証明になるものを見せろとは言わなかったが、刑事も見ただけで当人が嘘をついているとは思わなかったようだった。しかし、刑事たちの意外そうな顔には、その社会的な肩書に対する尊敬と同じくらいに軽蔑が泛んでいた。

「ぼくの証言のことで、警察では学校に問合せることはないでしょうな?」

それがいちばん折戸の気にかかることだった。証言の成立した場所が問題なのである。

「先生の立場は十分にわれわれも尊重していますので、どうかご懸念は一切ないように願います」

刑事は彼を安心させるように言った。

それから彼らの眼は、向うむきにうつむいている笠原幸子に向った。今度は彼女のことを訊く番だった。

笠原幸子にもそれが分って、いよいよ身体を硬くしていた。彼女の頭の中には旋風が吹きすさんでいるに違いなかった。

折戸もそれを怖れた。彼女の素性が警察に分るのは大したことではないが、二人の関係が警察のほうから彼女の夫に知れて、それがこっちに跳返ってくるのが怕かった。

彼女の夫は彼のところに血相変えて乗りこんでくるかもしれないのである。あるいは学校に怒鳴りこむかも分らなかった。折戸は息が詰った。

しかし、刑事たちもそこまでは不粋でなかった。

「どうも、たいへんありがとうございました」

と、刑事は膝を正して折戸に礼を述べた。

「われわれは先生のお言葉を参考にするだけでございますから、その他のことは一切ご懸念のないようにいたします。ご迷惑はおかけいたしません」

折戸はどう返事していいか分らず、黙っていた。女といっしょに旅館にいたことなどは絶対に言ってもらっては困るとか、内聞にしてくれとか頼むのは、あまりに卑屈になりそうで言えなかった。彼は刑事に頭を軽く下げただけであった。

二人の刑事が出てゆくと、いままで坐っていたおかみが畳に頭をすりつけた。

「ほんとにとんだご迷惑をおかけいたしまして申しわけがございません。こんなことになろうとは思いがけなかったものですから」

おかみも初めて客の素性を知ったので、よけいに申しわけなさそうだった。

折戸二郎は、この家を呪詛した。笠原幸子が憎かった。まるで彼女が自分をこの危機に立たせたように憎悪した。おかみが逃げて二人きりになってからも、蒼褪《あおざ》めて彼にとり縋るような幸子に彼は一言も口をきかなかった。

その晩、折戸二郎はあまり睡れなかった。

彼は、今度のことがきっかけになって、もしかすると自分は没落するかもしれないという予感があった。男が浮気を愉しむのは世間にザラにあることだ。その限りではさしたる問題ではない。だが、彼は大学の教師だった。小中学校や高校の教師のように、教育的な道徳面がきびしく教師の側に強制されてないにしても、大学の教師といえども世間では教育者だと見ている。大学は知識を与える場で、徳目的な教育はしない。だが、それでも教師は普通の勤人とは違うという観念が国民にある。今度の場合、「教師にあるまじき行動」という非難が必ず起るに違いなかった。

折戸は、自分に敵の多いことをかねてから知っていた。彼は自分の学問に自信があったから、自分より遅れた同僚に対してはつまらないやつだと軽蔑していた。それがときとして露骨に現れるから、反感を持つ者は彼を傲慢なやつだとか、思い上っているとか言っている。そうした悪口も折戸二郎の耳には入ってくる。現に顔を合せてもそっぽを向く連中もいた。

殊にいまは助教授から教授になろうとする最も大切なときだった。これに対する反撥がすでに学内にも起っている。万年講師の西脇に対する同情が同僚の嫉妬を正当化するのである。

もし、今度のことが暴露されたら、彼らは起ち上って一挙に折戸を葬り去ろうとするだろう。残念なことに折戸には正面からその反駁ができなかった。いくら強弁しようとしても、その口実が見つからない。この場合、普通の男性よりも教育者としての人格がより強調される。

笠原幸子などと遇うのではなかったと、彼は後悔した。もう、あんな女を相手にするのはこりごりだと思った。もし、今度のことが無事に済んだら、それを機会に断然彼女と手を切ろう。折戸はあれから警察の連中が彼の地位と名前とをのぞきこんでゲラゲラ笑っていたと思うと、全身から汗が出そうであった。

うとうととはしたが、熟睡ができなかった。いつもよりは眼が早くさめた。彼は外がまだうす暗い六時ごろに起きて玄関へ下りた。家の者はむろんまだ寝ている。折戸は玄関の戸締りをはずし、門の傍まで行った。郵便受にはすでに朝刊が入っている。彼はどきどきしながら、その場で真先に社会面を開いた。

旅館の殺人事件はトップに報じられていた。いまわしいあの旅館の写真が出ている。彼はその記事を最初は急いで読み、次には丁寧に読んだ。現場近くに居合せた証人として自分の名前が活字になっていないかと、それだけを血眼《ちまなこ》に捜したがどこにも彼のことは出ていなかった。殺された女の身元も分らず、犯人もつかまってないと報道してあった。

折戸は、ひとまず胸を撫で下した。

しかし、新聞に彼の名前が出てないのは当然で、考えてみると、そのために危機が去ったのではなかった。実際はこれからである。

朝飯を食べているとき、妻がその新聞を読んでいた。折戸は女房がその事件のことで何か言うかもしれないと思ったが、べつに感想らしいものは洩らさなかった。顔をしかめて読んだだけで、あとはテレビの番組に眼を移した。妻にとって殺人事件の記事などは、たとえ興味があったとしても、まったく他人の日常的な世界で、その場だけのものだった。眼の前に坐っている自分の夫が、それに最も身近な関係者だとは夢想もしてなかった。

書斎に上って机の前にひとりで坐っていると、傍の電話が鳴った。取上げると、耳に銅貨の落ちる音がする。公衆電話からかけてくるのは笠原幸子以外にあまりなかった。

もしもし、と忍びやかな女の声がした。女房に出られるのをおそれている。

「ぼくだよ」

と、折戸が言うと、

「あ、先生？」

と、幸子はほっとしたようにいったが、すぐ気づかわしげな声になった。

「あれから大丈夫でした？」

「ああ」

「そう、よかったわ。とても心配してたの。今朝の新聞を見ても先生の名前が出てないので安心しましたわ」

折戸は幸子の声が腹が立ってならなかった。

「わたしのほうも大丈夫でしたわ」

夫に気づかれなかったことを言っているのだ。折戸は、ふん、と鼻でいった。

「もしもし、どうして黙ってらっしゃるの。憤ってらっしゃるの？」

幸子は、昨日あれから帰るまで折戸が不機嫌に口をきかなかったので、それを気にしていた。彼女にも折戸の怒っている理由が分っているようであった。もとよりそれは男の身勝手である。その都合のいい利己主義が分っていながら、幸子は折戸に気がねをしているのであった。

「ほんとに、わたしに腹を立ててらっしゃるなら、ごめんなさい。わたしがあんなところにごいっしょしたのが悪かったわ」

責任は彼女になかった。それは折戸のほうである。しかし、彼はあの不運を旅館のせいとも、殺人のせいとも、また、自分が誘ったためとも考えていなかった。すべては笠原幸子の存在のためだと思っていた。

その彼の気持は幸子にも推察できているようだった。彼女は男のエゴイズムに抗議するよりも、その理不尽さに屈伏してでも、彼との愛の関係をつづけることを懇願していた。幸子は、も早、折戸二郎の完全な奴隷になっていた。

折戸はそれが分るだけに、ますます幸子が嫌になってきた。いまわしい事故の捲添えを喰わせた責任のすべてを彼女に叩きつけていた。彼は、この電話で別れの宣言をしたかった。

「君に話がある」

と、折戸は短く言った。

「あら、なに?」

笠原幸子は臆病な小動物のように敏感であった。折戸が何を考え、何を言い出そうとしているか、早くも予感がきたとみえ、心配そうにきいた。

「電話では言えないよ。この次に遇ったときに話す」

彼は機嫌の悪い声でいった。いくら何でも、別れるとは電話ではいえなかった。それだけでは女も承知するはずはなかった。

「何か悪いことじゃないの?」

笠原幸子は気がかりに訊いたが、女の本能は予感におびえていた。

「とにかく、この次に言うよ」

「いやなことじゃないの？　ねえ、それだけでも言って、でなかったら、わたし、お遇いするまで睡れないわ」

「まあ、たいしたことじゃないよ」

折戸二郎は面倒臭くなって答えた。粘りついてくる彼女と話すのがいやになった。

「そう。そんならいいけど……」

幸子は、なおもくどくど彼のいう話の内容に念をおした上、彼の電話を待っているといってようやく声を消した。

折戸二郎は、いらいらして煙草を喫いつづけた。莫迦な女だと思った。とにかく、今度という今度は別れ話を投げつけなければならない。その場で、彼女が泣こうが喚こうが、どんなに嘆願しようが非難しようが、一切構わずに手を切らなければならない。

女の情に負けてはならない。いや、今度という今度はそんなことはあり得ない。あの女のためにこんな危険に立たされたではないか。若いときから努力してやっとここまで地位が出来たし、今は教授昇進という宿願の入口に立っている。あんな詰らない他人の女房のためにおれの全部がフイになって堪るかと思った。あの女との無理心中はごめんである。

三十分ばかりすると、電話が鳴った。折戸は、笠原幸子が未練がましくまた電話をかけてきたかと思ったが、それは浜田教授の家からだった。奥さんの声で、主人が話したいことがあるので直ぐに来てくれと言った。

折戸二郎は支度もそこそこにして家を出た。

彼は浜田教授が呼びつける用事に二つの予想があった。一つは、彼が教授に確定したという内報である。助教授から教授になるには教授会の三分の二以上の賛成が必要だが、情勢次第ではその昇格に難色を示す教授には事前に説得の必要もある。その教授会の見通しがついたので、浜田教授は愛弟子《まなでし》を早く喜ばせようと家に呼んだのかもしれぬと、折戸は思った。

しかし、また別な予想は、この前の旅館の事故である。警察が折戸の名乗った身分をたしかめるため浜田教授に問合せたのかも分らぬ。万一、そんなことがあっても、それは大学の事務局に問合せるはずだが、折戸の心配は、そんな手続よりも、何かの拍子で浜田教授の耳に入ったのではないかというおそれにあった。

彼は成城にある教授の自宅に着くまで動揺していた。

もし、あの旅館に行くことがなかったら、こんなよけいな心配をしなくてもすむと思うと、彼はいよいよ笠原幸子への憎しみが強くなった。

浜田教授は広い洋間の応接室で彼を待っていた。教授はまる顔で、髪はすでに白くてうすいが、眉は濃く、眼も大きかった。ちょっと狸に似たような愛嬌のある顔だが、折戸は教授の顔色を見ただけで安心した。はじめからにこにこして機嫌がいいのである。

「君、きまったよ、おめでとう」

と、教授は明るい声で言った。

10

折戸二郎は、浜田主任教授から自分の教授昇格が内定したと聞いたとき、くるものが来たと思った。しかし、やはり喜びを抑えることはできなかった。しかも、浜田教授に呼びつけられたとき、一方では、笠原幸子との情事が、あの旅館の殺人騒ぎで警察から教授の耳に入ったのではないかという危惧もあったのだ。よろこびが倍加した。

「先生のご恩は決して忘れはいたしません」

と、折戸二郎は日ごろの彼に似合わず、恩師の前に身体を折った。

「いや、そういうふうにされると困るが、いまのところ、君以外にその資格をもつ者がいないからね、当然と思ってくれていい」

教授は「温容」に微笑を湛えて言った。

「しかしね、ここだけの話だが、君の昇格については、やはり相当な抵抗があったよ」

折戸二郎はうなずいた。それは西脇講師の同情派だろう。いや、正確には、浜田教授への反撥と自分に対する反感だ。折戸二郎は、だれが自分の昇格に反対したか、その人物にも見当がついた。

教授や助教授の昇格は教授会で決定するのだが、それは大体お膳立てが出来てから開かれることが多い。満場一致で昇格が承認されるのがいちばん望ましいことだが、反対があれば、賛成に過半数の獲得が必要である。もし、ここに賛成、不賛成の両派があって、それぞれ勢力が伯仲していると、事前工作は当然にすさまじいものになる。一票でも多ければ、それだけ過半数になるわけだから、中間派の教授たちは両派から引張凧だ。

この事前工作のあとの教授会は、いわば形式的なものである。

たとえば、この大学の文学部に例をとると、文学部には、考古学、歴史学、国文学、英仏文学の各科があるから、教授会はその全員の構成である。だが、たとえば、国文学科で或る助教授を教授にしようとするとき、他の学科の教授連はたいてい国文学科の原案を呑む。これは他の科で同じようなケースが起ったとき、同様な賛成を求めなければならないからで、いわば他の科の教授たちの賛成は不文律みたいになっている。

したがって、今度の場合、浜田主任教授が自分の科の教授連の説得に成功したというのは、実質的には折戸二郎の昇格が決定したようなものであった。あとは教授会の承認、学長の決裁という事務的な手続が残るだけだ。

いま浜田主任教授が言った言葉は、アンチ浜田派、あるいは反折戸派の教授たちを押えて勝利を収めたという意味である。したがって、中間派の教授の説得に成功したということだ。それだけの努力を払ってくれた恩師に対し、折戸二郎の深い感謝は当然ともいえた。

「先生、これで西脇さんに対する同情がいっそう強いものになりそうですね」

折戸二郎は少し心配そうに言った。暗に浜田主任教授や自分に対する反感がいっそう固まるという意味であった。しかし、折戸二郎は、その気づかわしげな表情にもかかわらず、内心はさほどまでに気にしてなかった。彼はむしろ自分に露骨な反感を示している西脇講師を完全に蹴落したことに快感を覚えていた。

浜田主任教授は西脇の名を聞くと、俄《にわ》かに昂奮を示した。

「西脇君のことは心配することはない」

と、教授は顔色を変えたように言った。言葉の調子も強いのである。

「だれが何と言おうと、ぼくの眼の黒いうちは、絶対にあの男を助教授にしないよ。これだけは君もよく心に留めておいてくれ」

「はあ」

「あんな不遜な男はいない」

と、教授は恰《あたか》もそこに西脇講師が坐っているような眼つきを見せた。

「ぼくは知っている。西脇君はほうぼうでぼくの悪口を言っているそうな。あの男は少しばかり学問を身につけているからと思って慢心しているのだ。あの偏屈な性格、ひとを許さない狭量、おのれのみを高しとする高慢さ、ぼくにはあの男のそうした性格が絶対に我慢できないのだ」

浜田教授は、次第に自分の言葉に昂奮してゆくように言った。

教授は生理的に西脇講師が嫌いだ。だから、折戸二郎を教授に昇格させるのも、この弟子への愛情もさることながら、一つは西脇に対する厭がらせであった。

折戸二郎が教授に昇格したあとの助教授の空席は、西脇よりずっと若い講師の一人が当てられる。

むろん、西脇よりは遥かに後輩で、しかも、彼が最初に手ほどきしてやった男だった。

「まあ、当分、この人事に風当りが強いだろうが、気にすることはないよ」

浜田主任教授は折戸を元気づけた。同時に自分に言い聞かせているようでもある。

非難は、あれほど実力のある西脇を万年講師のままに置く浜田の冷酷さに向けられるだろう。浜田教授はさしたる学歴をもっていない。彼はその恩師磯村博士に才能を認められて今日の地位を築いた。したがって、同じ立場の西脇講師を引立てるはずだが、そこは、この弟弟子に対する浜田の異様な反撥が働いていた。学界では、それを浜田のコンプレックスと解している。自分が立派な学歴をもっていないので、その劣等感から西脇の昇進を拒否しているというのだ。事実、浜田が引立てる後輩は、いずれも正当な学歴のある者ばかりだった。

それはともかくとして、折戸二郎は、これでいっそう自分が広い世界に出たような気がした。たとえば、本を書く場合でも、助教授では世間的に何となく肩身が狭い。彼の実力は学界では高く買われているが、何も知らない世間の人間は、教授、助教授という肩書で判断する。これが折戸二郎にいままで不平でならないことだった。

これからは本を書くにも、雑誌に寄稿しても、ちゃんと名前の上に「教授」という肩書がつく。「助」というたった一字が余計についているだけだが、それが外れることで天地の格差が生じる。これからはもっと出版社からの注文もあるだろう。教科書執筆の依頼も多くなってくるだろう。そのぶん収入もふえてゆく。――

「まあ、これを機会《しお》に君もせっかく勉強してくれたまえ」

と、恩師はやさしく激励した。

「はあ、そうします」

と、折戸二郎は頭を下げて応えた。

この瞬間の彼の心理には嘘はなかった。教授になったことで一段と勇気が与えられた。学問に対する情熱や意気ごみも違ってくる。研究をしよう。立派な論文を書かなければならない。それだけの実力を自分はもっている。

この際、よけいなことに心をわずらわすまい。そうだ、さしずめ笠原幸子との関係は完全に断ち切らねばならぬ。あれは煩しい女だ。これからの貴重な生涯をあのくだらぬ女と引替えにしてはならぬ。あの女は危険である。自分の生涯を潰しそうな可能性を抱いている。教授に昇格したのも、あるいは、あの女と完全に手を切れという神の啓示かもしれぬ。――

十日ばかり経った。折戸二郎の教授昇進が正式に発表された。

彼の昇進はすでに学内では分っていたことなので、発表があったからといって、それほど意外な感じで受取る者はなかった。ただ、いままで折戸二郎に祝意を述べるのを遠慮していた者が、この正式発表によって初めて挨拶できたというだけだった。

しかし、彼の予想した通り、この人事に対する非難はかなり露骨だった。西脇講師に同情する一派が、そうした非難の声を放った。折戸二郎は、それを耳にしないわけではない。また、現に、学内で冷い眼を向けてくる人間を見ないわけではなかった。だが、彼は意に介しないように平然とそれを受止めていた。傲慢にならない程度の自信を見せ、一方では謙虚な態度に出た。彼もこの際反対派に挑戦的に出るのが不利だと分っている。

そのうち既定の事実となってしまえば、ひとも諦めてしまう。話題はすぐに古くなる。いわば人の噂も七十五日だ。このまま押通すことだった。

しかし、さすがに西脇講師と顔を合せるのは彼にもこたえた。意識しないように見せかけているが、やはり西脇と出会えば、こちらのほうで思わず顔を伏せ、道を避けたい気持になる。

そういえば、その辞令が発表された日、彼は当の西脇講師から祝辞を受けたのである。廊下を歩いているときだったが、やはり向うからくる西脇を見た。ところがその西脇がつかつかと折戸の横に寄って来たものである。こちらでうろたえたのは、西脇が正面に立停って、

「折戸君」

と呼びかけ、

「おめでとう」

と真正面から言ったことだ。折戸は即座には返事が咽喉《のど》から出なかった。実際、西脇は、その老の進んだ顔をにこりともせずに、ただ一言、おめでとう、と言っただけだ。肩をそびやかしていたのは敗者の西脇のほうだ。折戸は思わず眼を伏せて、

「……どうも」

と頭を下げた。そしてあわてて、

「今後もよろしくご指導を願います」

と付加えた。あとで考えて卑屈なことを言ったものだと思ったが、あの場での空気は、つい、そう言わざるを得ない一種の圧迫を受けた。一つには、やはり西脇の持つ学力が無意識に作用したのかもしれない。

実際、その学力の点からいえば、浜田教授は西脇講師に一歩も二歩も遅れている。それはどうひいき目に見ても折戸二郎に分ることだった。もともと、浜田のほうは一応自分の学問が完成して、その上に安定を得ている。主任教授という地位がよけいに彼を安住させていた。

ところが、西脇のほうは万年講師という位置から、絶えず浜田に対し攻撃的になっている。西脇の研究は、そうした敵愾心からますます磨きをかけられている。動機はどうであれ、研究に専念することは西脇をいよいよ前進させた。その点、浜田のほうは甚だ防禦的だった。蔭口で学問の実力では西脇のほうがずっと上だという評価も、あながち不当ではないのである。西脇がほうぼうで浜田の業績を批判したり、その欠点を攻撃しているのは、それだけの理由があった。浜田といえども正面から批判されたら答に窮するのだ。

折戸二郎は、教授になるとすぐに近村達子宛に手紙を書いた。

「その後ご無沙汰していますが、いかがお暮しですか。小関もご存じの通り病院に入って、あの話も中断のかたちとなっています。だが、彼も間もなく元気になって学校に現れると思います。そのとき例の話が再燃すると思いますから、またお目にかかるのを愉しみにしています。しかし、ぼくは何だか、それまで待切れないような気がします。なお、ついでですが、今回、ぼくは教授になりましたからご報告します」

折戸二郎は、この短い手紙を書終って読返してみた。

小関久雄が全快して病院から出て来たら、彼の結婚話の再燃が起る。そのとき相手の娘さんの介添として近村達子が付添うであろう。折戸も小関の友人としてその見合には再び出るという意味だ。しかし、それが長くて待切れないという文句に彼の意志の表現があった。近村達子は敏感にそれを受取るであろう。

教授になったという報らせも、自分の実力を誇示した以外に、彼女の返事への期待だった。こう書けば、近村達子は必ず祝意の手紙を寄こすに違いなかった。折戸二郎は、暗にそれをこの文句で強要している。手紙がくれば、それをきっかけに彼女に遇える工作が可能だ。

いまのところ、近村達子との間は中絶のかたちだった。いくら折戸でも手がかりがなければ接近ができない。彼はこれまで誘いの手紙を出そうと思ったこともないではなかったが、それではあまりに露骨すぎるし、かえってこちらの足もとを見られる。

もし、彼女が警戒したり、軽蔑したりしたら、それきりの縁だ。それで、この手紙はまたとないチャンスであった。

折戸二郎は、自分が教授に昇進していちばん喜んでくれるのは、あるいは近村達子ではないかと思っている。女房はさしたる喜びを見せない。むろん、給料が上ったり、それによって夫が世間的な名声を増したということでは満足でなくもなかろうが、女房の性格は、その喜びを正直には出さない。

それは彼女の控え目な性質からでなく、長い間培われてきた夫への不信感のためだった。女房は、その敏感な感覚から、夫の教授昇格がその女性関係にさらに発展してゆくように取っている。根性の曲った女である。素直に夫に喜ぶことを知らない。

折戸二郎が近村達子に期待しているのも彼女の卒直な喜びだった。あの繊細な知性をもつ女性は、必ず祝意を表してくれると思う。折戸は彼女への野心以外に、そうした甘えに似た感情を持っていた。

いや、もう一人、彼の昇進を喜んでくれる女がいる。笠原幸子だ。

この女は無条件に歓喜を見せてくれるだろう。しかし、折戸は、笠原幸子にどのように祝福されても、少しもうれしくなかった。いまはただ彼女の熱情がうるさいだけである。

その笠原幸子は、あれから何回となく電話をかけてきた。折戸二郎は、浜田教授から昇格の内定を報らされたとき以来、ふっつりと笠原幸子を寄せつけなかった。あの女の危険を覚《さと》って以来、彼女からの呼出しを極力逃げてきた。

笠原幸子は学校に電話してくる。まだ、授業がはじまっていないので、折戸も毎日学校に出るわけではなかった。顔を出した日にそのことづけのメモが机の上に載っている。もちろん、笠原とは書いてなく、二人で作った仮名だった。ある日、たまたま運悪く学校にいて、その電話を余儀なく受けた。

「先生、どうしていらっしゃるの？」

と、笠原幸子は初めから泣声だった。

「どうして電話を下さらないんですか……もう、わたくしが嫌いになったんですか？」

どんなに詰寄られても、折戸二郎は生返事しかしなかった。

たとえ傍に人が居なくても、そこに誰かがいるような答え方をした。

「今日はお帰りは何時ですか？　わたくし、その時刻に大学の傍まで参りますわ」

「それはちょっと困るんです」

と、折戸二郎は答えた。

「近ごろ、学生のゼミナールにも出ていますからね、とても時間が取れないんです」

「でも、少しぐらいはお話できるんでしょう。長くお引止めしませんわ。ちょっとでもお遇いできたら、それでいいんです。五分でも十分でも……」

「駄目ですね。そんなことをしたら、同僚や学生たちの眼に止りますよ。ぼくの立場も考えて下さい」

折戸は低い声で言った。

「…………」

「ゼミナールのほかに、本屋から頼まれている原稿をつつかれているんです。これから真直ぐに家に帰って、その仕上げに必死ですよ。昨夜なんか徹夜ですからね」

「…………」

「都合がついたら、こちらから電話をしますよ」

「いつのことか分らないわ」

と、笠原幸子は嗚咽《おえつ》して言った。

「わたくし、もう、頭が変になっていますわ。先生のことで何も手がつかないんです。もう、わたし、どうなってもいいわ」

折戸二郎はぎくりとした。どうなってもいいわ、というのは亭主と別れるということだろうか。それなら、一種の脅迫である。女は前の関係に戻りたいばかりにそうした脅迫をしているのかもしれない。しかし、その言葉には妙に迫真力があった。

「先生」

と、彼女は恨むような声で言った。

「先生は今度教授におなりになったのでしょ?」

折戸二郎は意外に思った。自分が教授になったということは新聞には出ていない。専門雑誌には紹介されるが、それはまだ雑誌が出ていないし、第一、笠原幸子がそのような専門誌を読むはずがなかった。

「ああ」

と、折戸二郎は曖昧に答えた。

「どうして、そんなことをわたしに言って下さらなかったんですか?」

彼女は悲しそうにつづけた。

「一言でも言っていただければ、わたくし、どんなにうれしいか分りませんわ。心からお喜びし、お祝いできたと思うんです」

それはその通りだった。いま彼の昇進を心底《しんそこ》から喜んでくれるのは、この笠原幸子だけである。だが、それにしても、そのことを彼女はどうして知ったのだろうか。

「いや、つい、言いそびれてね。自分のことだから、晴れがましいことを言うのが気遅れしたんですよ」

「信じられませんわ。わたくしの気持が分っていらっしゃるくせに。そんなおめでたいことでも黙っていらっしゃるなんて、あんまりひどいわ」

あとは忍び泣きの声になった。

「君、一体、それをどうして知ったの？」

と、折戸は訊いた。女のすすり泣きが苛立《いらだ》ってきたせいもあって、早くそれをやめさせたかった。

笠原幸子は容易には言葉が出なかったが、やっと、

「それは小関さんから伺いました」

と、ようやく答えた。

「なに、小関から？」

折戸はびっくりした。親友として小関のことは笠原幸子に話したことはある。それで彼女は小関の名前を知っているわけだが、むろん、彼女を小関に紹介したことはない。彼はこの女のことを小関にも隠しに隠していたのだ。

「どうして小関が君にそんなことを話したのか」

思わず詰問的な調子になった。

「先生がわたしを避けてばかりいらっしゃるので、もう辛抱ができずに、思い切って大学に小関さんのことをおたずねしたんです。そしたら、入院してらっしゃったのが退院されたばかりと聞いたものですから、アパートにお訪ねしたんです。小関さんに伺えば、先生の本当のお気持が分ると思ったものですから……そのときに先生が教授になられたことを小関さんから伺ったんです」

折戸二郎は心の中で唸った。

11

暖い陽が窓から射している。小関はその窓ぎわに籐《とう》の寝椅子を置き、毛布をかけて横たわりながら近着の史学雑誌を読んでいた。窓を開けても、風が無いので冷くはない。退院してからの小関は、この籐椅子に寝たり起きたりしていた。

管理人のおばさんがドアをノックした。

「小関さん、お客さまですよ」

「だれ?」

「ぼくだ、ぼくだ」

折戸二郎の声だった。小関は毛布をのけて起き、ドアの掛け金を外した。折戸が果物籠をさげて立っていた。

「顔色がいいな」

折戸は部屋の中に入ってくると、その籠を隅に置き、立ったままで狭い部屋の中をじろじろと見回していた。軽い好奇心と軽蔑とが表情に出ていた。

小関は畳に座布団を二枚、きちんと置いた。

「もう、すっかり快いのか？」

折戸はそんな世話をする小関を上から見下して言った。

「うん。この通りだ。……入院中は、どうもありがとう」

小関が坐ったので、折戸もやっと膝を折った。

「たいへんだったな。しかし、顔は元気そうだよ」

折戸は、煙草を口にくわえ、ライターを鳴らした。小関から見て、肘を張った感じであった。

小関は、ははあ、と思った。折戸は今度教授に昇進した。学校を休んでいる小関は、その辞令も見ていないし、その直後の彼にも会っていない。折戸は教授になった自分を友だちに見せにきたのだ。それでなくては、わざわざ、このアパートまで退院した友だちを見舞にくるはずはないと思った。折戸は、そういう男であった。

「あ、そうそう、今度はおめでとう」

と、小関は折戸に言った。

「いや、ありがとう」

折戸は心もち頭を下げて答えた。

「よかったね。教授の気持はどうだい？」

「前から話があったので、急に決ったのと違って、なんだか実感が湧かないよ」

実感が湧かないというのは、それほどうれしくもないということらしかった。前に浜田主任教授から下話があったときに、もう教授になったようなものだ、だから、今度は辞令が正式に出ただけで、格別のことはない、と彼は言いたそうだった。それも彼らしい傲岸さだった。この友だちの前だから、今さら謙虚さをよそおうこともないという態度であった。

しかし、こうして見舞にかこつけてくるからには、やはり彼は内心では得意なのだ。同じ助教授の中からいちばん早く教授になったことを見せびらかしたかったのだ。自分が学校に出てくるまで待ちきれなかったのだろう。小関は、そう思った。

「だがね」と、折戸は少し眉を寄せて言った。「これからはぼくへの風当りが強くなるね」

小関は西脇講師のことを言っていると思ったが、果してそうだった。

「西脇さんは今度も講師のままだ。ぼくのあとの助教授には、かねてから予定の人がなった。まさか西脇さんも助教授になれるとは思っていなかったに違いないが、しかし、辞令が出てみると、あんまりいい気はしないだろうからね。殊にさ、ぼくが教授になったんだからね」

「うむ、そりゃ、まあ、そうだ」

小関は、西脇講師の肩を張ったような姿を思い泛べた。

「それでも、あの人は廊下で往き遇ったとき、わざわざぼくのほうに寄って来てお祝いの言葉を述べてくれたよ」

「そりゃ、立派じゃないか」

「先方は複雑な心理だったに違いないな。その祝いの言葉を言うのにも、何かこう、おれを見下しているような態度がありありと見えるんだ。わざと鷹揚に構えて、だれが教授になろうが助教授に昇進しようが、超然としてるというところを見せてるんだね。いかにも西脇さんらしいんだよ」

　折戸は、そう言って笑った。

「君がこうなるということは前々から西脇さんにも分ってるに違いないが、いざ実現してみると、今度は、あの人のことだから大いにハッスルすると思うよ。研究のほうでね。君もうかうかとしていられないわけだな」

「多分、そうなるだろうな。しかし、西脇さんの限界はもう分ってるから、こっちは案外平気だ。あの人はこれまでの手もちのものを綿密にほじくるというだけで、新しい分野はないからね、怖れはしないさ。だが、そうした学問の上でハッスルされるなら結構なことだと思うよ」

「それはそうだ」

「ただ、西脇さんに同情する一派が、ぼくのことをいろいろと蔭口してるらしい。まあ、蔭口の間はいいが、それが陰に陽にぼくに当ってくると、これはやはり風当りが強いということになるね」

折戸二郎は、挑戦されたらいつでも応じてやる気概を顔色に見せた。小関は、折戸なら、それだけの実力がありそうに思えたし、その点、多少は羨しくも頼母しくもあった。しかし、こんな態度をほかの人間の前で見せたら、忽ち、反感を買うに違いない。小関は、それだけ折戸に舐められていると思うし、親しまれているとも思っている。

折戸二郎は、そこに小関が読みさして置いた史学雑誌を手にとると、なかをパラパラとめくり、ところどころ論文に眼を走らせていた。執筆者を小莫迦にしたような顔つきだった。そこにも、やはり教授になったという意識が出ていた。

「ときに……」と、折戸は雑誌を見ながら言った。

「ここに、笠原幸子がやってこなかったかい?」

何気ない調子であった。

それを聞いて小関は、いっぺんに折戸がここに来た真の目的が分った。折戸は、教授になったのを自慢しに来たのではなかった。いや、それもあるかもしれないが、本当は、笠原幸子がここに訪ねて来たのが気になって、それを訊きにやってきたのだ。

「ああ、見えたよ」

と、小関は、ちょっとどぎまぎして答えた。折戸が言い出す前にそれを話さなかったのが、何だか悪かったような気がした。

「一昨日だったかな、ぼくの病気見舞だといって、ふいに訪ねてきてくれてね。ぼくも少しおどろいた。名前も初めてだし、第一、その人と君とどういう関係か知らなかったからね」

小関が話しても、折戸はすぐには言葉を出さず、雑誌のページをめくっていた。

小関は、実際、笠原幸子が来たときは、それがどういう女性だか分からなかった。部屋に通して、彼女の恥しそうな挨拶を聞いて初めて諒解した。むろん、笠原幸子は折戸をよく識っている者だといい、小関のことは折戸から聞いているので、はじめてで本当に無躾《ぶしつけ》だけど、思い切って見舞に上ったといった。彼女が耳のつけ根まで赧くして、小さな声でそう述べたとき、小関はすぐに、ああ、この女《ひと》だったのかと、すぐに解った。

この前、北陸地方での学会に行ったとき、折戸は金沢からどこかに消えてしまったが、そのときの相手がこの女だったのか。

見たところ二十六、七くらいで、やや大がらな感じであった。人妻だということもすぐに察しがついた。それは顔や身体つきの柔かな熟れた様子といおうか、未婚の女性の硬さとは違っていた。そして折戸が容易にあのときの相手の名前も素性も明かさなかったことが思い合わされた。――

「で、笠原は君に何か言ったのか？」

折戸は、活字に眼を落したまま、探るように言った。

「うん……」

小関は自分のほうから眼を伏せた。笠原幸子がそのときに言ったことが、すぐには口に出せなかった。

折戸が急に雑誌を捨てて、こっちに向直った。

「実は、あの女なんだ……」と、彼は煙草を横ぐわえにした。

「北陸の時のはね」

「うん、そう察したよ」

小関は仕方なしにいった。

「どうも、素人の女は面倒臭いね。すぐに嚇《かっ》となってくるからね。節度を知らない。それが自分の情熱だと思っている」

折戸は煙をつづけて吐いた。彼の隆いかたちのいい鼻からだった。

「いや、君のところに行ってぼくの教授昇任のことを初めて聞いたというんだ。そういって電話をかけてきて、なぜ、それを自分に言わなかったのだと問詰めるんだよ」

折戸は微かに苦笑をみせた。

小関は、おやおや、と思った。笠原幸子はここに来てから、自分が訪ねて来たことは折戸には絶対に黙っていてくれと口止めした。それがもう自分のほうから折戸に電話で話している。折戸が、笠原がここに来ただろうと訊いたとき、もう、そのことは察しがついていたが、すぐに彼に電話をかけたなと、あの女の落ちつきを失った様子が眼に泛んだ。

「それで、君のところに来て、ぼくのことを何か訊いたかい?」

と、折戸は訊いた。彼女と自分とのいきさつは一切抜きでの質問であった。

「うむ。なんだか君の様子が少し変ってきているようだから、君の身辺に別な女性でもいるのではないかと訊いていたよ」

小関は言ったが、こんな話をするのは苦手だった。笠原幸子のうつ向いた顔と、消入るような声が、いま折戸の坐っている場所に泛びあがっている。

「どうせそんなことだろうとは思ったがね。で、君は何と言った?」

折戸は眼もとに笑いを漂わせた。

「もちろん知らないと言ったよ。実際、君が何をやっているのか、ぼくは知らないんだからね」

「それで、彼女はおとなしく帰ったかい?」

「ああ」

「君にぼくのことで何か分ったら報らせてくれと頼んだだろう？」

「ああ」

折戸は煙草を灰皿に押しつけた。

「あの女性は、人の奥さんなんだよ」

「…………」

「ちょっとしたはずみでね、知合いになった。それから思わぬことになったが、どうもぼくには苦手だ。後悔しているよ。第一、先方の旦那さんに悪いからね」

先方の夫に悪いというのは明らかに折戸の口実で、そんなことは初めから彼には分っている。

それを承知でそうした仲になり、いまになって主人に悪いもないものだと小関は思った。現に折戸は笠原幸子が面倒臭くなったと言ったばかりである。彼は早く手を切りたいばかりに、いまさらのようにそんな弁解めいたことを言っているのだ。

「どうだい、君もそのほうがいいと思っただろう？」

折戸は相変らずそこまでに至った経緯は省略して、小関の意見を求めた。

「ああ、そりゃ早く別れたほうがいい。まだ先方の主人に気がつかれないうちにね」

「旦那もうすうすは気がついてるかもしれないよ」

「そりゃ困るじゃないか」

と、小関は友人のことながら顔色を変えた。

「困る。この際面倒は起したくないからね。しかし、あの女がいけないんだ。亭主が気がつくようなことをしているんだよ。もうのぼせきってるからね。理性も何もあったものではない。だから、おれは怕くなってきたんだ」

「なんとか出来ないものか。君だってせっかく教授になったばかりだろう。妙なスキャンダルを起しても困るはずだ」

「そうなんだ。だから弱っている」

折戸二郎は顔をしかめたが、事実、どこまで真剣に困っているかどうかは小関には分らなかった。

「君だって、あの女がここに訪ねて来たのを見ても分るだろう。あの女はぼくから君のことを聞いてここにやってきたというが、ぼくはまだあの女を君に紹介したこともないんだぜ。噂では話したが、君には言っていない。それがどうだ。学校の事務局に君の住所を聞いて、いきなり君を訪ねたというんだからね。ちょっと常識では考えられない」

理屈はその通りであった。しかし、笠原幸子の泪《なみだ》をためた赤い眼が小関の前に泛んでいた。

「それだけ君のことを思い詰めているんだろうな」

「それはそうかもしれないが、こっちにとってはありがた迷惑だ。それに、もう、笠原幸子でなくとも、しばらく女性とのつき合いは遠ざからなければならん。勉強が出来ないからね。何しろ、西脇さんのおれに対する攻撃もすぐにはじまる」

折戸は冗談のように笑った。それだけ彼には闘志と余裕があった。

しかし、女性関係から遠ざかるというのは、折戸がいま直面している笠原幸子のことに限定されているようだった。彼がそう言明しても、将来他の女性とそうならないという証明はなかった。

「笠原はどのくらい君のところに邪魔をしていたかい？」

折戸は小関の顔を見て訊いた。

「そうだな、あれで一時間ぐらい近くいたかな」

「一時間近くも？」折戸はびっくりしたように訊返した。

「そんなに何を話したのか？」

「別に。ただ、女性の話は長びくからね。簡単なことでも前後の挨拶が入る。それに、彼女の場合は特殊な事情だ。容易に言葉が出なかったよ。話しだしてからも途切れ途切れでね、聞くのに骨が折れた」

「この部屋のどこに坐っていたのかね？」

「ほら、いま君が坐っている、そのへんだ」

「ふうむ」

折戸は、自分の座蒲団の位置と小関の坐っている距離とを眼で測るようにした。

それは、こんなに間近に坐って一時間近くも話合ったときの、小関の彼女に対する感情を測っているようでもあった。狭い部屋で、事実、ほかに坐る場所もない。部屋の狭さは密室の感じをよけいに深める。もっとも、律義な小関のことだから、はじめての婦人訪問客を招じたときの礼としてドアは半開きにしていたであろう。だが、そうした心づかいも、かえって当人には窮屈な気持を起させていたのではないか。それだけに相手への意識が強いわけだ。折戸の顔色は、そんな臆測をしているようであった。

「君、彼女の感じはどうだね？」

と、折戸はふいに調子を変えて言った。

「感じって、どういうのだい？」

小関はきょとんとして問返した。

「つまり、女としてさ。魅力はどうだというんだよ」

「ぼくにはよく分らないが……」

「そう悪くもないだろう？」

折戸は自分の女を自慢するようにいった。だが、彼は小関の印象をたしかめていたのだった。

折戸二郎は、とまどった顔でいる小関を眺めて、この男はまるきり女に縁のない奴だと思った。旅先で近村達子と知合いになったといっても、それきりの話で、そのあと、ちっとも発展するわけではない。いや、発展するにも、小関のほうが初めからコンプレックスを持っていて何事も出来ないのだ。美しい話として少年みたいに胸に抱いているのがせいぜいかもしれない。

折戸は、もし、小関が笠原幸子を引受けてくれたらどんなにいいだろうかと、ふと思った。今の今まで自分でも思いもよらなかったことが胸に泛んできたのである。

もっとも、この狭い部屋で一時間近くも二人きりで話合ったということを知らなかったら、こんな考えは決して泛ばなかったに違いない。むろん、これは現実味がない。小関のような男が笠原幸子と親しくなることは考えられないし、第一、笠原のほうはいま彼に熱中しているので、小関などは眼中にないわけだ。小関どころか、いかなる男性も現在の笠原の眼には入っていない。

しかし、小関は親切な男だ。おそらく、一時間近くも笠原の話を聞いて彼女に同情しているに違いない。はっきりは言わないが、その顔つきを見ても想像がつく。

折戸は、小関が自分の頼みにこれまで逆らったことのないのを知っている。奇妙に小関は自分の言うことに反対が出来ないのだ。もちろん、それは小関が折戸を全面的に認めているためではない。むろん彼は、そうした折戸に絶えず反撥を持っている。そのことも折戸には分っていた。

　だが、そうした反感を抱きながらも折戸の言うことは断り切れないのである。世の中には苦手というものがある。苦手にはどう反抗しても、つい、自分が貫けない。小関と自分の場合がそれだと、折戸は判断していた。その根底になるものは、やはり小関がその才能において自分に劣等感を持っているところから来ている。そう分っているから、折戸のほうは小関に向うと奇妙な優越意識が出て、他人には言えないことでも平気で頼めた。

　折戸は、この際小関を笠原に接近させたら、案外、この思いつきは実を結ぶかもしれないと思った。成功するかどうかは分らない。しかし、人と人との関係は、だれにもその先々の予想はできない。

　うまくゆかなかったらそれまでのこと、もし、万一、小関と笠原の間に思うツボの変化が起ったら、大いに助かると折戸は思った。いま、笠原幸子はほとんど錯乱状態に陥っている。彼女は救いを求めている。むろん、亭主はその役目ではない。彼女は折戸を求めて流されている。そこに何か縋《すが》るようなものがあれば、それに頼ってくる。

「君も大体彼女の愚痴を聞いて様子が分っただろうが、ぼくもほとほと困っているんだ」

と、折戸はわざと溜息をついた。

「うまく解決はつかないのか？」

小関は野暮ったい質問をした。そんなのろまなたずね方をするのが、いかにも小関らしかった。

「うむ、まったく手を焼いている。実際、君も言う通り、いま、あの女に妙なことをされると、ぼくの前途は真暗になるからね」

「それは、君、気をつけたほうがいいよ」

「しかし、もう、あの女は完全に理性を失っている。いや、ぼくと遇うといけないんだ。遇えば、つい、ぼくも弱気になってくる。しいて突放せば彼女のほうで半狂乱になってくるからね」

「別れる話ができるといいがね？」

「もちろんだ。しかし、当事者同士で話合っても、その見込みはない。弱ったことになった」

もう一度、折戸は溜息をついた。

その折戸が言った。

「ね、君、ぼくが思うんだが、もう、ぼくは直接に彼女に遇わないほうがいいと思うんだ。遇ったら、いよいよ事態が悪いほうになって行きそうなんだ。そこで君に頼みだが、君、ぼくに代って笠原に遇ってもらえないだろうか？」

　折戸二郎は、びっくりして顔をあげた小関に言った。

「ぼくが君の代りに遇って別れ話をつけるというのかい？」

「彼女は君の下宿に来ている。どの程度だか知らないが、ぼくとの関係も彼女は君に打明けている。彼女はぼくの友だちとしての君を信頼してるわけだ。いちばんいい交渉相手だがな」

「ぼくにはそんな自信はないよ」

　と、小関は眼を伏せた。そんなことでは折戸は怯《ひる》まなかった。

「君にこんな面倒なことを頼んで申しわけない。ほんとうは自分の責任で解決しなければならないことだ。だが、これが冷静な相手ならぼくも話合いはできる。だが、いま言ったように、理性を失っている彼女にぼくが何を話しても受付ける見込みはない。第三者の君だと、彼女も落ちついて話を聞くと思うよ」

「しかし、君が言って駄目なものなら、ぼくなんかが言っても駄目だよ」

「そんなことはない。彼女はぼくの顔を見たら嚇《かっ》とするが、君なら第三者だし、落ちついて話を聞いてくれるよ。君は自分がうまく話せないことを気にしているらしいが、こんなことは別に能弁を要しない。ぼくの立場に立ってぼくの将来を考え、手を引いてくれと説いたらいいんだ」

折戸は、洒々《しゃあしゃあ》として言った。実際、彼は、小関が訥々《とつとつ》として言ったほうがいかにも誠意が籠っているように取れると思った。それに、小関の無造作な風貌も笠原幸子には律義な人間と受取れるだろう。

「やってくれよ。お願いだ。ぼくは、あの笠原のことでろくろく本も読めないんだ。これから、あの女にこれ以上トラブルを起されたら、それこそ研究が出来なくなる。ぼくのことを考えて、ほんとに頼むよ」

折戸は、それこそ小関の両腕に手をかけるばかりにして言った。

「しかし、ぼくは……」

と、小関は言ったが、その拒絶の様子が大ぶん弱くなっていた。この男から頼まれると、もう、半分は諦めているのだから、自分ながら情なかった。そうした表情は折戸にはよく分る。彼はもう小関が半分承諾したととった。

「君にはいつも、こんな面倒な頼みごとをして申しわけない。そのたびにぼくは君の恩を受けている。日ごろから、口には出さないが、心ではどんなに感謝しているか分らないよ。いつか、きっとこの埋合せはする。今度は今までの中でぼくの最大の危機なんだ。どうか、救ってくれ」

折戸は、もう一度、小関にゆさぶりをかけた。

「しようがないな」

と、小関は逆に言った。前途ある友人を彼も挫折させたくはなかった。もし、自分の力で彼が救えたら、この上ないことだと思った。また、よく考えてみると、相手の笠原も人妻である。これは女のためにも今の間に無事に計らったほうがいい。小関は柄にないことだと自分で分っていながら、やはり承知してみようと思った。

「自信はないが、とにかく笠原さんに話すだけは話してみるよ」

「そうか」

折戸は深々と頭を下げた。

「ありがとう、ありがとう」

「ちょっと待ってくれ。ぼくはこんなことは馴れてない。成功するかどうかは請合えないよ」

「もちろん、君にその責任はない。これを引受けて話してくれたら、それでいいんだ。ただ、全力だけは尽してくれよ」

「それは分っている。やるからには努力はするつもりだ」

小関はとうとう引受けた。

「それじゃ、笠原のほうにはそう言っておくよ。ここに訪ねてくるようにね」

折戸は言った。

「君は彼女にまた遇うのか？」

「いや、向うから電話をかけてくるから、そのときに言う。あの女は必ず毎日学校に電話してくるからね。学校だけじゃない。夜でも家に電話をかけてくる。女房の手前、迷惑だ」

「…………」

「だが、これでぼくもさばさばしたよ。君が解決してくれると思うとね」

「解決できるかどうか、成功の責任は持てないよ」

「もちろん、そう先方に言ってくれるだけでいいんだ。君が話してくれたら、あの女も冷静に聞いてくれる。そこで、君はぼくの代人として彼女に話してくれる内容を考えなければいけない」

折戸はちょっと考えるように黙ったが、

「まず、今後は思うところがあって一切彼女とは遇わない、研究に身を入れたいからね、今後何か話があったら全部君を通じる。決して直接に電話をかけてこないように。遇ってくれと言ってもおれは絶対に出ないからと、ま、そういう主旨を言ってもらいたいんだ」

「ずいぶん身勝手な話だな」

「それは分っている。しかし、いま、それを言ったほうが、あとで悲劇が起るよりもましだ……そうだ、これはぼくの言葉を君が取次ぐのではなく、君の意志として言ってもらいたい。友人の立場で説いてくれたら、彼女も分りが早いと思うよ。たとえば、ぼくが研究に専心したいから手を切るというよりも、君の意見で、彼は教授になったのだから今が大事なときだ、あの男を傷つけないようにしてやってくれ、実際にあんたがあの男を愛しているなら、そうしたほうが立派じゃないのかと、ま、そんな意味を言ってくれたら、ぼくの伝言よりも説得性はあるだろうな」

「むずかしいな」

と、小関はまた躊躇《ちゅうちょ》した。

「いや、決してむずかしくはない。前から考えていると面倒なようだが、いざ、この部屋で差向いで話していると、そんなことは自然と口から出るもんだよ」

「………………」

「それから、もう一つ頼みがある。それは、今後当分の間は彼女がいろいろと君に相談をもちかけるだろう。たった一回きりで彼女が気持を清算できるとは思えないからね。ぼくからは閉出されているから、どうしても君をパイプにしていろいろぼくへの苦情を伝えようとする。また、それについて相談もすると思う。君には迷惑だが、いやな顔をしないで、その相談に乗ってもらいたいんだ」

小関はますます迷惑そうな顔をした。

「いや、それも当分の間だ。そのうち彼女のほうでも諦めてくる。まだ頭の中が乱れているので、ぼくの代理人になった君にいろんなことを持ちかけると思う。それも辛抱してもらいたいんだ」

折戸は、方向を見失った笠原幸子が必ず小関を頼ってくると考えていた。折戸の希望は、こうした条件のもとでは必ずしも不可能ではないように思われてきた。それには自分もまた、その条件を作りやすいように端から手伝わねばなるまいと思った。

「笠原は家の中にじっとしている家庭的な女ではない。ぼくとこういう関係になったのも、彼女が外に出るのを好む性格から、その機縁が生れたのだ。それに、彼女は自分の亭主をあきたりなく思っている。いまや彼女は、その亭主を棄て、家を出るくらいの覚悟になっている」

「子供は居ないのか？」

「居ないからよけいに悪い。いうなれば、彼女にもぼくにも危機だ。だから、そういう彼女の性格を呑みこんで、君が説得したり宥《なだ》めてくれたりしたら、どんなにありがたいか分らない。ときには音楽会などに誘って、彼女の気持を別なところに換えてもらうのもいいかもしれない」

折戸は、それで話が決ったように忙しそうに膝を起した。

「忙しいから、ぼくはこれで失敬するよ。これから挨拶に回るところもあるからね。まあよろしく頼む」

彼は立ってから、気がついたようにきいた。

「そうそう、君、あれから近村達子さんから何か連絡があったかい？」

12

小関久雄は笠原幸子と新宿の喫茶店で遇った。昼間の二時ごろである。折戸二郎に頼まれて約束した三日後であった。

折戸は、なるべく早くと言ったが、小関は、こういう問題で笠原幸子に遇うのが嫌でならなかった。だが、折戸に拒絶出来なかったことから、やむを得ず一度は遇わなければならなかった。彼は折戸に対する気の弱さを自分で責めたが、いまさら仕方がなかった。それに、あまり先に延しも出来なかった。それに、もう一つは、彼自身が笠原から折戸の真意を聞かせてくれと頼まれたことである。つまり、笠原に返事をする責任があった。しかし、これも辛《つら》かった。

彼は初めから笠原幸子を説得する自信はなかった。むしろ彼女に同情して、折戸の不道徳を責めたいほうである。だから、彼から頼みこまれても、その目的に副うだけの熱意も努力も起らなかった。いわば彼女に遇って折戸二郎の気持を伝える程度だった。

その喫茶店は新宿でも賑かであった。小関が今朝十時ごろ笠原幸子に電話して、そのことをとり決めたとき、彼女の声は不安と期待がひびいていた。十時ごろを択んだのは折戸の忠告で、そのころだと彼女の主人が出勤したあとだというのである。

案の定、喫茶店は混んでいる。若い人が多く、どの席にも明るい会話と笑い声とがはずんでいた。窓の外も人の通りが多い。小関は、笠原幸子にこんな話をするのは、もっと静かな場所が適当だとは知っている。だが、彼もなるべくは彼女の気持を賑かな雰囲気で引立てたかった。折戸の真意を伝えると、彼女は必ず悲しい顔をするに違いなかった。そんなことを考えると、せめて賑かな環境で、彼女がそんなとり乱しかたをしないようにこの場所を択んだのだった。

笠原幸子は地味な洋装で来た。化粧もあまり目立つようにしていない。おそらく、これも相手が折戸と違って自分だから、念入りな装いを必要としなかったのだろうと、小関は思った。

小関は、彼女の顔を見ると、まず、この前わざわざアパートに来て見舞を受けたことの礼を述べた。

「もう、およろしいんですか？」

と、笠原幸子は気遣わしそうにたずねた。眼の縁にややうすい黒い隈《くま》が出来ている。頬も落ちていた。日ごろの笠原幸子は知らないが、それも折戸二郎のために受けた精神的な打撃から影響しているのではないかと思えた。この人は、ふだんはもっと生き生きとした眼をし、豊かな頬をしているように考えられる。そして、もっと若く見えるのではなかろうか。

小関は、自分の回復状況を説明したあとは、何を言っていいか分らなかった。折戸のことを切出すのがむずかしい。話は進まず、ぎこちなかった。

笠原幸子は、小関の話に大体、察しをつけているようだった。だから、彼女もまた小関の見舞を述べたあとは黙りがちになった。いや、彼に病気のことをたずねるときからすでに、彼が折戸のことで何を言い出すのか早く聞きたい様子が落ちつかなく出ていた。

「小関先生。あれから、折戸先生にお遇いいただきましたか?」

とうとう、彼女のほうから待切れなくなったように訊いた。

「ああ、遇いました」

と、小関は思わず頭を下げた。返事が遅くなったからでなく、折戸二郎の不誠意を自分の責任のように半分は感じたからだ。彼とは友だちであった。

「そうですか」

笠原は顔をうつ向けた。彼女は小関の顔から、すでに或る返事を予想していた。一つは彼女が自分の身を恥じたからでもある。

「実は、折戸君のほうからぼくのところにやって来たんですよ。それは、あなたがぼくのところに来たことを折戸君におっしゃったからだそうです」

笠原幸子は、かすかだが溜息をついた。彼女は小関をアパートに訪ねたことを折戸には内緒にしてくれと自分から頼んでいる。そのくせ、彼女のほうからそれを破ったのだ。彼女にすれば、一刻も早く折戸の真意を知りたいために折戸にも電話したのだろうが、さすがに小関には悪かったと謝る様子をみせた。

「しかし、折戸のほうから来たので、かえって話がしやすくなりましたよ」

と、小関は慰めるように、うなだれている笠原幸子に言った。

「そこで、折戸君とはあなたのことでいろいろ話しました。あいつの気持もひと通り聞きました」

笠原幸子はかすかに顔をあげ、上眼づかいに小関の顔を怖れるように見た。彼女は小関の言葉に心を慄わしているようだった。

小関は急にはあとがつづかなかった。どう切出していいか分らなかった。

「あの、折戸先生は何とおっしゃいまして？　わたくし、こんな恥しいことでお目にかかったんですから、もう、どんなお言葉をお伺いしても少しも構いませんわ。どうぞ、先生がおっしゃった通りを伝えていただけませんか」

彼女は掠《かす》れた声で言った。

「はあ」

小関のほうが唾を呑んで、

「実は、折戸君はあなたと別れたいと言っています」と、なるべく一気に言うつもりだったが、途中でやはり閊《つか》えた。

「やっぱり、そうですか」

笠原幸子は、自分にその返事を言い聞かせるようにうなずいた。

「どうも、こんなことをお伝えするのは、ぼくとしても困るのですが、本当はそういう気持だと、折戸君はあなたに伝えてくれというんです」

あと、言葉が切れ、沈黙が落ちた。店の音楽が高く鳴っている。

「では……」と、彼女は小関に追縋るように訊いた。

「折戸先生は、わたくしにはもう愛情がないようにおっしゃったんでしょうか？」

今度は大胆に彼女は小関を見つめたが、眼が濡れたように光っていた。

「彼の気持としては、もう、あなたとお別れする時機だというんです。理由としては、ご承知のように、今度彼は教授になったので、これを機会にしばらく気持を整理し、研究に没頭したいというんです。あなたの愛情は大切に心にしまっておくが、学者としての生活に専心したいというんですね。そのために心を乱されることのないようにしたいと希望してるんです」

「それは前に電話でも伺いましたし、前にも何度も同じことをおっしゃってます。わたくしは、その言葉をそのままには信じられません」

彼女は少し強く言ったが、すぐに弱くなった。

「小関先生は、折戸先生のその言葉をどうお考えになりますか？」

「そうですね、彼の気持も、そう聞けば分らないでもないんですよ」

「それは普通ならそうかも分りませんわ。でも、わたくしの場合、この前申しあげた通りの間なんです。いまさら、そんなことをおっしゃってわたくしをお棄てになるなんて、あんまり残酷ですわ。それじゃ、わたくしはどうしていいか分りませんわ。自分だけの出世を考えて、わたくしなんかどうでもいいとおっしゃるんでしょうか？」

「………」

まさに理屈だっただけに小関は返事が出来なかった。自分も、その点では折戸を非難したいとも言えなかった。

「先生。ほんとのことを伺いたいんです。折戸先生には、ほかに好きな方がお出来になったんでしょうか？」

「そんなことはありません。いや、ぼくの知る限り、そういう事実はないようです」

小関は言ったが、ちらりと頭を掠めたのは近村達子のことである。折戸はたしかに近村を狙っているようだ。だが、笠原が疑うように、一方に恋人が出来たからという段階にまでは行っていない。

「小関先生は立派な方だと思いますわ。それにくらべると、折戸先生はほんとに卑劣な方です」

彼女はややヒステリックに言った。

「………」

「あの方は、次から次に新しい恋人をお作りになるんですわ。まだ、前の女の人と別れないときに、すぐ後釜を作る人なんです。いいえ、わたくしは、そう信じてますの。ですから、今度教授になったから別れてくれというのは、あの人の口実です。先生、わたくしはどうしたらいいんでしょう？」

と言うなり笠原幸子はポケットのハンカチを捜した。が、それは間に合わず、眼から一どきに涙が溢れ出た。

彼女は再び顔を抑え、肩を震わせていた。小関は当惑し、あたりにそっと眼を配った。

まわりには、相変わらず若い男女が何の屈託もなく、面白そうに話していた。ここに泣いている女がいるのが、まるきり場違いであった。

小関は、彼女が嗚咽の声を洩しはじめたので狼狽した。実際、まわりの席でじろじろとこちらを眺める客もいた。まるで彼が笠原幸子をいじめているようにみえる。

小関は困り果てた。まさか、このまま笠原幸子を置いて逃出すわけにもいかなかった。

しかし、笠原幸子もやがて自分に気がつき、ハンカチで洟《はな》をかむと、小関に頭を下げた。眼のふちが腫れたようになって赤かった。

「どうも、とり乱してすみませんでした」

と、彼女は詫びた。

「いや……」

小関は眼のやり場に困った。

「こんなことを先生に申しあげるのではありませんでしたわ。ごめんなさい。ほんとにご迷惑をかけて」

小関には、彼女の役に立てないでいるのが分っていた。彼女が折戸の気持を聞いてくれという一面には、自分のために計らってくれという願いがあった。できるなら、折戸の気持が戻るように尽力してほしいという希望が含まれている。小関はそれを一つも果せなかった。

また、一方の折戸からは彼女を何とか思い切らせるように尽力してほしいという頼みもあったのだが、それも尽せなかった。要するに、小関は両方の間をうろうろして、互いの言葉を取次いでいるだけであった。

もっとも、小関は、自分がそんな柄でないことをよく知っていた。にもかかわらず、やはり折戸よりも笠原幸子の利益に役立たなかったことが残念だった。

「ぼくは、こういうことには一向に馴れないので」と、彼は申訳のように言った。

「どうか勘弁して下さい」

「とんでもありませんわ。わたくしこそお詫びをしなければなりません……でも、小関先生は、こうしたわたくしをさぞ軽蔑なすっていらっしゃるでしょうね？」

笠原幸子は、その泣き濡れた眼で見上げた。

「…………」

彼はどう言っていいか分らなかった。

「さぞかしバカな女、邪道に踏みこんだ女とお考えなすっていらっしゃるでしょう。でも、わたくし、ほんとにあの方を愛していたんです。いまでも、それは変りません。わたくしは、もう本来なら主人のいる家には戻れない身なんです」

彼女のその言葉は小関を深刻にさせた。

「ですから、わたくしはどうなるか分りませんわ。死んでいるつもりなんですから」

小関には、彼女が何か狂気のようになって折戸二郎に迫って行くのではないかと思われた。実際、いま眼の前にいる彼女の顔色から判断すると、その言葉に嘘はないようであった。

小関は、ここで笠原幸子に遇うまで、彼なりに話の順序を考えていた。——あなたもご主人のいる方だし、このへんで反省なすったほうがいいんじゃないですか、丁度いい機会だと思う、そうすれば、あなたも救われるし、折戸も立直れる、自分はそう思うのだが……こういう説得の準備はしてきていた。

しかし、この場で彼女の顔を見た瞬間、その言葉の準備は潰れていた。とても自分の口から言えることではなかった。彼が考えているより、現実の事態は遥かに深刻で重かった。小関は、自分の世間知らずが、相手方に何の説得力も持たないのをまず覚《さと》った。

だが、笠原幸子の思い詰めた眼つきを知ると、小関は本当に起るかもしれない不吉な事故を予想した。すると、極力、それを制《と》めなければならない衝動が起ってきた。

「あなたの気持はよく分ります。しかしとにかく、冷静になってよく考えて下さい。あなたはご自分のことをどうでもいいとおっしゃるが、実際にはそうもいきませんしね。あなただけではありません。ご主人が……」

さすがに、このところは小関も声を低めた。

「ご主人がどんなに傷つかれるか分りませんよ。それは、あなたが過失と思っていらっしゃる以上の大きな過失を重ねることです。どうか、そのへんをよく考えてみて下さい」

小関は訥々とした調子で懸命に言った。自分でもその任ではないと自覚しながらも、言わずにはいられなかった。

「それから、折戸君にしても、あいつは本当にいけない奴だとぼくも思っています。あなたがお怒りになるのも当然だと考えます。しかし、あなたが彼を純粋に愛していらっしゃるなら、やはりあいつを救ってやるのが本当じゃないでしょうか。たしかにあいつは、ぼくなんかとても足もとにも及ばないくらい優秀な頭脳を持っています。あいつは、必ず日本の学界に寄与するだけの業績を作る男だと思います。その点は、彼の人格を離れてぼくも認めているんです。認めているだけでなく、敬服しているんです。どうか、あなたもそのへんを考慮して下さい。あいつの一生を台無しにさせたいあなたの気持はよく分るが、それではあなたによる被害がひろがるばかりですよ。第一、何かあなたが事故でも起すと、学校でも当惑するでしょうからね。大学など大したことはないにしても、やはり世間がそんな眼で見ると、通っている学生が可哀想ですよ」

小関は、日ごろの自分とは違ったように、あとからあとからと言葉が出た。話しているうちに、本気で笠原幸子の振舞を思いとどまらせるよう努力している自分を知った。

「…………」

笠原幸子は言葉もなくうなずいている。さすがに学校の迷惑を改めて考えているようであった。

「よく分りました」

と、彼女は呟くように言った。

「そうですか。それはどうもありがとう」

小関は、やっと自分の言葉が彼女の心に通ったかと思うと、うれしかった。

「いろいろ失礼なことを申しましたが、これはぼくが第三者として言っていることで、折戸君に味方しているのでは決してありません。その点は了解して下さい」

「小関先生はいい方ですわ」と、彼女は感謝して言った。

「同じお友だちなのに、折戸先生とは大へんな違いですわ」

彼女は赤く濡れた眼で小関の顔をじっと見た。それには尊敬の色が現れていた。

「いや、ぼくは何も分らない男で、こんなふうに世間知らずですからね、折戸君のようにスマートには出来ないんです」

「もし、先生にご迷惑がかからなかったら、わたくしはいろいろご相談させていただきたいと思うくらいです。でも、もう、これ以上先生にご迷惑をかけたくありませんの。今日のお話のところはよく分りました」

「お力になれるのでしたら、いつでも相談して下さい。ただし、ぼくはこんなふうに何も分らない男ですから、あなたのご満足のゆくようなことは出来ないかも分りません」

小関は、そう言いながら、ふと、折戸が自分に言ったことを思い出した。彼は、都合によっては笠原幸子と食事してくれたらいいようなことを言っていた。彼女を宥《なだ》めるためには、そうしてほしいという口吻《くちぶり》であった。だが、その言葉の裏に一つのトリックがありそうである。小関は、いま、笠原幸子の様子を見て、折戸の隠された奇計に気づいた。

ここで、笠原幸子に、もう一度話合うためにいっしょに食事したいと言い出すのは不自然ではない。いや、かえって、折戸の言うように、彼女の気持を和《なご》ませることができるかも分らなかった。だが、その先、一体、どういうことになるのだろう。絶望した女が同情者を得たときの感情を、折戸自身は十分に呑みこんでいるのではなかろうか。折戸らしい計算がそこにあるようであった。

小関は笠原幸子と、その喫茶店の表で別れた。

雑踏の中に紛《まぎ》れてゆくそのうしろ姿には、まわりののんびりとした群れの中で、彼女だけが違った色をきているように見えた。ぐるりは愉《たの》しそうに歩いている男女や、子供づれの家族ばかりである。いずれも、何の屈託もなく、賑かな通りをゆっくりと歩いている。彼女を除いて、どこにも不幸な人間は無いようであった。

小関は、角の店の前に赤電話があるのを見て大学に電話をした。折戸を呼んだが、取次の者は今朝から来ていないといった。

小関は、笠原幸子と遇って話合った結果を一刻も早く彼に報らせてやりたかった。とにかく、一応、彼女はこちらの言うことを分ってくれたらしい。が、むろん、折戸のことを諦めたのではない。当面、あまり非常識的な行動をしないよう、その点だけを抑止出来たと思う。だから、折戸には、今後彼女から電話があったりした場合は、居留守を使うことなく、彼女の納得のいくように穏かな解決をしたほうがいいと忠告するつもりだった。あまり突放してばかりいては彼女の激昂を買うだけである。笠原幸子は完全に理性を失っている。

小関は後味が悪くてならなかった。ひとりで電車通りのほうに歩いたが、じめじめした陰湿な気持は拭《ぬぐ》えなかった。

小関は、こんなとき、近村達子に遇えたらと思った。せめて彼女の声だけでも聞きたかった。

こうした気持になるのは今までに無いことだった。臆病な彼は、自分から近村達子に電話するなど思ってもいなかった。だが、いまは違う。やりきれない、この後味の悪さを近村達子の声で救われたかった。

電話口に出たのは年配の女の声だった。小関が自分の名前を言うと、

「わたくしは母でございますけど」

と、向うでも改った。

「達子はあいにくと外出しております。何かおことづけでもありましたら、承っておきましょうか？」

丁寧な言葉だった。

「いや、恐縮です。べつに特別な用事じゃございません。ちょっとお話ししたいことがあったのでお電話したのですが、では、また……」

「帰りましたら、こちらから電話をかけさせますけど」

「いいえ、結構です。たいへん失礼しました」

と、小関は切った。

本人の声は聞えなかったが、電話をかけたことだけでも彼はいくらか気持が明るくなった。

翌日、小関が大学に行くと、折戸があとから出勤してきた。部屋が違うので、折戸の姿を見たのは研究室の途中の廊下だった。

「よう」

と、折戸は鞄を抱えて小関をふり返った。

は小関を見下しているようにみえる。もっとも、折戸二郎は初めからそんな態度の男と、折戸は他人《ひと》ごとのように訊いた。教授に昇進した意識もあってか、彼の眼つき「君、あれはどうなった？」

は小関を見下しているようにみえる。もっとも、折戸二郎は初めからそんな態度の男だから、その点は変りはないが、いまは姿勢までそうなっていた。

「昨日電話をしたんだ。しかし、君は休んでいたね」

小関は言った。

「あ、そうか。それは失礼した。昨日はちょっと用事があってね」

と、折戸は眼を笑わせた。それがどういう意味だか、このときは小関も分らなかった。

「じゃ、昨日向うと遇ってくれたんだね？」

「ああ」

向うの角から別な教授が現れたので、折戸は小関に、

「いっしょにお茶を喫みに行こう。ちょっと、これを置いてくる」

と、小脇の鞄をゆすり上げた。

まもなく二人は大学の近くの喫茶店に入った。幸い学生の姿もまばらだった。

「話を聞こうじゃないか。どんな結果になったんだね？」

折戸二郎は小関に催促した。だが、その顔には結果を気にしているようなところは

少しもなく、かえって小関の交渉ぶりを批評したそうだった。

小関は、笠原幸子との話し合いを詳しく話した。折戸は、ふん、ふん、と上の空で聞いている。顔を窓のほうに向け、眼も違ったところを見ていた。

「おおかた、そんなことだろうと思った」

折戸は煙を口から乱暴に吐いた。

「あの人には冷静を求めた結果、その点は大ぶん分ってくれたようだけれど、しかし、君がいつまでも一方的に拒絶するのは悪いよ。いくらぼくが説得したところで、結局は第三者だからね。彼女の気持を静めるのは君しかいない。少しずつ向うに了解させるように工夫するんだね」

小関は言った。

「それが分るような女だったら、ぼくは独りでとっくに解決してるよ」折戸は吸殻を灰皿に押しつけていった。「ただ、ぼくが少しでも君の言う通りやさしい言葉をかけてやれば、あの女はのぼせ上ってくるからね。それが嫌なのだ……ところで、君はずいぶん彼女に同情しただろうな?」

折戸は小関の顔を見た。うすら笑いがひろがっている。

「君もあすこまで行かない前に、適当なところでとどまるべきだったたな」

「それが出来れば、こんなことにはならない。実は、あの女があすこまでのぼせてくるとは思わなかったよ。素人はやはり怕いね」

「…………」

「プロの女には索漠たる気持になってたときだから、少し目先を変えてみたんだがね、やっぱりいけない。別れ際の立派な点は、やはりプロの女に限るよ」

折戸は、笠原幸子の問題など少しも気にかけてないように言った。それは小関の努力を初めからみくびっているような態度でもあった。小関が役に立たないことは初めから分っている、だから、べつに期待もしてなかったといっているように見えた。

「だが、彼女の場合は大へんだよ。君はそれで何とかなると思ってるかしれないが、彼女には主人がいるんだからね。彼女は、その主人すら、もうどうなってもいいと覚悟してるらしいよ」

「なに、それは口先だけだ。人妻というのはね、本能的に亭主に知られたくないという防禦心があるんだ。ぼくにも亭主のことを何とか言ってたから、君に言うくらいは当り前だろう。しかし、それは口先だけだよ」

「それならいいが、あの様子だと、ちょっと心配になったからね」

「心配はいらないさ。ま、君の努力は感謝しておく。ぼくは案外楽観してるんだよ。あの女は非常に激しやすい。そのかわり、ある一定の期間が経てば、ケロリと忘れてしまうと思うよ。ひとりならともかく、亭主がいるんだからね。ありがたいことに、亭主の存在が彼女の抑制力になっている」

　小関は聞きながら、笠原幸子の夫に同情した。

「君はぼくを悪い奴だと思うかもしれないが、その点、笠原幸子だって同じさ。何しろ、亭主を裏切っているし、たとえ威《おど》し文句でも亭主のことを考えてないというのは、明らかに普通の道徳では罰するに値するからね」

「その原因は君自身が作ったのではないか」

「ぼくの全面的な責任とは思わない。その下地は彼女にもあったからだよ。……おや、君はいやに笠原幸子に同情するんだね？　そんな調子では、彼女の前でぼくの悪口を相当言っただろうな」

　と、折戸は笑った。

「まさか本人の前で、あなたがいけないとも決めつけられない。事実、悪いのは君だからね」

「うむ。笠原幸子は君の人柄を賞めただろう。ぼくとはまるっきり違うからね。君の不器用さが女性には純粋と見えるんだよ……どうだろう、彼女といっぺん本気に食事してくれたらいいんだけどな？」

　あとの言葉を折戸は呟くように言った。小関は、いよいよ折戸が本心をのぞかせたと思った。やはり笠原幸子と話したときに、ふと湧いた直感は間違いはなかった。折戸は妙な機縁をつくって笠原幸子を自分に押しつけ、スラリと脱出することを考えているのかもしれない。それで、小関は折戸の呟きが聞えないふりをした。折戸も小関の顔にちらりと眼を馳せて、それ以上は言わなかった。折戸は相手の顔色を見るのは早いほうである。

しかし、小関は、この折戸が心底から憎めなかった。それはなぜだろうと、自分でも不思議に思っている。普通なら相手にできるような人間ではないが、妙なところで気が合うというのだろう。だが、それもよく考えると、折戸の持っている学力にあるのだ。それだけは、小関はいつもながら帽子を脱ぐのである。

喫茶店での話は、それきりになった。折戸としても一応話を切上げたものの、また改めて何が言い出されるか分らない。笠原幸子の問題は完全に解消したのではなかった。

午《ひる》すぎだった。講義が終った小関がそろそろ机の上を片づけていると、電話がかかった。それが思いがけなく近村達子からだった。

「昨日は留守をして申訳ございませんでした」

と、彼女は明るい声で言った。小関は胸の中が一どきに晴れるのを感じた。

「べつに用事はなかったのですが、どうしていらっしゃるかと思いまして」と、彼は言った。

折戸だと、この場合、いっしょにお茶でも喫みたかったとか、あなたが留守だったのでとても残念だったとか、いろいろ言うに違いなかったが、小関にはそんな言葉は吐けなかった。

「実は、わたくしもちょっとお目にかかってお話ししたいことがありますの」

「何でしょうか？」

小関は、声がひとりでに弾《はず》んでくるのを抑え切れなかった。

「いま、大学のすぐ近くまで来ているんですの」

「え、それは少しも知りませんでした」

小関は、近村達子が大学のすぐ近くにいると聞いて、ふと、折戸のことに走ったが、これはよけいな連想だと思った。

「では、これから五分以内に学校を出ます。どこかそのへんで待っていただけますか？」

「そうします」

近村達子は、電車通りの停留所にいると言った。

小関が停留所に行くと、近村達子は明るいグレーのスーツで立っていた。衿もとにのぞいている海老茶がかった深紅の布が眼に印象的だった。小関は胸の中に青い空気をいっぺんに飲みこんだような気持になった。

二人は停留所から裏通りの人通りの少い町を歩いた。

近村達子は、小関の様子が健康そうだといってよろこんだあと、

「実は、折戸先生のことなんですけれど……」

と、ちょっとうつむいて言った。

「折戸君がどうかしましたか。いや、何かあなたに申込んだんですか？」

小関は、急に眼の前が暗くなってきて、動悸《どうき》が激しくなった。

「ええ。旅行に誘われたんです」

「旅行？」

小関は唾をのんだ。

「あら、小関先生がごいっしょだということでしたわ。そういうお約束をなさったんでしょう？」

近村達子は小関の顔に眼を走らせた。

13

近村達子から折戸二郎が彼女を旅行に誘ったと聞いて、小関久雄は歩いている脚が一瞬停ったくらいだった。しかも、折戸は、達子には小関もいっしょに行くと言った

というのである。

「あら、ご存じなかったんですの？」

と、近村達子は小関の顔色を見て、急に心配そうにきいた。

「ええ……」

全然知らないと言えば、小関は、なんだか折戸に悪いような気がした。しかし、聞いているとも言えない。

「折戸のことですから、ぼくを誘えばすぐ行くものと早合点しているんでしょうね。もっとも、前に、もう一度高山の寺に行きたいと彼に言ったことがありますから」

小関は折戸を弁護するように答えた。

「そうですか。それでは、小関先生もごいっしょになさいますの？」

「よかったら、そうするかも分りません」

「ぜひ先生もいらして下さい。先生がごいっしょでないと、折戸先生だけでは、わたくし、お供出来ませんわ」

向うから歩いてきた学生が、女づれの小関をじろじろと見て通った。

「で、いつです？」

「今度の土曜日に発って、日曜日の夜に東京に戻ってくるんだそうですわ。高山には一泊ですって」

「今度の土曜日？……それは急ですな」

あと四日間しかなかった。そんなにさし迫ったのに折戸が何一つ連絡しないのは、近村達子と二人だけで行くつもりなのだ。小関は今さらのように折戸の漁色欲に驚歎した。笠原幸子との関係も完全に清算してないうちに、もう次の女性を狙っている。

しかし、小関は、近村達子に折戸といっしょに行くのはやめなさい、とは忠告できなかった。いかにも自分が折戸に意地悪をしているように思われそうだった。彼女にそれを嫉妬と取られるのは嫌だった。また、折戸にも、君は近村達子に惚れているんだなと、例の露骨な言葉を浴びせられるにきまっていた。たとえ、今度の旅行が駄目になっても、折戸は必ず近村達子に手を伸ばすに違いない。この際、いっそいっしょに行って、折戸二郎がどのような人間か、その正体の一部でも観察させたほうがいいと思った。自分でいろいろ言うよりも、彼女自身で折戸を警戒する心を起させたほうが最良の防禦だ。小関としても友だちのことを悪く言うのは気が進まなかった。折戸は、その短い旅行の間でも、必ず彼女に積極的な行動を見せるに違いなかった。

「では、先生もごいっしょに行っていただけますのね？」

と、近村達子はさらに念を押した。

「そうします。まだ折戸からは何も聞いていませんが、あの寺だと、また行ってみたいと思っていたところですから」

「前にそれを伺っていましたわ。ですから、わたくしも先生はいらっしゃると思ってたんですの。わたくし、もう一度、あの寺の庭をゆっくりと見たいと思っています。前はあんなふうに時間がなかったものですから」

小関は、その寺を出て、夕闇の雑木林の中の径《みち》を彼女と二人きりで歩いたのを思い出した。あの径をもう一度行く。彼の気持は、その思い出の風景にそそられた。これで折戸二郎がこなかったら、どんなにいいかしれなかった。

二人は、つい、バスの停留所を三つくらい歩いた。長い道とは思わなかった。

「折戸先生のお話ですと、朝九時の新幹線に乗って、名古屋から高山線に乗りかえですって。そうすると、午後四時ごろには向うのお寺に着くことになると言ってらっしゃいましたわ」

「四時ですか。じゃ、またゆっくりとは見られませんね」

「ですから、その晩は泊って、翌る朝早くもう一度行くんですって。向うに午すぎまで居れば、十分ではないかとおっしゃってましたわ」

「一体、折戸は、その寺に何を見に行きたいと言ってるんですか？」

「あら、古文書ですわ。先生が折戸先生にお話しになったんでしょ？」

「ああ、あれですか」

「あら、そのこともまだ折戸先生はお話しになってないんですか？」

「いや、彼も古文書のことには興味を示していましたが」

小関はまた彼女の前をとりつくろった。折戸がわざわざその寺に出かけて行くほど古文書のことに執心を持ったとは思われない。だが、ここでも小関は、折戸に横槍を入れれば、なんだか臨天寺の古文書を自分が独占するように曲解されそうな気がした。それでなくとも、学者は珍しいものを発見すると、とかく他人に知らせないようにする悪い慣習があった。小関は折戸にそう思われたくなかった。

四つ目のバス停留所に来て近村達子はバスに乗った。

「先生がごいっしょと伺って、とても愉しくなりましたわ。わたくし、汽車の中でも、向うでも、先生がたのお話をうんとお聞きしたいんですの」

小関は、彼女が満員のバスの中から無理をして顔をのぞかせ、手を振っているのを見送った。

翌る朝、小関が学校で折戸二郎をつかまえ、高山行のことを訊いた。

「なんだ、彼女のほうから、そんなことを君に言ってきたのか」

と、折戸二郎は声をあげて笑った。

「それまでぼくに一口も言わないのはひどいじゃないか」

それが小関の彼に対するせいぜいの非難であった。

「いや、君に言うつもりでいたがね。それよりも問題は彼女のほうだ。つまり、難の多いほうを先にしたのだよ。君はあの古文書に興味を持っているようだから、誘えばいつでもいっしょに行くと思っていたからね。つい、そう決めて、また少し先で話せばいいと思ってたんだ。言い遅れて悪かった」

折戸はあっさりと謝った。

「それで、君はどうだ、やっぱり高山に行くかい？」

折戸はわざわざそう訊いた。が、彼の眼は小関に故障のあるのを願っていた。

「ああ、行きたいな」

小関の気弱な口調は、折戸への遠慮からだった。理由のないことだが、自分に邪心があるように折戸にとられるのをおそれた。

「ふん、行くのか。そうか」

折戸二郎は木で鼻を括《くく》ったように言い、

「じゃ、その日の午前九時の新幹線だからな。乗車口で落合うようになっている。高山は飛騨ホテルに予約しているから、君が行くならもう一部屋申込むようにしろよ」

と、素気《そつけ》なく述べた。機嫌が悪かった。

小関は、これがほかの場合だったら、一も二もなく中止するつもりだが、近村達子のことを考えると、折戸からの侮辱も我慢しなければならなかった。

「しかしね、君」

と、折戸は小関の表情を見て、ずけずけと言った。

「ぼくが近村君を誘ったからといって妙に気を回さないでくれよ。彼女があの寺の庭をもう一度見たいと熱心に言うものだから、ぼくもついて行くだけの話だからね。ぼくも、まあ、君が言った古文書に興味がなくはないしさ。だから、ちゃんと学校の事務当局には学術の研究に行くと届けてあるしさ、飛騨ホテルに泊ることも言ってあるよ」

それが折戸の言訳といえばいえた。

当日は朝から晴上っていた。小関が乗車口に行くと、折戸二郎も近村達子も先にきていた。折戸が早目に来ていることも珍しかった。彼は達子と間近かに対《むか》い合って立ち、彼女の顔をのぞきこむようにして愉快そうに笑っていた。彼女は明るいグリーンのスーツをきていたが、小関にはそれが若葉のように感じられた。

「お早うございます」

達子は小関を認めると、一歩寄ってきて微笑で挨拶した。小関はぶきっちょに頭をさげたが、折戸の手前、顔が赧くなりそうだった。折戸は、それまでの笑顔を消し、小関にはうすら笑いを向けていた。

「やあ、待たせたな」

小関は、達子には何も言えないですぐに折戸に向った。

「やあ」

折戸は無愛想に応えて、そこでは何も話さず、さっさと改札口に歩き出した。

三人は新幹線の二等に乗った。三人がいっしょに話合うには一つの座席を回転しなければならない。幸い、そこには老婦人が一人だけかけていたので、折戸がその承諾を求めた。庶民的な老婦人は気軽に承知してくれた。

近村達子は、その婦人の横にかけ、真向いに小関と折戸とがならんだ。

だが、小関は何となく落ちつかなかった。なんだか自分のほうが折戸の邪魔をしに来たような気になった。そういう理由は少しもないのに、相手が折戸だと気が弱くなるのだ。果して折戸は車中でも小関とはあまり話さず、すぐ前にいる近村達子へ身体を乗出すようにして話しかけてきた。

折戸二郎は屈託のない様子であった。この男のどこに、あの人妻との厄介な問題があるのかと小関が疑いたくなるくらいだった。折戸の話は専門の学問にふれてはいるが、くだけたもので、これは聞いているほうで結構愉しかった。折戸二郎は講演も上手だが座談もうまかった。

近村達子は、彼の話に引入れられていた。もともと、この二日間の旅行では、彼女は学者たち二人の話をたっぷりと聞きたいという願いだった。しかし、小関がとかく黙りがちなので、達子も気を遣っていた。彼女は折戸だけを見ないで、なるべく小関と等分に眼を向けるようにしていた。その心遣いが外からでもはっきり分った。

折戸がほとんど独りでしゃべるので、小関は話に参加する隙がなかった。折戸は、それをいいことにして、彼を会話に誘うでなく、また相槌や意見を求めるでもなかった。そんなところは、折戸二郎の利己的な面がまる出しだった。馴れてはいるが、小関もまたかと思った。

明らかに折戸は近村達子を自分に惹きつけようとしていた。彼にとってみれば、この小さな旅行が絶好のチャンスに違いなかった。

小関は、飛騨ホテルに部屋を予約したという折戸の言葉を思い出した。小関は折戸より先に駅に来て彼女と話合う余裕があったら、その部屋のとり具合を一応訊いてみたかった。

もし折戸が彼女の部屋の隣室だったら警戒しなければいけない。どうせ折戸のことだから、ホテルに予約を申込むとき、そんな取り方で頼んだに違いない。小関は、近村達子が危険に曝《さら》されるのは、そのホテルの夜だと思った。彼は、向うに着いてホテルに頼み、彼女の部屋のもう一つの隣室にしてもらおうと思った。この考えは、現地に着くまでずっと彼の意識にまつわった。

小関は黙りがちになり、雑誌などをひろげた。こだわりすぎていると思いながら、自分でどうすることも出来なかった。彼は二人のほうよりも、むしろ自分のすぐ前で蜜柑の皮を剝いている老女のほうが伴れのような気がした。

その彼を救ってくれたのが近村達子の渡してくれる食べものだった。彼女は昨日から用意していたとみえ、スーツケースの中からチョコレートだの林檎だのをとり出した。小関もなんとなくハイキング気分になれそうだったが、折戸が一人いることで、その雰囲気がちぐはぐになった。折戸二郎はとかく小関を親友扱いにして、その親密の故に彼を無視し、もっぱら彼女とばかり話していた。実際、折戸の話は機智に富み、結構おもしろい座談ではあった。

十一時に名古屋に着いた。高山線は四十分の待合せだったが、その間に大急ぎで駅の食堂に駆けつけ、三人でライスカレーを食べた。これも愉しいことには違いなかったが、やはり折戸が小関の気分の妨げとなった。ここでも彼は小関の躊躇を利用して、遠慮なく彼女の傍に横着そうに坐った。

高山線の列車でも、駅の食堂での位置の継続でもあるように、折戸は悠々と近村達子の横に席を占めた。

小関はどういうわけかいっしょにならんでいる二人に正面から視線が据えられなかった。窓のすぐ下には、この前に見た同じ川が走っていた。小関は移り行く景色を見ながら、見おぼえの山や木立のたたずまいにくると、あのときには彼女とこんな話をした、あんな会話だったという記憶がいっしょに泛んできた。その近村達子は、まさにすぐ眼の前に居るのだ。だが、それはほとんど折戸二郎の独占みたいになっていた。彼女は小関にも気をつかっていたが、折戸との話からも脱《のが》れられないようであった。彼女も困っていた。

高山までの時間は小関に長かった——。

この前は、高山から名古屋に着くまでがこんなに長いとは感じられなかった。彼女と二人だけで話した間が、もう少し先があればいいと思うぐらい短かかった。だが、今度は、なんとその時間の長々しいことか。小関は何度眼を景色に長く向けたか分らなかった。

そうした彼の一見退屈そうな様子を、もちろん近村達子は知っていた。彼女はできるだけ小関に話しかけようとした。そんなとき横の折戸二郎は仕方なしに黙っていたが、その顔はやはり小関に冷たかった。彼は達子と小関とが話していても、決して自分からその会話に加わることはなかった。小関が折戸と達子の二人の話に加わらない理由とはまるで反対の感情からだった。折戸は、達子が小関と話すのをさすが露骨に妨げはしなかったが、小関にその会話の機会を与えるのは、いかにも、自分の恩恵だと言いたげな表情だった。

高山駅には四時に着いた。山岳に囲れた盆地の日没は早い。あたりはもううす暗くなっていた。

「これじゃお寺に行っても仕方がなさそうですわ。いっそ明日の朝早く起きて行きませんか？」

近村達子は提言した。これには折戸も異存はなかった。彼にすれば寺などはどうでもよく、早くホテルに入りたいのかもしれなかった。

飛騨ホテルは駅からタクシーで十五分くらいだった。小関は、なにもそうする必要はないのに自分から進んで助手台に乗った。だが、彼はタクシーが走っている間じゅう、うしろの座席が気にかかった。彼は折戸にはいつも気が弱くなる自分に腹が立った。

ホテルに着いた。あまり大きくなかった。小関は、部屋だけは何とか自分の思うようにとりたかった。これだけは折戸の思惑を度外視して主張したかった。

その彼の気持を察したのかどうか分らないが、折戸は真先にフロントに進んだ。

「東京から四、五日前に予約をしたはずですが……」

彼は昂然と言った。すると、事務員が、カウンターの向うから彼の顔を見上げて、

「折戸二郎さまでいらっしゃいますね？」

と訊いた。折戸がそうだと言うと、事務員は署名の帳面をひろげると同時に、背後の鍵棚から小さくたたんだ紙をとり出した。

「折戸さまに電報が参っております」

「電報？」

折戸は、きょとんとなった。彼には不意だったのだ。

折戸二郎は不審そうにその電報をひろげて読んでいたが、そのときの彼の奇怪な表情は小関にも忘れられない。折戸は顔色を変え、飛出しそうな眼で電文に喰入っているのだ。彼はそこに近村達子が居ることも、小関が立って居ることも一切、忘れたようになっていた。凝乎《ぎょうこ》として動かず、棒立ちになっているとはこのことであろう。

近村達子は記帳を済せ、鍵を受取っていた。ボーイが彼女のスーツケースを提げ、折戸の署名を待っていた。

小関は折戸の様子が変だとは思ったが、とにかく近村達子を片隅につれて低く訊いた。

「あなたの部屋は何番です？」

「これですわ」

鍵《キイ》には二一〇とあった。

「折戸君は何号室かな？」

「さあ」

近村達子にももちろんまだ分っていなかった。しかし、彼女は小関の質問の意味を察したらしく不安そうに折戸の姿に眼を走らせた。

小関はフロントの事務員に言った。

「ぼくは二〇九号か二一一号を希望したいんだが」

折戸二郎がそのどちらかの部屋なら、片方に入りたかった。彼はそこがほかの客に占められていないことを祈った。

「少々お待ち下さい」

事務員は部屋の表を見ていたが、

「二一一号室ならございますが」

「じゃ、それに決めてほしい。折戸君は何号かしら？」

と、彼は呟《つぶや》くようにきいた。

「二〇九号室でございます」

やはり、そうだった。折戸は初めから近村達子の隣室を狙っていたのだ。

小関が二一一号室を確保して自分の署名を終っても、折戸二郎はどうしたわけか、少し離れた所にうしろ向きに立ってぼんやりしていた。片手に電報を握ったままだった。

フロントの事務員が折戸に署名を催促した。折戸はやっと自分に戻ったようだが、ペンを動かすのも魂が抜けたようになっていた。

ボーイが三個のスーツケースを両手に持った。

「ちょっと待ってくれ」

折戸はボーイを制し、小関の腕をつかみ、フロントから離れた所につれて行った。近村達子には聞かせたくない相談らしかった。

「困ったことが出来た」

と、折戸は言ったが、彼の顔は蒼ざめ、手も少し震えているようであった。

「どうした?」

「これを見てくれ」

折戸は電報を渡したまま唇を嚙んでいた。

《ツマジサツヲハカッタ、ブジ、ソチラニユク、カサハラトシヲ》

小関もびっくりした。笠原幸子が自殺を企てたというのだ。しかも、その通知者は彼女の夫であった。その夫はすぐに折戸に遇いにここに急行してくるという。そういえば、電報は東京から打たれていた。

小関もしばらく口が利けなかった。笠原幸子がどのような理由で自殺を企てたか、彼にはよく分った。生命は取止めたというから、彼女はその夫に自分の秘密の全部を告白したのであろう。あるいは、遺書を書いているに違いない。それにははっきりと折戸との関係が述べられてあるに違いなかった。その妻が生命に別条ないとみた上で、その夫はここまで折戸を追跡してくる――。

「大変なことになったな」

小関もそう言うよりほかになかった。

「うむ。学校にぼくの行先を訊いたに違いない。事務当局にこのホテルに泊ることを言ってきたのが拙かった」

折戸二郎はまだそんなことを言っていた。

14

笠原幸子の夫は、今夜中にこの高山のホテルに来るらしい。電文から判断すると、すでに東京を発っているようだった。折戸はフロントから時刻表を借りて調べた。東京から急行と連絡する名古屋からの列車は九時十分着だけだった。

折戸は困惑し、蒼い顔が容易に回復しなかった。

「笠原幸子もバカなやつだ。なんで自殺なんか企てたのか？」

折戸二郎は、女に悪態をついた。

「こんなことになるんだったら、早くあいつとは別れればよかった。あの女は悪魔だ」

彼は、憤りとも愚痴ともつかないものを吐き散らしていたが、

「ね、君、幸子の亭主はぼくを脅しにくるのだろうか？」

と、怯えた眼をした。

日ごろ体面を保つためいろいろ体裁をつくっている折戸だったが、今度ばかりは完全に動揺していた。いつもは人を見下し、高い所に立って冷笑していたものだが、その威厳も崩壊していた。

「しかし、この電文によると、必ずしも彼女の主人が君を怒鳴りにくるとは限らないね」

と、小関は彼を落ちつかせるように言った。

「そうか」

小関の言葉に折戸は唯一の希望をつないでいるようで、

「では、何のためにくるんだろう？」

と、彼の顔を見据えた。

「ぼくは思うのだが、何かほかの相談ではないかな」

「相談？」

「もし、彼女が君との間を一切告白していたら、そりゃ主人だって君に激怒するだろう。その際は、電文ももっと違ったものになっているだろう。ぼくの考えだと、笠原

幸子は必ずしも君とのことを全部主人に打明けていないような気がするね」

「じゃ、何のため亭主がここにやってくるのだ？」

「その辺はよく分らないが、君が心配するほどのことはないかもしれない」

「それならいいけど」

と、折戸も多少はほっとしたようだが、しかし、小関の保証では、もちろん、完全に安心できたわけではなかった。

この会話は、ロビーの隅で二人とも立ったままで交していたのだが、その間、近村達子はひとりで部屋に入っていた。彼女は二人のただならぬ様子を見て、遠慮したようだった。

「君、近村君には、絶対に分らぬようにしてくれよ」

折戸は、こんな中でも、彼女のことが気にかかっている。

「もちろん、それは心得ている。こんなことが知れたら、君の信用は台なしになるからな」

小関も多少は皮肉を言いたかった。

「うむ……」

折戸は頭を抱えて、椅子に腰を落した。小関はこの男が少し気の毒になってきた。

「もし、亭主が逆上して、ぼくに刃物でも振《ふる》ったら、どうしよう」

折戸は指を髪の中に突込んでいた。

「まさか、そんなことはしないだろう」

「いや、幸子の話だと、亭主というのは、あまり教養のない男らしいからな。平凡な勤め人だしね」

「………」

「亭主は彼女を愛しているようだ。ところが、彼女はぼくを知ってから、亭主から心が離れて、ろくに構ってもいないらしい。だから、亭主は、よけいに彼女を求めるが、彼女のほうで知らぬ顔をしてきているそうだ。幸子がぼくにそういったからね。それだけに、亭主は、ぼくという存在を知ると、嚇とするに違いない。これは何をされるか分らないよ」

「若い者じゃなし、分別もある人だろう」

「いや、女房に参っている亭主だから分らん。女房が彼の人生のすべてかもしれん」

それほど分っているなら、笠原幸子などに手出しをしなければいいのに、と小関は思った。折戸の混乱を見ていると、自業自得だといってやりたくなった。

「ね、君こんなところで、その男に詰らぬことをされたら、忽ち事態が世間に知れる」

と、折戸は呻いた。

「そりゃ、君の取越苦労かもしれんよ」

小関はいったが、折戸の言葉を聞いていると、そういうことにもなりかねないような気がしてきた。

「たとえば、刃物をふり回さなくとも、何か乱暴をするとしよう。このホテルから警察に届けるから、新聞には、ぱっとそれが大きく出る。東京の新聞に、もちろん、出るだろう。……そうなったら、ぼくは破滅だ」

折戸は髪を掻きむしった。

彼の気持は小関にも判る。教授になったばかりのところだ。これからという大事な時期であった。暴力沙汰が起って人妻とのスキャンダルが世間に暴露したら、彼の転落は必至かもしれなかった。有為な才能だが、大学でも彼を不問にしてはいられなくなるだろう。学界から葬られ、学者としての生命もなくなるという折戸の不安は現実性があった。

「ぼくには敵が多い」

と、折戸はつづけて言った。

「こういうときに味方になってくれる者はいない。このときとばかり、ぼくをやっつけるだろう。それでなくとも、日ごろからぼくの足を引張る連中ばかりだからな。君だけだ、ぼくの味方になってくれるのは」

それは、ぼくがお人よしだからだよと、小関は言いたかった。

「君は、電文から、幸子の亭主がくるのはそんな最悪な事態ではなかろうと言ってくれるが、ぼくはだんだん不安になってきたよ。何しろ、先方には失うものは何もないんだからな。これは強いわけだ」

折戸の言うのを聞いて、まだ彼にはそんなエリート意識がものを言っているのかと彼は思った。折戸は、笠原幸子の夫が教養のない、社会的には何もない男だからと、自分の地位にひきくらべている。そこには夫に対する一片の罪の意識もなかった。

だが、小関は折戸の危機にやはり同情せずにはいられなかった。そこはやはり友情が働いた。たとえ折戸が不埒な人間でも彼は知らぬ顔はできなかった。万一、折戸自身が想像するような最悪な事態になれば、それを防いでやるのは自分しかいないと思った。

「とにかく、こんなところで面倒を起されては君も困る。幸子さんの主人が来たら、とにかく、ぼくは遇ってみるよ」

「お、そうしてくれるか?」

と、折戸は初めて顔をあげた。その眼に感謝の色はあったが、半分は小関がそう言ってくれるのを当然のように期待した表情でもあった。

「いきなりその幸子さんの主人に君を遇わせるのはやはり拙いからね。事情を聞いて、その後の処置を考えよう」

小関は言った。

「ありがとう。ぜひ、そうして欲しい」

折戸は、とにかく、それで危機は一応逃れると安堵していたが、

「もし、亭主のほうでどうしてもぼくに遇わせろと言ったら、どうしたものだろう？」

と、真剣に相談をかけてきた。

「そうなったら、君も男らしく彼と対決しなければならないだろうな」

「それが困るんだ」と、折戸は怯えた眼になった。「彼が君とどういう話をするか予測ができないだろう。それに、君は第三者だ。向うだって君ならばおとなしく出るだろうが、当事者のぼくが顔を出すと激昂するかも分らないよ」

それは、ありそうなことだった。

「ね、君。彼がここに来て君と遇っている間、ぼくはこのホテルに居ないことにしてくれないか」

「居ない？」

「そうだ。急に予定が変更になって別なところに行ったとね。土地の郷土史家か何かに招待されて、今夜はここに戻ってこないというんだな。行先もよく分らないと言ってくれたらいいと思う」

小関は呆れて折戸の顔をしばらく眺めた。勝手といえば、勝手、卑怯といえば卑怯

であった。しかし、折戸は、日ごろの自負も誇りも今は完全に小関の前に棄《す》て去っている。気持も動転している。そういう彼を目の前に見ていると小関は、この友人が可哀想になってきた。

「ともかくも、そうはなしてみるよ」

「ありがたい。先方だって、ここに着いていきなりぼくに遇うよりも、今夜どこかに泊って一晩寝たほうが、昂奮が冷めるかもしれない。君と話合ってのあとだからね。君なら、その人柄からいって亭主も信用するだろうよ」

「冗談言っちゃいけない」と、小関は言った。「そんなことで利用されたらたまらないよ」

「いや、言葉が悪かった。そういうつもりじゃないんだ」

と、折戸としては珍しく小関に頭を下げて、

「君が説得してくれたら、彼の昂奮もおさまるということなんだ。ぜひ、向うを宥《なだ》めるように話してくれ」

「仕方がないから、とにかくやってみるよ……それで、君は今夜どこに泊るんだ？」

「ここに居るよ」

「ここに？」

小関は呆然と友人を見た。

「ほかに行くところもないじゃないか。だって、この辺ではこのホテルが一番いいんだからね。ほかのきたならしい宿に泊る気はしないよ。なに、部屋に閉じこもっていれば分りはしない」

「…………」

「それに、幸子の亭主だと、きっとここには泊らないだろう。向うのほうは安宿だからね。そんな所でかち合ってみろ。えらいことになる」

折戸がほかに旅館を求めないというのは、このホテルに近村達子が居るからではなかろうか、小関は、ふと思った。

だが、まさかこんな騒ぎのなかに——と彼は、その突然浮んだ想像を打消した。

夕食は、近村達子と三人でホテルの狭い、淋しい食堂でとった。さすがに折戸にいつものような生彩はなかった。それほどしゃべりもせず、達子にもあまり話しかけなかった。むしろ、小関のほうが気をつかって、下手ながら話題をつないだ。折戸はやがてここにやってくる笠原幸子の夫のことが気になるらしく、浮かぬ顔で沈み勝ちであった。

近村達子は、もちろん、折戸の打って変った様子に気がついていた。だが、彼女は折戸には何もそのことをたずねなかった。普通だと、気分が悪いのか、とか、どこか身体の調子がいけないのか、と質問するところだろう。その問いが無いのは、彼女も、このホテルに到着した直後から、二人の動静に気づいている証拠だった。特にその変化は、折戸が電報を見てからだから、問題は彼の上に起っていると想像しているに違いなかった。それで、食卓についても、彼女のほうが何だか遠慮していた。

何とも妙な、ちぐはぐな雰囲気で食事は終った。

「わたくし、少し疲れたようですから、お先に失礼します」

近村達子は先に頭を下げて、椅子から立った。

「そうですか。それは大事にして下さい」

小関は折戸のぶんといっしょにいった。

「大丈夫ですわ。明日はお早いんでしょう？」

彼女は、にこやかに小関と折戸に、特に折戸に微笑の眼をむけた。

「いや。九時半ごろに、この食堂に集りましょう」

ここでも小関が答えた。

「そうします。……では、お先に」

「失礼します」

折戸がいった。

近村達子が出て行くのを見送った折戸は、小関のほうに首を伸ばした。

「ねえ、君。彼女はぼくらのことに気がついているかしら」

折戸二郎の別な懸念であった。

「利口な人だから、何かあったとは分っているらしいよ」

「しかし、真相は分るまいな?」

「そこまでは知るまい。だから、君もボロを出さないように気をつけることだね」

「うむ」

折戸はうなずいた。小関が言ったのは、今夜、二人の部屋の間に彼女の部屋がある。折戸が彼女に妙なことをしないよう封じたつもりだったが、彼のうなずき方では、それが通じたかどうかは分らなかった。

「ところで、ぼくは考えたんだが、幸子の亭主が文句をつけに来ても、金のほうで解決は出来るかもしれないよ」

折戸は希望を見つけたように言った。小関はすぐには返事が出来なかった。

「そうだろう。向うだって女房の恥を曝《さら》すようなものだろう。変なことをして、それが世間に知られても困ることは亭主だっておんなじだ。先方はそう考えて来てるんじゃないか」

「どうかな?」

と言ったが、幸子の夫が妻の恥を考えているというのはあり得べきことだった。

「向うからはいきなり金のことは言い出さないだろう。君、話してる間に向うの肚を探ってくれないかな」

折戸は、また頼んだ。

「ぼくは、どうも、そんな話は苦手なんだが」

小関はだんだん厭気がさしてきた。

「まあ、そう言わないでやってくれよ。もし、金で解決が出来たら、こんな平和なことはないからね。お互いに疵《きず》がつかずに済む。……一体、金を要求されるとなると、どのくらいだろう」

折戸はまたそのへんが心配になってきたようだった。

「さあ。全然見当がつかないね。これまでのぼくの経験にないことだから」

「あんまり法外なことは言わないだろう。それとも、ぼくの足もとを見て相当吹っかけてくるかな？」

小関は不愉快になってきたので返事をしなかった。すると、折戸はさすがに彼に気兼ねしたように、

「こうなったら、万事君に任すよりほかはない。だが、金を出すことならぼくも覚悟している。乱暴だけは何とか止めさしてもらいたい」

「できるだけ努力してみるよ」

今は折戸も完全に彼を力にしていた。そんな彼の無力な様子を見ていると、小関も突放しはできず、こういう友だちを持ったのが運命と観念するほかはなかった。

折戸二郎は腕時計を見て、

「あと一時間だね」

と呟いた。笠原幸子の夫がここに現れるであろう時間だった。

「じゃ、ぼくは部屋に籠っていよう。君が遇ってくれてる間、ぼくは不安でじっとしていられないからね、少し催眠薬を飲んでぐっすりと寝ているよ」

「それがいい」

それは隣室の近村達子のためにもいいことだった。だが、小関は、なぜもこうまで達子のために折戸を警戒しなければならないのか、よく分らなかった。ただ折戸に悪癖があるというだけではない。もし、それだったら、今までも笑って見過していたことなのだ。こうまで近村達子の安全に神経質になるのはどういうことだろうと考えた。

それから一時間後に、小関が部屋に入っていると、フロントから電話がかかってきた。

「笠原さまという方がおいでになりました」

フロントには、もし、笠原という人が折戸二郎に面会に来たら、折戸は外出して居ないから、小関のほうに連絡してくれと言いおいてあった。

「ロビーで待ってもらって下さい。すぐ降ります」

小関は電話を切った。近村達子のいる隣の部屋は静かであった。

小関は階下に降りた。友人のことだとはいえ、彼の胸は高鳴った。彼は自分の口下手なことを知っているので、相手を説得する完全な自信はなかった。それに、折戸の身代りとして遇うのだから、いわば被告であった。どのように相手から攻撃されても非難されても仕方がなかった。謝るだけだった。

その謝罪が相手に許されるならいい。そうでなかったら、どのようにしたらいいか。今夜、折戸がホテルに居ないといっても、明朝出直してくるかも分らなかった。それよりも、いきなり、ホテル中に響くような大声で喚かれるかもしれなかった。ロビーに向う小関は、荒波の沖に向って泳いで行くような気持であった。

ロビーの片隅に影のように一人の男が坐っていた。小関は、そのほうに近づいた。

「失礼ですが、笠原さんでしょうか？」

男は小関を見て起ち上った。脱いだコートはたたんで横の椅子にきちんと置いてある。頬骨の高い、痩せた顔の人だった。四十くらいには見えそうな老けた印象だ。だが、うすい眉の下の眼は小関を見つめてさすがに光っていた。

「そうです。折戸先生にお遇いしたくてやって来たのですが」

幸子の夫は掠れた声を出した。

「電報をホテル宛に戴いております。あいにくと、折戸はここにくる途中ほかの集会に招ばれて、そっちのほうに行きましたので、電報を見ずにおります。……失礼しました。ぼくはこういう者です」

と、小関は名刺を出した。先方は、その名刺を眺めていたが、顔をあげた。

「そうすると、折戸先生と同じ大学の方でいらっしゃいますか?」

「そうです。折戸とは友人です。彼のことならなんでも承知しているつもりです。それで、彼には無断ですが、代りとしてお目にかかった次第です」

「折戸先生はいつお帰りになるんでしょうか?」

向うは困ったような顔で訊いた。

「多分、今夜は戻らないかも分りません。この高山のずっと田舎に資料の調査を兼ねて行っていますから、その土地の旧家に無理に引止められると思います」

「そうすると、明朝、こちらにお帰りですか?」

「多分、そうなると思います。時間までは分りませんが」

小関は懸命に言いながらも、嘘をついている自責に顔が赧くなった。

「初めてお目にかかります」

と、幸子の夫は自分も名刺を出した。名刺には、或る化学繊維会社の技術部次長とあった。名刺を呉れるくらいだから、それほど頭から怒鳴られずに済むと思って、小関も少し安心した。実際、笠原敏夫の様子には、そのような素振りは見えなかった。だが、たしかに或る昂奮を抑えているようだった。その間にボーイが番茶を二つ運んできた。

二人は、その茶をしばらくすすった。小関には緊張した瞬間が流れた。笠原敏夫は咳払いをして湯呑を前に置いた。彼もぎこちない様子だった。

「それでは、先生が折戸先生のご親友でしたら、何もかも打明けて申しあげます。実は折戸先生に直接お話ししなければと思ってましたが……」

幸子の夫は少し声が咽喉にひっかかるようにして言った。

「はあ」

小関も緊張しながら眼を伏せた。

「電報でも書いておきましたが、実はぼくの家内が睡眠薬の自殺を企てましてね。昨夜のことです。まあ、発見が早かったせいか、生命だけは何とか取止めましたが……」

夫はハンカチを出して額を拭った。

電文に自殺未遂と書いてあったが、笠原幸子が睡眠薬を呑んだというのは、この夫の口からはじめて小関も聞いたことである。

だが、その自殺の原因は何だとは訊けなかった。小関は眼を伏せて、夫の語るのを待っていた。

「その原因は、どうも家内のノイローゼとしか思えないのです」

　夫はハンカチを手に握ってつづけた。

「ここ、一か月ほど前から、家内の様子が変になりましてね、もの想いに耽ったり、トンチンカンな返事をしたり、ぼくが会社から帰っても、夕食の支度もせずに寝こんでいたり、と思うと、ふらりと外に出て行って蒼い顔で帰ったり……」

　聞いている小関には一々思い当ることだった。一か月前といえば、折戸が幸子を急に冷淡に扱い出して、別れ話を持ちかけるころだった。ふらりと外に出ていったというのは、折戸と話すため、公衆電話に行っていたのであろう。その都度、折戸は居留守をつかっていた。幸子の懊悩《おうのう》が、いま、その夫の側から語られていた。

　それにしても、幸子の自殺企図を妻のノイローゼだと言った夫の断定に、小関は少し安堵した。折戸と妻の間のことがいきなり夫の口から出るかと思っていた小関は、ほっとしたのだが、まだその安心は早い、妻のノイローゼの原因が何かは、この夫はまだ語っていないのである。

　いや、それよりも、幸子は遺書を書いているはずだ。自殺しようとしたのだから、遺書は必ず書いている。そのなかで、折戸とのことを夫に告白しているに違いなかった。折戸本人宛の遺書は郵送したにしても、夫宛てのものには、その罪の許しを乞うているはずであった。だから、夫には折戸のことがことごとく分っている。

ノイローゼなどと遠回しに彼が言うのは、話をそこに持ってくるための筋道だろうか。第一、彼は折戸に会いたいと最初から名指しで東京からこの高山まで駆けつけているではないか。

「まあ、そんなわけで、今まで家内にそんな徴候がなかったので、ぼくも弱っていたのです。医者に診てもらうようすすめるのですが、それも断るし、もてあましていました」

小関の思案を追いかけるように、笠原の、おとなしい嗄《か》れた声はつづいた。

「原因が分らないのでも弱っていました。夜中には蒲団の中で泣いているし、何を訊いても返事はしないし、朝から家の片づけもしないで、ぼんやりと坐っているのです。そうかと思うと、必要もないのに、急にタンスの着物などみんなひっぱり出して整理するのですよ」

「…………」

「まあ、そういった異常なことがつづいて、とうとうこんなことになりました。昨夜十時ごろに薬をのんだらしいのです。ぼくは、少しも気づきませんでしたが、今朝、明けがたになって、どうも様子がおかしい。のぞいてみると、枕元に睡眠薬の瓶が空っぽになって転っているではありませんか。そこで、すぐに救急車を呼んで、病院にかつぎこんだわけですが、幸い、生命だけはとりとめました。いや、全く、参りました……」

夫は、もう一度、額にハンカチを当てた。

遺書はどうなっているのだろう——小関はそれが気にかかった。

「それで、たいへん、ご迷惑ですが、折戸先生に、ぼくといっしょに、家内の寝ている病院に来て頂きたいと思いまして、そのお願いに上ったわけでございます」

「折戸に？」

小関は笠原敏夫の瘠せた顔を見つめた。よく見ると、その顔は憔悴《しょうすい》していた。

「はい。実は、家内が譫言《うわごと》のように折戸先生にお目にかかりたいと申しておりますので」

小関は返事ができなかった。幸子の夫の顔にも声にも、怒りは少しもなく、反対に嘆願の調子であった。

「それで、やっと家内の神経衰弱の原因が分ったのですが、家内は勉強が過ぎたのでございます」

「…………」

「あれは前から勉強が好きで、先生の大学の通信教育をとっていました。まあ、一つは子供が居ないせいもありますが。それはもう、一生懸命でした。夜の二時ごろまで本を読んでいる始末です。それから、去年の夏、スクーリングで折戸先生のご指導をうけてからは、すっかり折戸先生に傾倒したようでございます。スクーリングが終っても、何度も大学に折戸先生をお訪ねして直接に教えていただき、喜んでおりました」

「…………」

「ところが、折戸先生もお忙しいし、聞けば最近は教授におなりになったそうで。そんなことで先生も、家内の勉強ばかり見てはおられなかったと思います。家内は勉強にとり憑かれたようになっていましたから、それで先生に見放されたように落胆したのですね。自分の学力が足りないと思いこみ、悲観し、厭世的になったのでございます。家内は内攻的な性格で、じっとひとりで思い詰めるほうです。ぼくにも何も話さないものですから、こういう騒ぎになるまでは、ノイローゼの原因が分らなかったのです。……どういうものか、遺書も書いていませんでした」

小関は身体が高いところから平地に落ちたような安心をおぼえた。同時に、何ともいいようのない、湿った重苦しさを感じた。

「いかがでしょう、先生。折戸先生に東京の病院に来ていただけないものでしょうか。先生が、家内をちょっと慰めて、激励していただければ、あれもすっかり安心して元気になると存じます。お忙しいお身体とは、重々、存じあげておりますが、家内のことを考えて厚かましくも、こうしてお願いに上ったわけでございます。先生からも、ひとつ、折戸先生にお願いして頂きとうございます」

幸子の夫は、小関に深々と頭を下げた。

「はあ。それは、ぼくも、そのようにとり計らいますが……なにぶん、折戸が今夜居ないものですから、明日帰りましたら話してみます」

小関はどもりながら言った。

笠原敏夫は折戸を面詰に来たのではなかった。彼は刃物を持参して来たのでもなければ、金銭を要求しに来たのでもなかった。妻の自殺企図の原因を、折戸との師弟関係と解釈し、彼を妻の病床に迎えに来たのであった。小関は笠原幸子の夫が正視できないくらい気の毒になった。

「それで、あなたは、今夜、どこの旅館にお泊りですか。明朝、折戸が帰ったら、彼と話した上、こちらからご連絡したいと思いますが……」

「はい。ありがとうございます。ぼくも今夜はこのホテルに泊りますので……」

「このホテルに？」

小関は、どきんとした。

「はい。ここに到着してすぐにフロントにいって部屋をとっております。ぼくの部屋番号はこれです」

笠原敏夫は鍵《キイ》についた番号札を見せた。

15

折戸二郎は、二〇九号室の部屋に閉じ籠っていたが、椅子に背中を曲げて頭を抱えたり、部屋中を歩いたり、甚だ落ちつかなかった。呼吸《いき》が詰ったようでせつなく苦しかった。いま、腕時計の秒針が回ってる間も、階下のロビーでは小関が笠原幸子の亭主と話合っている。どういう形勢になっているのか。

笠原幸子の亭主は、多分、血相を変えて、折戸二郎をここに出せと小関に逼《せま》っているに違いなかった。わざわざ東京から、この飛驒の高山まで駆けつけてきたのだ。自殺を企てた妻も放ってくるには、よほど憤激と復讐的な決心になっているに相違ない。今から行くぞと、東京からホテル宛てに電報まで打ってきたことだ。

今夜、ここに泊っているのは、すでに亭主が学校でもたしかめ、ホテルに着いてからもフロントで聞いているので、折戸は逃げも隠れもできなかった。ただ、小関に含めて、今夜は郷土史家の集りに招かれているということにしてあるが、それも一時の危機逃れで、問題を明日に持越したにすぎなかった。

折戸は窓に佇み、外を眺めた。町の灯の群は狭く、すぐ向うに黒い山が圧倒して逼っていた。だが彼は、高原の町の夜景を愉しむどころではなかった。ロビーでの話合いが、うら淋しいホテルの空気を伝って下から匍い上ってくるような気がする。笠原幸子の亭主が怒号しなければいいが、と折戸は祈った。ホテルの従業員に聞かれたら、みっともない話である。いや、それよりも、すぐ隣に居る近村達子の耳にでも入ったら一大事だった。

隣の二一〇号室は静まりかえっていた。近村達子は起きているのか寝ているのか、よく分らなかった。それだけにロビーの声が大きくなるのをおそれた。心臓の激しい鼓動は容易におさまらなかった。——おれはこれほど小心者だったのか、と折戸は思った。たかが女の問題ではないか。女房を取られて怒鳴りこみにくる亭主も亭主だ、こんな恥さらしのことはあるまい。別に女を手に入れるのに暴力を用いたわけではなし、どちらかというと、亭主に不満な笠原幸子から近づいてきたのだ。今では、絶対に亭主のもとで暮したくないと言っているではないか。

——自殺未遂だって、あるいは女の狂言かも分らぬ。冷たくされたと思って、威しに打った芝居かもしれないのだ。否応のない事態をつくっておいて、亭主から逃れ、こっちに飛びこんでくる算段ではなかろうか。

笠原幸子は、大体が横着な女だ、と折戸は思っている。表面は弱そうに見えて、内心で何を考えているか分らない。無知で愚劣なのである。隣室に居る近村達子とは天地の違いがあった。

今夜はとにかく小関が相手をなだめて帰すだろう。こんな場合、彼をつれて来てよかったと折戸は思った。あの男のもっさりした様子が、かえって相手には頼もしいような、また、頼りないような、不得要領な感じを抱かせるだろう。

問題は明日の朝だ。亭主は折戸が留守と聞いて、ひとまず別な宿に引取るだろうが、夜が明けたら、早速、ここにまた乗込んでくるに相違ない。そのときも留守だと断っても、幸子の亭主は折戸さんがここに帰るまで待たしてもらいましょうとロビーの椅子に腰を落ちつけかねなかった。

折戸は、できるなら今夜のうちにこのホテルを引払いたかった。もちろん、危機は東京に持越されるだろう。しかし、三日でも四日でも先に延すだけでも、とにかく現在の火の粉は払えると思った。それまでゆっくり考えてこの対策を講じればよいのだ。しかし、東京に帰れば何とかなる。が、旅先のこんな所では何とも手の施しようがなかった。しかし、この時刻にホテルを引きあげるのはいかにも不自然であった。これが小関久雄と二人きりだったらどうにでもなるが、悪いことに近村達子をいっしょに伴れて来ている。不意の予定変更は彼女に必ず不審を起させるに違いなかった。

折戸は、せっかく誘い出してきた近村達子が今は邪魔になり、厄介になってきた。彼女は明日、あの寺に行くのを愉しみにしているのだ。そのために折戸についてここにくるのをやっと承諾したのである。寺も見ずに今夜のうちに東京に引上げるとなれば、彼女の不信を買うに決っている。彼女を納得させるどんな口実があるだろうか。といって小関と近村達子と二人だけここに残して、東京に戻る気はしなかった。

それにしても小関久雄はひどく手間どっている。一向に階下《した》から上ってくる気配がない。廊下はことりとも足音がなかった。この緊張の連続が折戸にやり切れなかった。溜息をついた途端、彼は、はっとなって耳を傾けた。廊下の端に足音が起ったのであった。

小関だ、と思った。やっと交渉が済んだのか。折戸が待兼ねたようにドアを開けかけたとき、彼の耳は、その足音が一人ではなく二人のものだと聞分けた。思わず把手《ノブ》にかけた手が引込んだ。

その足音は部屋の前を高く通過した。様子では二人ならんでいるのではなく、前後に歩いているようだった。

はてな、と思ったことだ。足音はずっと廊下の端まで行ってそこで止った。つづいてドアに鍵《キイ》を差して回す音が微かにした。

「どうぞ」

という声がドアの開く音といっしょに短く折戸の耳に流れてきた。

新しい泊り客が部屋に入ったのだと分った。小関久雄ではなかったのだ。

――奴、何をぐずぐずしているのだろう、と折戸は舌打ちした。煮え切らない男だから、てきぱきと話を運ぶことができないのかもしれぬ。それとも笠原幸子の亭主が尚も粘っているのか。話が長引くというのは、いい辻占《つじうら》ではなかった。話合いが縺《もつ》れていることを推測させた。

客を案内したボーイの足音が前の廊下を戻ってきて過ぎた。

そのボーイの足音が階段のあたりに去ったと思われるころだった。

「お寝みなさい」

と、若い声がした。ボーイらしかった。

「お寝み」

聞き覚えのある声がその挨拶に応《こた》えた。

――小関の奴、やっと戻ってきた。

折戸二郎は、ほっとすると同時に、再び心臓が高鳴りはじめた。笠原幸子の亭主との交渉の結果が早く知りたい。

微かなノックがドアに鳴った。うっかり聞逃すかもしれないような低い音だった。

小関は隣室の近村達子の耳をはばかっているようだった。

折戸も静かにノブを回し、ドアを用心深く開いた。その隙間から小関が身体をすべらすようにして入ってきた。折戸は、再びドアを注意深く閉めた。

「どうだった?」

と折戸は、二一〇号室とは反対側の壁際に立っている小関のところに歩いた。低く訊いたが、小関は深刻そうな顔をしている。折戸は予想通り事態が容易でないことを覚って耳鳴りがした。

「とにかく遇って話を聞いたよ」

と、小関はひどく小さな声で答え、椅子にもこっそりとかけた。

「亭主、ひどく怒っていたかい？」

折戸は、小関の息が顔にかかるくらいに接近した。

「それよりも、困ったことになった」

小関は言った。

「…………」

「笠原氏は、今夜、このホテルに泊っているんだよ」

「なに？」

折戸は眼をむいて小関を見詰めた。咄嗟に、ボーイに案内されたさっきの足音が蘇った。

「じゃ、あれが……」

「そうなんだ。この同じ階《フロア》なんだよ。キイまでぼくに見せてくれた。その部屋番号は二〇一だ」

折戸は呼吸《いき》を詰めた。小関を睨んで言った。

「どうして、君はその男をほかの宿に追っ払ってくれなかったのだ?」

「そりゃ無理だよ。すでにこのホテルに入ったとき、先方はフロントに部屋を予約したんだよ。それもぼくが降りて行く前だからな」

「畜生」

と、折戸二郎はうめいた。西洋の小説には(呪いの言葉を吐いた)という文章がよく出てくるが、今の自分の気持ちがその通りだと、折戸は思った。

「ぼくは君の言う通りを笠原氏に言ったんだ。今夜はこのホテルに居ないってね。すると、明日の朝まで折戸先生の帰りを待つというんだよ。幸い同じホテルに部屋を取っているから便利だ、と言ってたよ」

小関も複雑な表情だった。二〇一号室といえば、すぐ近くではないか。折戸はその方角を恐れるように声を落した。

「それはこっちの予想に無かったな。……で、どうなんだ、話合いの様子は?」

「笠原氏はね、君を明日の朝、東京に是非つれて帰ると言っているよ」

「なに?」

折戸は、亭主に引立てられる鼠のような自分の姿を早くも想像し、蒼くなりかけた。

「だが、少し変なんだよ」

小関は言った。

「変というと？」

「笠原氏は、どうやら、君と奥さんの間のことは気がついていないらしいんだ」

「何だって？」

折戸二郎は、大きな嘘を聞いたような気がした。

「信じられないだろう。ぼくも初めはぽかんとしたものだ。……結局、分ったのは、笠原幸子さんが自殺は企てたが、君とのことは一切ご主人に告白していないということだ。当人は遺書も書いていないんだね」

「おどろいたね。本当か？」

折戸二郎は、胸の騒ぎが、一瞬、はたと風がやんだような状態になった。

「本当だ。あの主人は正直なひとだ、嘘を言っているとは思えない。それに、奥さんをとても愛している」

「それなのに、ぼくをここまで呼出しにきたのは？」

「それだ。つまり、笠原幸子さんが自殺を企てたあと、病床にいても君の名を夢うつつに口にしてるというんだよ」

「………」

「それを笠原氏は、君が忙しくなったため、奥さんの勉強がみてやれなくなった、奥さんはそれで悲観し、ノイローゼに罹って自殺を企てたと、こう解釈してるんだな。だから、君が奥さんの寝ているところに顔を出し、ひとこと慰めてくれたら、これほどありがたいことはないと笠原氏はぼくに頼むんだよ」

折戸二郎は事情が分ってくると、俄かに笑い出したくなった。初めわが耳を疑うような顔つきをしていたが、やがて両手を万歳するようにひろげ、顔中が溶けるように崩れた。

「そうだったのか。そいつは意外だな」

笠原幸子の亭主は折戸を難詰しに乗込んできたのではなかった。自殺を企てた女房のために、そして、その女房を喜ばすために、彼を鄭重に迎えにきたのである。なんという好人物だろう。折戸は今まで、世の中にこのように善良な男がいるとは知らなかった。いかに事情に無知とはいえ、まるで神様のような亭主ではないか。

「君、笠原幸子は罰当りだな」

折戸は喜びを抑えて小関に言った。心配げな口調はどこかに消飛び、その唇には、冷笑の余裕が泛んでいた。

折戸の胸は俄かに平静になった。まったく嵐が叩落されたように突然終熄《しゅうそく》し、明るい陽が眩しいばかりに降りそそいだようなものだった。心臓の鼓動も今は入江に入った舟みたいに落ちついた。

「君は全く悪運の強い奴だな」

と、小関久雄は情けなそうな眼つきで友人に言った。

まったく運がいい、と折戸は思った。普通だと、自殺を企てた女は、夫に宛てて一切を告白し、その恋人に宛てては愛の別れを遺すか、又は限りない恨みを書くかするはずだった。笠原幸子は、そのどちらもしなかった。彼女は折戸と自分との秘密を墓場まで亭主に匿していくつもりだったのだ。彼女は、ただ自殺することで冷淡な恋人に思い知らせるつもりかも分らなかった。しかし、一方では、この善良な夫を悲しませたくない、というよりは、死んだのちも罪の女として見られたくない、つまりは、いい子になって死のうとする気持かもしれなかった。——折戸二郎は、そう解釈した。

「笠原幸子さんは可哀想だな」

と、小関久雄が嘆息した。

「どうしてだ?」

折戸は訊返した。

「どうしてって、君。彼女は君を庇って死のうとしたんだよ。君を愛してるから、死をもって君のことを守ったのだろう。裏切った男だがね」

「莫迦なことを言うな」

と、折戸二郎は躁《はしや》いだ気持から、つい、声が大きくなりかけたのをあわてて小さくした。隣には近村達子の耳があった。

「あの女は、異常なんだ。常識のない女だ。異常だからおれへの面当てに狂言自殺など試みただけだ。死ぬ気なぞ初めから毛頭ないんだよ。だから亭主には何も告白しなかったんだ。要するに、騒ぎを起すとおれがあわてるかと思い、それでおれとのヨリを戻そうという魂胆だったのさ。女の計略はちゃんと分っている。その術策には乗らないよ」折戸二郎はこの危機が終ったとなると、女の悪態をつづけた。

小関は、それには答えずに訊いた。

「で、君は明日笠原氏に遇ってくれるね？」

「うむ。遇う。こうなれば、ご亭主ともちゃんと正々堂々と遇うよ」

「先方の頼みどおり、すぐ東京に帰って、幸子さんの病床を見舞うかい？」

「すぐに？」折戸二郎は冷笑で答えた。「とんでもない。明日は隣の女性と、君といっしょに寺に行く予定じゃないか。せっかくここまで来て、そんなことで予定を変更できるかい。バカバカしい話だ」

「しかし、君、こういう事態になれば、すぐに東京に帰ったほうがいいじゃないか……君だって、さっきまでは大ぶん心配していたんだろう。それを思うと、東京に帰るぐらい何でもないじゃないか」

「そりゃ、さっきは余計な心配をしたさ。しかしあの女の企みがはっきり分ってくれば、こっちもそれなりの出方があるというものだよ。ぼくは悠々と亭主をこのホテルに待たしておくよ。こうなれば、ぼくは亭主に恩を売る立場だからね。こっちの用事の予定を早めて東京に帰るんだから、亭主だって此処に明日の夕方まで待つのに文句を言う筋合いはなかろう」

「呆れた男だ」

と、小関は憐むような眼つきで友人の図々しい顔を見た。

「君、こうなったら居直るだけだよ。あわてて帰れば、完全に幸子の術策に陥る。そりゃ癪じゃないか。それに、自殺し損ねた女との病床の対面の場を考えてみろ、それだけでもぞっとするよ。きっと、あの女、おれの顔を見て、芝居気たっぷりに泪を流すに違いない。そんなテレビの安ドラマの真似は、思っただけでもご免だね」

「笠原氏に気の毒だよ」

「おや、君はひどく亭主に同情しているようだね。……ぼくが明日の朝東京に帰ったほうが君には好都合だというのかい?」

この折戸の言葉が何を意味しているかが判って、小関は怫然《ふつぜん》となった。

「君は誤解をしているね。ぼくはなにも近村さんと二人きりになって寺に行こうとは思ってないよ。君に頼まれて笠原氏に遇い、その話からそう言っただけだ。君がそんな誤解をするなら、ぼくは今後、君から相談をうけても一切タッチしないよ」

折戸もさすがに言い過ぎに気づいて後悔した。

「失敬。そんなつもりで言ったんじゃないんだよ。まあ、そんなに怒らないでくれ」

「…………」

「ちょっと、心安だてに冗談を言っただけだ。本心で言ったんじゃない」

「まあ、あんまり安心していい気にならないほうがいいな。すぐそこの部屋に笠原氏が泊っていることだ。何も知らないあの人の気持も考えて、少し慎しんでもらいたいな」

「分った」

折戸二郎は、小関の機嫌を直すために、おとなしく出た。

「じゃ、ぼくはこれで失敬するよ」

小関は椅子から腰をあげた。

「いや、君にはたいへん迷惑をかけた。明日の朝は、とにかく予定どおり三人で寺に行こう」

折戸はまだ、そんなことを言った。

「笠原氏にはいつ会うのだい？」

「朝起きて、ぼくから先方の部屋に電話で連絡するよ。たった今帰ったと言ってね。ロビーにでも降りて話合うことにする」

折戸二郎は、笠原幸子の亭主がどんな顔をしているのか、その興味も湧いてきた。

「君のいいようにしてくれ」

小関はドアに歩いた。

「おやすみ」

小関は部屋を静かに出て行った。

折戸二郎は、そのあと、ひとりで煙草を吸った。窓の傍に行き、外を見たが、今度は狭い町の灯の集りと、その背後にそそり立つ黒い山との対照が愉しさを与えてくれた。たった三十分前とは大きな違いである。何の興味もなかったこの景色が、今はいかにも旅先の抒情を駆り立てた。

——一つの危機は逃れた。これを機会に笠原幸子からは絶対に脱けきらなければならない。これ以上ひっかかっていたら、今度こそとんでもない破滅になる。幸子がまだ亭主に何も告白してないというのが天の配慮かもしれなかった。これが戒しめかもしれない。

折戸は、隣の部屋が気になってきた。近村達子は眠っているのか、コトとも音がしなかった。さっき小関との話は小さな声だったから、絶対に彼女に聞えるはずはない。ベッドで眼を醒していて、小関がここに入って来たことは知っているかもしれないが、それは二人で明日の予定でも話合っていると思っていただろう。だが、フロントであの電報を見てからの二人の様子の不自然さを彼女はどう思っているだろうか。

折戸は、隣室に横たわっている近村達子が気にかかってきた。

折戸二郎は、近村達子と一言でもいいから話したくなった。大きな危機が過ぎてみると、逆に穴のような空虚が襲った。このホテルに入ってからの自分の不自然さを彼女に気づかれているとすると、折戸はその釈明もしたかった。

もともと、この旅に近村達子と出て一つ宿に泊るというのも、折戸に或る期待があったからだ。結局、彼女は小関を同行する条件で承諾した。それはやむを得なかったとしても、まだチャンスはあると折戸は信じている。もし、笠原幸子の亭主の出現という不測な突発事が起らなかったら、彼はとっくにその期待を計画に移しているはずだった。

——とにかく近村達子と話したい。だが、廊下に出て彼女の部屋をノックするわけにはゆかなかった。向う側の隣室には小関が居る。三人の部屋の配分も、こざかしくも小関が達子の安全を考えてホテルに決めさせたものだ。あの男は達子に惚れているようだ。どうも、人間というやつは何もかもこっちの利益になるとは限らないと思った。小関を同行したことは、笠原幸子の亭主と談判させた点では便利だったが、こうなると不便である。それは恰度《ちょうど》、あの危機のさなか、近村達子の存在が一時厄介に思えたと同じであった。

折戸は五分間ばかり考えていた。どのようにしたら近村達子とひと目でも遇えるかという算段だ。彼女と顔を合せ、少しでも話を交すことが出来ればいい。そのとき彼女の部屋に忍び込むか、この部屋に伴れこむか出来そうな気がした。そう思うと、折戸は胸がはずんできた。今度は先刻の場合と違い、心臓のときめきに歓びが随伴していた。

彼は室内電話をとり上げた。睡そうなホテルの交換手の声が応えた。折戸は二一〇号につなぐよう頼み、いったん受話器を置いた。

その電話が鳴るのに三分ぐらいかかった。折戸には三十分以上も待たされたような気がした。多分、近村達子は、こんな時刻にかかってくる電話にとまどい、ベッドを降りるのに手間どっているのかもしれなかった。

「二一〇号の方がお出になりました。どうぞ」

交換台の声につづいて近村達子の返事が聞えた。

「近村さんですか？」

折戸は受話器を手で囲い、できるだけ小さな声を出した。

「あら」

近村達子は、その声で折戸だと分ったようであった。

「こんな時間に電話などして済みません。ちょっと用事があったものですから……隣の部屋に小関が居るはずです。なるべく低い声を出して下さい」

「…………」

「明日の朝、予定どおり寺に行きますが、それについて、いまスーツケースを整理したら、あなたの参考になるような本が三、四冊見つかったんです。……まだ睡ってなかったんですか？」

「ええ。うとうととはしていましたけれど」

「それは悪かったですね。せっかくのところを起して」

「いいえ、構いませんわ。旅先だと、わたくしすぐには寝就かれない性質なんです」

近村達子も、やはり隣室の男を意識して睡れないのだと、折戸は思った。さっきの小関との会話を聞かれたのではないかという気がしたが、そんなことはあり得ないと打消した。

「それじゃ、その本をお見せしましょう。で、これからそっちの部屋にお届けしましょうか？」

「あら、それは困りますわ。もう着物を着更えているんです」

それはホテルの着物ではなく、彼女が東京からスーツケースに運んできたネグリジェだろうと思った。

「それじゃ、そっとドアを開けておいて下さい。その間から本を差入れますから」

「でも、明日の朝でも構いませんわ」

やはり彼女は用心をしていた。

「しかし、明日はすぐに向うに行くんですから、読む時間はありませんよ。せっかく睡れないときだから、いま拾い読みされたらいくらか参考にはなるし、また本の内容が退屈だったら、かえって睡気を誘うかも分りませんよ」

「………」

「とにかくすぐに行きますから、ドアの戸を少し開けておいて下さい」

折戸は返事を待たずに電話を切った。

彼はスーツケースから普通の旅の本を出した。安物の小冊子で、寺のことは何の参考にもならなかった。それを手にして部屋をそっと出た。これからが賭である。

果して隣の部屋のドアは僅かだが隙間があった。これは近村達子が、ノックの音を隣室の小関久雄に聞かせたくないためであろう。その隙間も、あるかなしかの細い筋だった。

折戸は、その前に立った。前後を見回したが、うす暗い廊下は、もちろん、人影が無かった。二一一号の部屋もドアがぴたりと閉って、何の音も聞えなかった。

折戸二郎は考えた。小関が睡っていないのはたしかである。彼の部屋を出てから時間が経っていないし、さっき彼女の部屋で鳴った電話のベルも隣室で耳にしているだ

ろう。小関には、それが折戸からだとも分っている。壁越しに今も彼は神経を立てて
こちらの様子をうかがっているに違いなかった。

小関は、あれで近村達子に惚れているらしいから、騎士《ナイト》をもって任じているだろう。

恋愛に自信のない男は、せいぜい、その程度だった。勇気がないから、女に言い寄る代り、控え目な誠実さを見せる。それがやっとだ。この勇気の無さは、ここで折戸が近村達子の部屋に強引に侵入しても、あるいは彼女をドアの外に引出しても、小関は、それを止めることが出来ないに違いなかった。小関としては、せいぜい、息を殺して手に汗を握る程度だけだろう。うかつに飛出すと親友の手前、自分の立場が妙に見られる。小関は、そんな消極的な常識を、彼自身の意志にかかわらず、背負っている。

要するに、小関は折戸が近村達子に何をしようと、傍観しているに違いなかった。折戸の、この予想は当っていた。

ドアの細い隙間に、近村達子の着物の一部が灰白く映った。

「達子さんですか。本を持ってきましたよ」

折戸は低い声で言った。

「済みません。どうぞ、そこから差入れて下さい」

ドアは、それ以上に開かなかった。

「これなんです」

　折戸は本の説明をするようにドアの把手に手をかけたが、それは彼女のほうが内側からしっかり押えていた。

「ちょっと開けてくれませんか。ここでお話しすればいいんです」

「困りますわ。本だけ戴《いただ》いて、あとは明日教えていただきます」

　ドアの隙間の仄白い筋が答えた。

「いや、ほんの一分間ばかりです。どうか、そこからこの本をのぞいて下さい」

　近村達子は、それも断りかねたのだろう。あるいは、それ以上頑固に断ると失礼になると思ったかもしれない。彼女は内側から押えていた把手を放し、やや少しだが隙間を開けた。そこで見たのは、近村達子が寝巻でもネグリジェでもなく、ちゃんとスーツでいることだった。折戸が本を届けにくると知って、急いで着更えたのだ。

「失礼します」

　と、折戸は戸を思い切って開き、身体を中に入れようとした。

「困ります。先生」

　達子は身を一歩退《ひ》いて前に塞《ふさ》がった。険しい眼つきだった。

「なに、まさか廊下で立話でもないでしょう」

　こんなことには折戸は馴れていた。そのような経験は今までもしばしばだった。結局は彼女のほうが成功していた。

「先生。では、ご本も明日戴きますわ。どうぞお引取り下さい」

彼女は身体を真直ぐに立て、一歩もそこを動かない姿勢をとっていた。折戸はちょっと、その威厳のようなものにたじろいだが勇気を振った。

「達子さん」

彼は彼女の肩を手で押えた。近村達子は両手をうしろに組んだまま彼の手を肩で振払おうとした。だが、これは折戸に便宜《べんぎ》を与えた。彼は達子の首に手を回した。が、すぐにそれはほどいた女の手が防いだ。

「いけません」

達子は折戸を睨み、肩を波打たせていった。

「隣の小関先生に聞えますわ」

おそれるような低い声だった。これが折戸をもう一歩前に出させた。

「じゃ、ぼくの部屋にきて下さい」

彼も声を押え、達子の手をつかむと、ドアの外に引張り出そうとした。

達子も、まさか折戸がそこまで強引に出ようとは思っていなかったようである。彼女の身体は折戸に引張られて廊下に泳ぎ出た。ドアに当って高い音がした。

それでも、小関は出てこなかった。折戸が考えた通りであった。二一一号室のドアは閉ったままだった。

折戸は近村達子を廊下に引張って自分の部屋に入ろうとした。この場合、彼女の羞恥心が決して大声を出させないという確信に基いていた。深夜のホテルという環境が彼女にその意識をもたせているはずだった。この場面が泊り客や他人に分ったら、女として恥しいに違いない。

次には、女性として知った相手の男に屈辱をあまり与えたくないという配慮があるはずだった。野蛮な声を出して救いを求めるのは恥しい。相手の男に恥をかかせるのも本意ではない。できれば、穏便に、日ごろ尊敬している相手を説得し、その乱暴な衝動を静かに宥めたい。そういう心理はどの女性にも大なり小なりある。折戸は、これまでそうした女性の微妙な心理に付け入って、自分のペースにひきずりこんだ経験があった。折戸からいわせると、それが女の瞬間的な弱点であった。折戸はその経験から、近村達子を力ずくで廊下に引きずった。とにかく、自分の部屋に入れて了えば、何とかなると思った。それも彼の経験が教えていた。

近村達子が黙って抵抗し、折戸が黙ってそれを封じ込もうと廊下で争っているときだった。突然、折戸の背後に男の声が叫んだ。

「折戸さん。あんたは、まだ、そんなことをして、別な女性を欺そうとしてるんだな」

折戸がびっくりしてふり返ると、知らない中年男がシャツとズボン姿で暗い廊下に立っていた。笠原幸子の亭主だとすぐに知った。

「いや、ぼくは……これは違いますよ」

折戸が狼狽している間に、近村達子は自室に駆込み、ドアを瞬時に閉めた。

「何をいう。ぼくは、たった今ここで見ていたんだよ。女に暴力を振《ふる》って夢中だったから気がつかなかったろう。君の手口は分ったよ。幸子もその術《て》でやられたのだ」

「いや、笠原さん……」

「おい、幸子は死んだよ」

「え？」

「本当は自殺してしまったんだ。ぼく宛の遺書もある。君宛のものもあるよ。……ここに来ても、君が素直にぼくの前に現れまいと思ったら、案の定、友だちの先生を応対に出したね。君を東京に誘い出し幸子の前に謝らせるため、友だちの人には、ぼくがあんなふうに言っておいただけだ。しかし、君の今の様子を見ては我慢ができなくなった。……おれは、幸子の仇として君を殺すよ。学者の飾りをつけた君という油虫をな」

折戸が見たのは、男の手に握られた短い棒だった。その棒の先が、うすい廊下の電燈に白く光っていた。

男がそれを振り上げた。折戸が仰天して逃出しかけたとき、小関がとび込んできた。

「笠原さん！」

三人が団子のように一つになって縺れた。倒れたのは、小関久雄だった。――

16

小関久雄は高山の病院に約二週間入っていた。

七首《あいくち》で受けた傷は脇腹に二センチばかりの深さだったが、急所は避けた。ホテル内のことで、すぐ病院に運ばれたから手当ても早かった。小関は動顚《どうてん》して手術をうけるまでほとんど意識がなかった。

その後、警官の臨床事情聴取があった。幸子の夫、笠原敏夫は犯行後自首したという。彼は、相手の折戸に逃げられたあと、自分の重大な過失を知って、小関を病院に運ぶのに手伝ったそうである。

「たいへんなご災難でしたね」

と、警官も小関に同情した。笠原敏夫は動機の全部を自供したということだった。

「犯人も心からあなたに済まないことをしたと詫びています。あのときは廊下の暗さと、揉み合いの中に、急にあなたが突込んでこられたので折戸さんと見間違ったそうです」

警官は話した。

「で、折戸君は安全だったんですか?」

小関は横たわったまま警官に訊いた。

「折戸さんはその場から逃げられましたからね。犯人は折戸さんを階段のところまで追って行ったそうですが、あなたのことが気にかかって、途中から諦めて引返したのだそうです」

「で、いま、折戸はどうしています?」

「今まで警察で事情をおたずねしました。どうしても東京に用事があるとおっしゃるので、さっきの列車でお帰りになりました。折戸さんは被害者ですし、東京の大学に用事があるといわれると、われわれもこれ以上お引止めすることができなかったのです。……そうそう、折戸さんは、あなたによろしく言ってくれとのことでしたよ」

警官はあとの言葉を折戸に対して皮肉そうに言った。

「で、近村さんは? いっしょに来た女性がいるはずですが」

「あの方も、あなたを病院に運ぶのに懸命になっていましたね。いま別室におられますが」

「じゃ、折戸はひとりで東京に帰ったわけですね?」

「そうですね。近村さんは、あなたの怪我の見通しがつくまで、ここにずっと残っていると言っておられますが」

「それはいけない。あのひとはこのことに何の関係もないんです。ただ、寺の見学旅行について来ただけですから、すぐに東京に帰してくれませんか？」

「いや、べつにわれわれが引止めているわけじゃないんですよ。ご本人があなたを心配して、そう言ってるんです」

「それが困るんです。あのひとが何と言おうと、あなたがたから東京に帰るようにすすめていただきたいですね。そうだ、なんだったら、近村さんの家族に電話していただいて、東京からどなたか迎えに来ていただいたほうがいいかもしれない。そうしていただけませんか」

「ご希望ならそうしますが、あなたが直接近村さんとお話しになったほうがいいと思いますね」

小関は医者が警官の横にいるのを見て、

「先生。ぼくの傷は生命にどうということはないでしょう？」

「もちろん、心配はありません」

と、医者は微笑して顔をのぞかせた。

「そんならなおさらです。近村さんをここに呼んで下さい」

「いずれあとでお呼びします。小関さん、簡単な事情を聞かせていただけませんか。大体、犯人と折戸さんの話は聴いていますがね。ただ、折戸さんと犯人の話に少し喰なかった。

話の喰違いは、小関にも想像できた。折戸は自己弁解に終始したに違いない。自殺した妻と折戸の関係を笠原敏夫が自供したというのに、折戸は幸子との関係をきれいごとに変え、亭主の犯行は全くいわれのない嫉妬から出ていると陳述したに違いなかった。

果してその通りで、警官の質問は、犯人の自供と折戸の陳述との矛盾から小関を証人として真実を求めているのである。

小関も今度は隠さなかった。妙に折戸を庇わないほうがいいと思った。結局は事実が分ることであった。

ただし、折戸と笠原幸子との関係は、折戸の側に有利なように話した。

「折戸というやつは、わりと純真なんです。気の弱い男です。むしろ笠原幸子さんの気持にひきずられてそういう関係になったと思いますよ。これは幸子さんのご主人に悪いかも分らないが、あのご夫婦は性格が合わなかったんですね。その不幸な立場に折戸が多分に同情した点があります。幸子さんのほうでも日ごろ満たされないものを折戸に発見して、ひたむきな思慕を寄せたと思うんです。折戸も他人の奥さんのことだし、その点は十分に戒心していたと思うんですが、やはり或る点で自制がきかなかったんですね……しかし、折戸もずいぶん後悔して悩んでいました。そして彼女のためになるべく逢わないようにしはじめたんです。ちょうど彼が教授に昇進したことでもあるし、それを機会にお互のため清算したかったんですね」

「つまり、折戸さんは笠原幸子を捨てたわけですね？」

「捨てたというのは誤りです。ぼくは折戸から、その心境をよく聞いていますよ。彼は幸子さんと直接遇って、よくその理解を求めることに努めていたし、ぼくには彼女への説得を頼みました。だから、捨てたというような言葉は当らないと思います。要するに、彼も幸子さんに家庭へ戻るように極力説得をつづけたんです。折戸は、これを機会に二度と同じようなケースは絶対に起さないと、つくづくぼくに誓っていました。しかし、幸子さんのほうでは、まだ折戸があきらめ切れなかったんですね。結局、彼女は折戸への愛情と、ご主人への罪悪感とで死を択《えら》んだと思うんです。

　ただ、幸子さんのご主人には同情します。奥さんに自殺されて、はじめて折戸とのことが分って、嚇となったのでしょう。あの人に殺意があったとは思えません。ぼくは運悪く巻添えを喰いましたが、ぼく自身は何とも思っていませんよ。まあ、災難だと思っています」

　鉛筆のかすかな音が紙の上につづいていた。

「折戸という男は非常に優秀なんです。おそらく、今に学界にとってかけ替えのない男になるでしょう。そういう将来性のある彼を、こんなことで挫折させたくないんでていたいただきたくないですな。そうだ、新聞にはどう出ているんですか？」

小関は気がかりげに訊いた。

「新聞は大したことは書いてないですよ」

警部補らしい人が安心させるように言った。

「ぼくは折戸をこんなことで失うのは残念なんです。いや、学界の人たちも同じ気持でしょう。幸子さんの亭主も自分の暴挙に後悔しているに違いありませんから、その点はどうか穏便に願いたいんです」

「いや、犯人はあまり後悔していませんよ。むしろ、折戸さんに目的を達しなかったことを残念がっているようですよ」

「それはまだ昂奮がさめないからでしょう。きっと後悔すると思います。とにかく、これは偶然的なアクシデントですから、警察でもできるなら幸子さんの主人を起訴しない方向に努力していただきたいんですが……」

「あなたのおっしゃることはよく分りました。……小関さん、あなたは立派な方ですね」

年配の警部補は小関を上からじっと見て言った。

警官が去ったあと、入口のドアが静かに開いた。小関は、その気配から近村達子が入ってきたと直感した。スリッパの音もほとんど聞えないくらいだった。

　彼女の顔が上からのぞいた。

「ご気分はいかがですか?」

　澄んだ眼には暖かな情感がこもっていた。それが小関の胸の中に湯のように浸透した。

「大丈夫です」

　小関はほほえんだ。近村達子も微かなほほえみをその眼に浮べた。

「……あなたにも今度はたいへんご迷惑をかけましたね」

　小関は言った。

「いいえ、ちっとも、そんなこと、ご心配なさらないで。退院なさったら小関さんもどこかの温泉でゆっくり療養なさることですわ」

「そうですね。ぼくは怠け者だから、そういう際にでも本を読むことにします。あるいは神がぼくに読書の機会を与えてくれたのかもしれませんね」

「わたくしも、ときどき、そこまでお邪魔に上っていいでしょうか?」

　本当ですか、と言いかけて小関は口をつぐんだ。無様《ぶざま》な言葉になりそうだった。

　達子もそれと察したように、眼に軽い狼狽が走った。言葉がぎこちなく、ふいと変った。

「……軽く済んでほんとによかったと思いますわ。一時は、わたくしも、どうしていいか分りませんでしたの」

「はあ。さっき初めて聞いたんですが、ここに担《かつ》ぎ込まれるとき、あなたにもずいぶんご心配をかけたそうですね」

「わたくしなんか何もできませんでした。でも、笠原さんが、そりゃ一生懸命に心配していらしって……」

加害者の笠原の夫は助った。しかし、折戸二郎は逃げた。逃げたままで、この病院には寄りついていなかった。折戸への非難が近村達子の眼差《まなざし》にこもっていた。


——小関久雄から近村達子へ宛てた手紙。

《長い間ご無沙汰しました。たびたびお手紙をいただき感謝します。そのつど返事をさし上げようと思いながら、つい、いろいろなことが胸に浮んで返事が遅れました。深くお詫びいたします。

早いもので、ぼくがあの奇禍を受けてから二か月近く経ちました。その後、傷口はすっかり癒り内臓にも異状がありませんので、他事ながらご安心下さい。

いま、中ノ海を見渡す鳥取県の皆生《かいけ》温泉に泊っています。この部屋の一方の窓からは海が見え、その向うに出雲の細長い山稜が霞み、米子の街がきらめいています。別の窓には、大山が頂上の赤茶けた山肌と麓の濃い緑林を見せています。この皆生温泉は夜見ヶ浜の砂洲の上にあるので、湯も塩のように辛いです。

ぼくがこのY大学の教授になって赴任したことについて、前の大学関係者や世間の一部ではいろいろと取沙汰されました。あなたもそのことで二、三、いぶかしそうに私に訊いたことがありましたね。しかし、ぼくには今度の大学側の措置がそれほど不満ではありません。これが自分の受けるべき当然の待遇だと思っています。身に適《かな》ったものと思っています。

なにも皮肉な気持で言っているのではありません。私はこれが分《ぶん》に相応したものだと実際に思っているからです。

あなたは、なぜ、私が東京を捨てて山陰の一地方都市に赴任して行ったか、だいぶんご不審のようでしたね。ほかの人たちの言葉もやはりあなたと同じで、まるで私が意気地なく大学当局の言いなりになったように思われてるようです。だが、それは折戸問題に関係して考えているからで、もし折戸問題が無かったら、皆はぼくのY大学教授就任を妥当と思うでしょう。ぼくは折戸の問題は世間が考えるほどには思っていませんから、学部長からY大学に教授として行かないかと相談されたとき、何の抵抗もなくその話を受容れたのです。

学部長がその下話に、ずいぶん遠慮そうでした。これはほんの君の意向を聴くだけだから、そのつもりで答えてほしい、決して強要するのではない、いやだったら、それでいいんだ、また適当な方法を講じるからと、ぼくの顔色を見ながら言ったものです。ぼくがあっさり承諾したので、学部長のほうがびっくりしていました。君、いいかね、それで構わないかね、と何度も念を押したくらいです。

それというのが、ご承知のように、折戸が依然としてあの大学で教授の位置に留ることになったからです。いわば折戸には何の瑕《きず》もつかず、ぼくだけが、たとえ教授という昇格のかたちにはなったとして、あの大学から追出されて都落ちする恰好になったから、学部長としてもその不均衡が気にかかったのでしょう。不均衡というよりも、不合理と世間では思っているかも分りません。

常識的に言えば、たしかに不合理です。何しろ新聞にはそれほど出なかったが、笠原幸子さんの夫が狙う折戸にはそれだけの落度があったのですし、教育者という立場からいって、当然、折戸は没落しなければならないでしょう。ところが、彼は依然として安泰なところに残った。そして、この事件には全くの無関係なぼくが、折戸の親友ということだけで不幸な巻添えで笠原氏から傷を受けた。そして、懲罰的な印象で都落ちさせられたのは折戸ではなく、ぼくのほうですから、たしかに不合理とはいえましょう。大学当局に対して不公平、片手落ち、偏頗《へんぱ》などいろいろな非難が上ったようです。

殊に、この学部長からの内示が学内に伝わると、西脇講師はわざわざ私を呼出して、改めて事情を聴かれました。私から言うまでもなく、西脇先生はあなたの兄さんの恩師ですから、あなたも西脇先生が大学でどのような待遇を受けられているかはよくご承知のはずです。私は西脇先生からいろいろな質問を受けたが、むろん、折戸のことです。これはもう匿しようもない事実ですから、ありのままを話しました。しかし、ぼくは、折戸が笠原幸子さんと交際した気持は、決して一部で伝わっているような彼の恋愛的遊戯や好奇心からではなく、まったく彼が笠原幸子さんの気持に同情したことから出発したのだと西脇先生に言いました。ぼくは警察の人に訊かれたときも、それを主張したのです。多分、折戸もそのような自供を警察にしたと思います。

西脇先生は、しかし、私の言うことを信じられませんでした。あくまでも折戸を単なる好色漢にしか解釈されないのです。そして、折戸のような男が教授の肩書をつけて大学に残っているのは、学者の風上にも置けないと憤りました。大学は単に知識を学生に切売りするところではない。意味こそ違え、教育者であることには小学校の教員も中学校の教師も変りはないと言われるのです。

西脇先生は、今度の浜田学部長の措置は、まったく浜田先生が折戸を自分の勢力維持のために残したのだ、それは浜田先生の陰謀だ、と言われるのです。浜田先生は折戸を自分の後継者に考えていた。それは単に折戸の才能を認めているだけでなく、彼を大学に置くことによって自分の勢力温存に役立たせようとしているのだと言われるのです。

その浜田教授の陰謀は、西脇先生をどうしても講師の位置から上に引上げないことにも通じているといわれるのです。この前、折戸が教授に昇任したあとの助教授の空席は他の人によって埋められた。その人は西脇先生から見ればずっと後輩です。むろん、学問的な業績も遥かにおさない人です。その人が大学に助手としてきた当時、西脇先生はその人を手取り足取りして教えこまれたものです。われわれも同じ恩恵を西脇先生から受けています。その弟子のような後輩が助教授になって自分を追越したのだから、西脇先生の憤懣も察するにあまりがあります。

西脇先生は私に、これは君個人の問題ではない。将来、このような片手落ちな人事が行われる可能性が多いので、全大学の問題にすると言われました。ただ、西脇先生が述懐されるには、周知のように浜田教授と自分とは犬猿の仲にある、浜田教授は自分を万年講師の位置に縛りつけている、自分の憎悪は浜田に向い、浜田もまた自分へ反感を解くことがない、世間ではそう評判している。たしかにそれは否定しない、一時は自分もずいぶん浜田教授を恨んだ、実際、理性のない人間だったら、あるいは殺意くらい持ったかも分らない。

しかしながら、今はもう、そんな気持は消え失せている。以前は、夜も眠れないくらいに口惜しがったこともある。男泣きに泣いたこともある。学内の差別待遇、学外からの同情と、それに含まれている蔑視、そういうものを身に感じるたびに耐えられなかった。だが、それも今は克服してしまった。結局、学者の価値は教授とか講師とかいう虚位ではなく、その研究の実績にあるのだ、浜田先生がどのようなことをしようと、学問で勝負しようという気持になった、そうすると、自分の今までの煩悩はきれいに消えてしまった。今では浜田君には淡々として対していられる。そんなつまらない感情からくらべると、学問と取組む面白さが遥かに大きい。自分はいま、我武者羅《がむしゃら》に研究に情熱をぶちこんでいる。西脇先生はそう言われました。

　西脇先生は、しかし、君の場合はぼくとは違うと言われるのです。このままでは大学は腐敗する、折戸がいかに秀才でも、このような不名誉な事故を起してそのまま傷つかずにいるというのは、どう考えても理屈が合わない、それも君がいっしょに残るというなら別だが、教授昇格という体裁にして田舎の大学に追っ払うのは怪しからんと言われるのです。折戸も折戸だ、浜田の庇護をいいことにして、ぬくぬくと教授の椅子に居坐るのは卑劣な奴だ、大体、彼が警察で言った弁解も、みなに言いふらしている言訳も、自分の身の安全だけを考えた陋策《ろうさく》で、あんなものはだれも信用しない、殊に君が山陰のほうの大学に行くについて、折戸は何一つ浜田学部長にとりなしをしなかったではないか、本来なら彼が君に代って田舎に行くべきところだ、それを彼は引止めるどころか黙っている、黙っているのは彼が暗に君を地方大学に行かせることに賛成しているのだ、あれでは君が折戸に示した友情を仇で報いるようなものだ、この機会に浜田行政を徹底的に批判し、学部内の改革をしなければならぬ。西脇先生はそう言って激昂されました。

しかし、ぼくは西脇先生に言いました。先生、今度の人事をぼくはちっとも不平に思っていません、ぼくも都会の生活をこの辺で打切ってしばらく田舎に引込み、こつこつ勉強をしたほうがいいと思っています。ぼくはまだ独身だし、どこに動いても身軽な身体です。

それに、浜田先生の言われるように、折戸はぼくとくらべものにならないくらい優秀な学者です。私生活の面ではいろいろ批判があっても、日本の学問の進歩のためには折戸は掛替えのない男です。ああいう優秀な人間は今後十年間現れてくるかどうか分らない、そうなれば折戸を失うことは学界の大きな損失です。ぼくなんかよりも折戸があの位置に留るほうがずっと価値がある。それに、ぼくは少しも今度の赴任を都落ちとは思っていない、今も言ったように、ぼくもこの辺で研究態度を叩直さなければならない、それには、環境を違えることが一番いいように思われる、かえって地方から中央を眺めたほうがプラスになると思う、地方には都会ほど刺戟はないが、雑音に紛わされることはない、住んでる人びとは昔ながらに純朴で、また或る意味では学問的水準が低いため、ぼくを尊敬してくれるだろう、足を引張る者もなく、いやな中傷をする者もない、ぼくは自由に静かな環境で研究がつづけられます。助教授とか教授とかいう地位には関係なく、喜んで赴任したいと思います。ぼくはそう西脇先生には答えたのです。

西脇先生はぼくをじっと見ておられましたが、君がそのつもりなら別にぼくから言うこともない。そうか、それなら三年ほど辛抱するんだね、三年間書生になったつもりで田舎で暮すのもいいかもしれない。そう言ってくれました。しかも、その言葉の下から、やはり折戸と浜田先生に対する憤懣が燃上って、ややもすると、また逆戻りしそうでした。》

《さて、折戸とぼくのことですが、東京に帰って入院を一週間しましたが、その間、折戸は病院には一度も姿を見せませんでした。もっとも、こう言ったからといって、彼が非情だと非難はできません。何しろ、ああいう騒動を起したのですから、彼がぼくの病院に姿を出すと、注目を浴びます。それで、彼としてもぼくが退院するのを待っていたと思います。

そうそう、その東京の病院に入院しているとき、あなたにはたびたび来ていただきました。花をいただいたり、おいしいものを頂戴したりして、本当にありがとうございました。ご親切は身に沁みてうれしく思っています。

折戸が事件後初めてぼくの前に現れたのは汚いアパートでした。彼は大学の帰りだと言って昼間にやってきたのですが、ぼくの顔を見るなり、よう、元気か、と言って、照れ臭そうな笑いを洩しました。今度はたいへんな災難に遭《あ》ったな、しかし、大したことがなく済んでよかった、と言いましたが、自分の身替りになって申しわけなかったとか、済まなかったとかいう詫びの言葉は一言もなかったのです。ちょうど田舎から看病にきていた姉は憤慨したのですが、ぼくは折戸とぼくの間のつき合いとして、必ずしも彼にその言葉を期待していませんでした。言葉に出なくとも、それが二人の間に感情の対話になればいいと思ったのです。それに、折戸は、あの日ごろの無礼とでも言いたげな傲慢な態度(それも多分は見せかけのものですが)をぼくの前で急に改めることも出来ず、弱い言葉も吐けない男です。二人の間はよけいな言葉を省き、心でものを言い合っていたのです。だから、彼がぼくの前に平謝りに謝ったとすれば、かえって、不自然でおかしいくらいです。

考えてみると、ぼくは折戸二郎にはずっと一種のコンプレックスを持ちつづけていたと思います。彼の私生活にはぼくなどはついて行けないものがあったにもかかわらず、また他人がその人格をうんぬんするにもかかわらず、ぼくは彼から離れることができなかったのです。二人の性格は正反対です。それなのにぼくはどうして彼から離れることができなかったのか。ぼくは彼に頼まれると、内心ではいやだと思いながらも結局承諾してしまうのです。その場で撥ねつければいいものを、うかうかと承諾して、あとで後悔するのです。まるで、強い相手の前に出た負け犬のようなものでした。

性格の違う者同士が案外うまくゆくのは、互に自分に無いものを相手に求め合うからだと言われていますが、ぼくらの場合にはそれは当らないと思います。ぼくが折戸に反逆できなかったことは、彼の素晴しい才能を尊敬しているからです。その性格や行為には反撥を感じつつも、彼の学問には大きな敬意を持っていたのです。つまり、ぼくの気持の中では、折戸二郎の学問と、その私生活とは全く別々だったのです。彼の私生活の乱れているからといって、その学問的な尊敬を減殺されることはなかったのです。ぼくは青少年のころから学問にあこがれてきました。今の学問を研究するようになって、その深さが分らなくなった、それだけに、いよいよ情熱を持ってきたのです。ですから、学問の世界で、ぼくよりも一歩も二歩も進んでいる奴には降参するのです。それだけぼくは低い学力しか持っていないということなのです。

先ほど、ぼくは負け犬といういやな言葉を使いました。しかし、折戸に対してぼくの場合、全くこの形容が当っているのではないでしょうか。彼から頼まれると、それだけでももうすぐ承諾する気持になるのです。いろいろと抵抗はしてみるが、それは無益な努力で、結局は引受けてしまうのです。むろん、彼は口のうまい男です。奇妙な魅力も持っています。また押しつけがましいところもあるし、あつかましい点もあります。内心ではそうでもないが、わざと偽悪ぶっているところもあります。そんなことが全部分っていながら、結局はその言葉に誤魔化されたようになってしまうのです。その強引さに負けたようなかっこうになるのです。しかし、それは表面で、ぼくは彼の前に出ると、彼のどんな無理でも、どんな不合理な要求でも、抵抗できないものが心に存在しているのです。

われながら不甲斐ないと思います。ぼくはこれでも意地はあるほうです。自分では決して気が弱いとは思っていない。学校時代には、自慢ではないが、決闘みたいな喧嘩をしたこともあります。だが、折戸にだけはどうにもならないのです。あるときは、彼に対してわがままな坊やをあやすような気持になり、あるときは、無体な兄貴をなだめる弟みたいな心になり、あるときは、どんな過失をも咎めない親友の気持になるのです。要するにそれは、ぼくが学問に異常な尊敬を持ちながらも、実際にはそれだけの能力が自分に無いこと、また折戸はそれほど学問を尊敬していないように見えても、ぼくとは格段な能力を持っていること、その差からきていると思います。ぼくが彼に負け犬的な卑屈さを持っているとすれば、ぼくがあまりに学問を尊敬しすぎているからであり、また、折戸の学問の圧力がぼくにのしかかっているからだと思います。どうもうまく説明できませんが、大体、お分りいただけるかと思います。

ですから、今度の転任についても、西脇先生の憤慨されるように、折戸が何一つ浜田学部長にとりなしをしなかったことや、暗にぼくの転出を賛成したように見えたことも、ぼくにはあまり気になりませんでした。実を言うと、ぼくはこの赴任で、ほっとしたのです。ああ、これで折戸二郎から離れることができる、今までのように、彼のもとに居たら、結局、自分はあいつに食い殺されてしまうだろう、ちょうどいい機会だ、というのがぼくの本音です。これはまだ誰にも話してないことです。

植物にたとえると、強烈なエネルギーを持っている或る植物のまわりの弱い植物たちは弱くて育たないということです。その強い植物が他の植物の栄養を悉く吸上げて、枯れさせるからです。ぼくと折戸の関係は、そのようなものかもしれません。ぼくが折戸の傍に居る限り、ぼくは彼のために枯渇すると思うのです。あの卓絶した才能、あの強烈な個性の傍に居てはぼくも敗北するほかはありません。今度の転任でやっとそれに気がつきました。

これでぼくも山陰の田舎大学に勤めながら、静かな環境で自分を見つめながら勉強できると思います。ようやく静寂な環境と、孤独を持つことができたのです。ぼくは本当に喜んでいます。

ここに移ってからあなたにいただいた手紙の数々は、そのままぼくは保存しています。ご好意は本当にありがたいと感謝しているのです。東京をはなれて、思い切ってぼくのような男のところに来たいと言われるあなたの気持は、ぼくにはどんなに嬉しいか分りません。しかし、ぼくはあなたが見られた通りの平凡な学徒です。あなたは折戸二郎という並みはずれた行動の男を間近に見られ、そして、それと対比してぼくを見ておられたから、ぼくに対して普通以上の評価を与えられたのだと思います。ぼくはあなたが言われるように、あるいは、いわゆる純真な部類の男に入るかもしれません。しかし、それはぼくの愚直にも通じることです。ぼくはあなたを決して仕合せにすることのできない男です。才能の乏しさは自分自身が一番よく知っています。これからもこの鈍才に鞭打って研究はつづけますが、それはぼくが学問を尊敬し愛好しているからです。決して大きな望みをかけているのではありません。自分の限界は自分がよく心得ています。

ずいぶん長い手紙を書きました。実はもっと早く書くべきだったのですが、気持の整理が出来なかったのです。東京を発ってこの山陰の地に赴任する汽車の中でも、ぼくは言いようのない寂しさに打たれました。折戸二郎から離れることは一面ぼくの安堵でもあったが、また二度と東京の大学に戻ることのない寂寥は隠すべくもなかったのです。寝台にひびく単調な車輪の音がぼくの胸に刻まれるようでした。

考える葦などといいます。そうすると、ぼくはその葦で出来た浮船のような気がします。流れ行く浮船です。いや、ぼくだけではない、動揺する折戸二郎もまた、葦の浮船ではないか。そんなことをふいと思いました。

だが、赴任した先の淋しい駅に降りたとき、そしてそこに出迎えてくれた新しい大学の人たちの顔を見たとき、ぼくはやっと自分の落ちつき先を見出したような安楽さを覚えました。結局、ぼくは折戸に対して終始負け犬だったのかも分りません。

先ほど窓から見えていた大山の頂上が紅く染っています。中ノ海には夕陽が朱色の刺繍を織っています。では、お元気で》

解説

高橋《たかはし》敏夫《としお》

いつかどこかで、見たことがある。聞いたことがある。接したことがある。

松本清張《まつもとせいちょう》作品は、わたしたち読者に、そんな既視感をもたらさずにはおかない。

手元の辞書をひらけば、既視感とは、デジャビュすなわち「それまでに一度も経験したことがないのに、かつて経験したことがあるように感ずること」(『広辞苑』第七版)である。しかし、松本清張作品の既視感は、少しちがう。

作品でえがかれた特定の事件または出来事そのものを、「一度も経験したことがない」のはたしかである。これはまちがいない。が、そう言いきってしまうと、たちまち、いやそうではあるまいという思いがせりあがってくる。はっきりと特定はできない。いつ、どこでも、あいまいである。しかし、聞いたことがなく、見たことも接したこともないとは、断言できない。かつてそんな事件または出来事の一端に触れた、あるいは、かつて触れただけでなく今なお触れているのではあるまいか……。

このもどかしさが、松本清張作品を読みすすめるもうひとつの動因となる。物語の上で実際に展開する事件または出来事を追うスリリングな読書は、同時に、読者それぞれの、あたかも白い闇にしずんだ体験をうかびあがらせつつ、それらとの今までにない直面を不可避とする暗鬱《あんうつ》な読書となる。

類稀《たぐいまれ》な異能力の持ち主である犯人と探偵が、特殊で特異な事件をはさんで対峙《たいじ》するという従来の探偵小説に対し、一九五〇年代後半に、短篇集『顔』、『点と線』、『眼の壁』など、松本清張が次つぎと発表した社会派推理小説。それらは、読者が物語と共有する「社会」において生起する、けっして特殊でも特異でもない事件を物語の中心にすえた。

松本清張は述べる。「私は自分のこの試作品のなかで、物理的トリックを心理的な作業に置き替えること、特異な環境でなく、日常生活に設定を求めること、人物も特別な性格者でなく、われわれと同じような平凡人であること、描写も『背筋に氷を当てられたようなぞっとする恐怖』の類いではなく、誰でもが日常の生活から経験しそうな、または予感しそうなサスペンスを求めた。これを手っ取り早くいえば、探偵小説を『お化屋敷』の掛小屋からリアリズムの外に出したかったのである」(『黒い手帖』の「推理小説の魅力」より)。

松本清張の新たな試みは、作者の意図において画期的であっただけではない。読者からそれぞれの日常的かつ社会的体験にもとづく既視感（社会的既視感というべきか）をひきだして、読者を物語に積極的に参加させ、一人ひとりに出来事との応答をせまる試みでもあったのだ。

同じく東京のR大学に勤めているが、性格も学問の研究スタイルも正反対の二人の助教授を主人公とした本作品『葦の浮船』は、一九六六年から翌年にかけて雑誌「婦人倶楽部」に連載された。

発表からすでに半世紀以上たっている。しかし、生活や風俗の一部はともかく、全体として古びた印象はない。今度初めてこの作品を手にとる若い読者も、さほどの違和感なく物語に接することができるだろう。当時は、一九四五年の敗戦からすでに二〇年をこえ、高度経済成長期のまっただなかで、現在にいたる生活と社会の日常がすでに形成されはじめていた。

折戸二郎は三六歳、国史科の上代史専攻の助教授で、二つ年下の小関久雄は中世史専攻の助教授である。秀才型の折戸は、独自の発想から研究をすすめて業績もあった。自らを鈍才と思っている小関は、学問研究において尊敬してやまぬ折戸から離れられず、羽振りがよく女遊びのすぎる折戸に辟易《へきえき》としつつも、その頼みを断りきれない。

折戸には既婚者で過剰なまでに情熱的な笠原幸子を、小関には知的で冷静、考古学好きの近村達子を配し、物語は酷《むご》い結末にむかって読者をひっぱりつづける。

個々の人間関係がめまぐるしくうごくのに対し、ほとんど揺るがないのが、大学における学閥の支配である。学閥すなわち特定の学派または学会に属する学者によってつくられる派閥は、つよい求心性とともに排他性を有する。普通それは、特定の学派または学会の内と外、さらには大学の内と外を切りわけてなりたつが、ここでは、大学内部に「内と外」の支配秩序が形成されている。

「内」で独裁的にふるまうのが史学会の大物でもある浜田学部長で、折戸も小関も浜田の弟子として出世し、すでに助教授のポストを得ていた。他方、浜田と同じ磯村博士門下の西脇俊雄は、浜田によってずっと専任講師にとめおかれたままである。浜田にまさる学問的業績がありながら、あらゆる権威を認めず学会にも出ない万年講師の西脇は、見せしめ人事の犠牲者として、大学内部の「外」をたえず可視化する。

作品中では、登場する学者それぞれの学問的傾向と具体的な研究内容にはほとんどふれられていない。ときに物足りなく感じられもするが、その内容の如何《いかん》を問わず、個々の大学において形成されている学問の顔をした悪しき支配秩序をうかびあ《あ》がらせたい、というのが松本清張の目論見《もくろみ》であったろう。戦前の堅固で排他的なアカデミズムにくらべればはるかに弱体化したかに見えて、しかしそのじつ、小さくソフトでありながら権威主義的な秩序が大学内、学部内にいくつも根をはっているという醜悪なさまを、である。

折戸を教授に昇格させ小関を地方の大学へ送りだすことで、R大学は何事もなかったように事件を隠蔽《いんぺい》した。物語の結末近く、「このままでは大学は腐敗する」と西脇は小関に語る。そして、「この機会に浜田行政を徹底的に批判し、学部内の改革をしなければならぬ」と激昂《げきこう》した。

『葦の浮船』の発表から数年の後――。

どこの大学にもはびこる腐敗を、学生たちが中心となり大学内部から鋭く、かつ激しく告発する運動が全国で爆発的に展開した。一九六〇年代末の、いわゆる全共闘運動である。『葦の浮船』が、そうした運動を予見し、導いたとまではいえぬとしても、大学における悪しき権威主義的秩序の告発を、運動と共有していたことはまちがいない。

では、半世紀以上前に、学問の顔をした権威主義的秩序の腐敗を大学につきつけた『葦の浮船』は、今はもはや懐かしい過去の物語にすぎないか。

そうではない。

残念ながら、そうなってはいない。

いつかどこかで、見たことがある。聞いたことがある。接したことがある。

『葦の浮船』は、折戸二郎、小関久雄、笠原幸子、近村達子、浜田学部長、西脇講師らの言動を丹念にたどる新たな読者に、そんな暗鬱な思いをたえまなく喚起させ、それぞれに応答をせまるだろう——。

本書は、昭和四十九年三月に小社より刊行した文庫を改版したものです。なお本文中には、女中、百姓、浮浪人、シナ、狂気など、今日の人権擁護の見地に照らして、不適切と思われる語句や表現がありますが、作品全体として差別を助長するものではなく、また、著者が故人である点も考慮して、原文のままとしました。

（編集部）

葦《あし》の浮船《うきふね》

新装版《しんそうばん》

松本清張《まつもとせいちょう》

昭和49年 3月30日 初版発行
令和3年 6月25日 改版初版発行
令和6年 10月30日 改版8版発行

発行者●山下直久

発行●株式会社KADOKAWA
〒102-8177 東京都千代田区富士見2-13-3
電話 0570-002-301(ナビダイヤル)

角川文庫 22710

印刷所●株式会社KADOKAWA
製本所●株式会社KADOKAWA

表紙画●和田三造

●お問い合わせ
https://www.kadokawa.co.jp/ (「お問い合わせ」へお進みください)
※内容によっては、お答えできない場合があります。
※サポートは日本国内のみとさせていただきます。
※Japanese text only

ISBN 978-4-04-111602-9 C0193

◆◇◇

角川文庫発刊に際して

角　川　源　義

第二次世界大戦の敗北は、軍事力の敗北であった以上に、私たちの若い文化力の敗退であった。私たちの文化が戦争に対して如何に無力であり、単なるあだ花に過ぎなかったかを、私たちは身を以て体験し痛感した。西洋近代文化の摂取にとって、明治以後八十年の歳月は決して短かすぎたとは言えない。にもかかわらず、近代文化の伝統を確立し、自由な批判と柔軟な良識に富む文化層として自らを形成することに私たちは失敗して来た。そしてこれは、各層への文化の普及滲透を任務とする出版人の責任でもあった。

一九四五年以来、私たちは再び振出しに戻り、第一歩から踏み出すことを余儀なくされた。これは大きな不幸ではあるが、反面、これまでの混沌・未熟・歪曲の中にあった我が国の文化に秩序と確たる基礎を齎らすためには絶好の機会でもある。角川書店は、このような祖国の文化的危機にあたり、微力をも顧みず再建の礎石たるべき抱負と決意とをもって出発したが、ここに創立以来の念願を果すべく角川文庫を発刊する。これまで刊行されたあらゆる全集叢書文庫類の長所と短所とを検討し、古今東西の不朽の典籍を、良心的編集のもとに、廉価に、そして書架にふさわしい美本として、多くのひとびとに提供しようとする。しかし私たちは徒らに百科全書的な知識のジレッタントを作ることを目的とせず、あくまで祖国の文化に秩序と再建への道を示し、この文庫を角川書店の栄ある事業として、今後永久に継続発展せしめ、学芸と教養との殿堂として大成せんことを期したい。多くの読書子の愛情ある忠言と支持とによって、この希望と抱負とを完遂せしめられんことを願う。

一九四九年五月三日

角川文庫ベストセラー

顔・白い闇　松本清張

有名になる幸運は破滅への道でもあった。役者が抱える過去の秘密を描く「顔」、出張先から戻らぬ夫の思いがけない裏切り話に潜む罠を描く「白い闇」の他、「張込み」「声」「地方紙を買う女」の計5編を収録。

小説帝銀事件 新装版　松本清張

占領下の昭和23年1月26日、豊島区の帝国銀行で発生した毒殺強盗事件。捜査本部は旧軍関係者を疑うが、画家・平沢貞通に自白だけで死刑判決が下る。昭和史の闇に挑んだ清張史観の出発点となった記念碑的名作。

山峡の章　松本清張

昌子は九州旅行で知り合ったエリート官僚の堀沢と結婚したが、平穏で空虚な日々ののちに妹伶子と夫の失踪が起こる。死体で発見された二人は果たして不倫だったのか。若手官僚の死の謎に秘められた国際的陰謀。

水の炎　松本清張

東都相互銀行の若手常務で野心家の夫、塩川弘治との結婚生活に心満たされぬ信子は、独身助教授の浅野を知る。彼女の知的美しさに心惹かれ、愛を告白する浅野。美しい人妻の心の遍歴を描く長編サスペンス。

死の発送 新装版　松本清張

東北本線・五百川駅近くで死体入りトランクが発見された。被害者は東京の三流新聞編集長・山崎。しかし東京・田端駅からトランクを発送したのも山崎自身だった。競馬界を舞台に描く巨匠の本格長編推理小説。

角川文庫ベストセラー

失踪の果て　松本清張

中年の大学教授が大学からの帰途に失踪し、赤坂のマンションの一室で首吊り死体で発見された。自殺か他殺か。表題作の他、「額と歯」「やさしい地方」「繁盛するメス」「春田氏の講演」「速記録」の計6編。

紅い白描　松本清張

美大を卒業したばかりの葉子は、憧れの葛山デザイン研究所に入所する。だが不可解な葛山の言動から、彼の作品のオリジナリティに疑惑をもつ。一流デザイナーの恍惚と苦悩を華やかな業界を背景に描くサスペンス。

黒い空　松本清張

辣腕事業家の山内定子が始めた結婚式場は大繁盛だった。しかし経営をまかされていた小心者の婿養子・善朗はある日、口論から激情して妻定子を殺してしまう。河越の古戦場に埋れた長年の怨念を重ねた長編推理。

数の風景　松本清張

土木設計士の板垣は、石見銀山へ向かう途中、計算狂の美女を見かける。投宿先にはその美女と、多額の負債を抱え逃避行中の谷原がいた。谷原は一攫千金の事業を思いつき実行に移す。長編サスペンス・ミステリ。

犯罪の回送　松本清張

北海道北浦市の市長春田が東京で、次いで、その政敵早川議員が地元で、それぞれ死体で発見された。地域開発計画を契機に、それぞれの愛憎が北海道・東京間を行き交う。鮮やかなトリックを駆使した長編推理小説。

角川文庫ベストセラー

一九五二年日航機「撃墜」事件　松本清張

昭和27年4月9日、羽田を離陸した日航機「もく星」号は、伊豆大島の三原山に激突し全員の命が奪われた。パイロットと管制官の交信内容、犠牲者の一人で謎の美女の正体とは。世を震撼させた事件の謎に迫る。

松本清張の日本史探訪　松本清張

独自の史眼を持つ、社会派推理小説の巨星が、日本史の空白の真相をめぐって作家や碩学と大いに語る。日本の黎明期の謎に挑み、時の権力者の政治手腕を問う。聖徳太子、豊臣秀吉など13のテーマを収録。

聞かなかった場所　松本清張

農林省の係長・浅井が妻の死を知らされたのは、出張先の神戸であった。外出先での心臓麻痺による急死とのことだったが、その場所は、妻から一度も聞いたことのない町だった。一官吏の悲劇を描くサスペンス長編。

潜在光景　松本清張

20年ぶりに再会した泰子に溺れていく私は、その幼い息子に怯えていた。それは私の過去の記憶と関わりがあった。表題作の他、「八十通の遺書」「発作」「鉢植を買う女」「鬼畜」「雀一羽」の計6編を収録する。

男たちの晩節　松本清張

昭和30年代短編集①。ある日を境に男たちが引き起こす生々しい事件。「いきものの殻」「筆写」「遺墨」「延命の負債」「空白の意匠」「背広服の変死者」「駅路」の計7編。「背広服の変死者」は初文庫化。